Calliope
Raccolta di scritti
Collana di poesia, saggistica e narrativa

grafichEditore
di Antonio Perri

Edizioni: Grafichéditore
Via del Progresso, 200 - 88046 Lamezia Terme
Tel. 0968.21844 - 3335300414

progetto grafico: grafichéditore
immagine di copertina Cosima Mattioli

Calliope: Raccolta di scritti - Collana di poesia, saggistica e narrativa.
Direttore della collana: Italo Leone
Direttore editoriale: Antonio Perri
Direttore stampa: Giuseppe Perri
Tecnico di produzione: Michele Domenicano
Ufficio editoriale: Nella Fragale

Codice ISBN 979-12-5667-031-4

Raffaele Mattioli

LAC
Lettere Alla Coscienza

Camaleonti in una foresta di cristallo

A Cosima, per essere Cosima

A Roby, per essere Roby

- **Riguardo e per riguardo ai poeti**

"*Un poeta dapprima traccia l'ordito della sua opera; e la ragione guida la sua penna. Ma, se vuole animare i personaggi e infondere loro la forza delle passioni, allora l'immaginazione si accende e subentra l'entusiasmo; ...*"

Voltaire - Dizionario Filosofico, voce "Entusiasmo", 1764.

- **Riguardo e per riguardo ai sensi**

"Se non guardo, non sento. Tu non sai cosa significa essere sordi. Nessuno lo sa, a parte i sordi, beninteso.
Senti solo te stesso, e per tutto il tempo."

Denis Guedj - Il Teorema del Pappagallo.

- **Riguardo e per riguardo alla vita**

"La vita è un'opera teatrale. Ciò che importa non è che duri molto, ma che sia ben recitata..."

Alejandro Jodorowsky - Quando Teresa si arrabbiò con Dio.

Prefazione

LAC - Lettere Alla Coscienza
Camaleonti in una foresta di cristallo
di Raffaele Mattioli

Italo Leone

Una lunga esperienza lavorativa in Africa sub-sahariana con l'Organizzazione per l'alimentazione e l'agricoltura delle Nazioni Unite (FAO) e nella sede FAO di Roma, un dottorato di ricerca Ph.D. ottenuto al Prince Leopold Institute of Tropical Medicine di Anversa (Belgio): **Raffaele Mattioli** ha potuto conoscere i problemi quotidiani dei popoli africani e ha avuto modo di confrontare il dramma di chi fatica ogni giorno a trovare il cibo e l'acqua per sé e per i figli, coi drammi della psiche di quella parte di umanità che gode dell'eccesso di beni che il consumismo ci propone quotidianamente.
L'Autore di *LAC – Lettere alla coscienza* è alla terza pubblicazione con la *Grafichéditore* di Lamezia Terme.
Se nel primo libro, *Il mondo di Vaffa(ele),* prevaleva il gusto di rappresentare il mondo alla rovescia, cioè la corporeità vs la spiritualità, l'attenzione alla realtà materiale dei bisogni vs le rappresentazioni che nel corso della storia l'umanità ha fatto di sé, in questo nuovo libro l'aspetto "filosofico", la ricerca di un senso del reale si affianca a quello rappresentativo.
"Spesso mi viene chiesto come si fa a scrivere un libro. Scrivere un libro non è difficile e non è difficile neppure scrivere. È sufficiente pensare; questo è difficile. Per pensare bisogna non avere pensieri, mente sgombra, vuota, senza imprinting né convenzioni, uno spazio dove il tutto e tutto riescono a trovare il loro posto e lasciare ancora un pochino di posto per le novità, per il nuovo

così da potersi rinnovare e rimanere giovani, se non di aspetto almeno di mente. E come si fa ad avere la mente vuota, sgombra da ogni pensiero? Scrivendo. Scrivendo ed esplorando, esplorando se stessi, scrivendo a se stessi [...] Ecco come si fa a scrivere: libertà! Libertà di idee, di parole, di opinioni, di esternazioni, di azioni, di espressione."

Se il mondo è la rappresentazione che ce ne facciamo attraverso il linguaggio, come gran parte del pensiero filosofico del secondo Novecento (il Postmoderno) ci propone, giocare con le parole significa guardare alle cose in modo *diverso*, o con un gioco di parole che piacerebbe a Mattioli, *divertirsi* con le cose, guardarle in modo sempre nuovo da altri punti di vista, allargare i nostri orizzonti e la nostra capacità di comprendere e modificare le cose.

Viviamo nel mondo globalizzato della comunicazione.

Da Facebook a Instagram, da WhatsApp-Messenger a TikTok, l'etere è attraversato da messaggi che miliardi di persone si scambiano in ogni momento anche senza conoscersi, spesso solo per il gusto di affermare che esistiamo, che abbiamo il nostro punto di vista, che contestiamo qualche forma di autorità e di pensiero omologato: politico, religioso, scientifico. La cultura, che è la capacità di comprendere il mondo con fatica e con l'ausilio di una lunga tradizione letteraria, storica, filosofica, scientifica, lascia ormai il posto alla battuta, alle affermazioni superficiali in un linguaggio banale che non è più in grado di organizzare il pensiero, di accogliere un ideale profondamente accettato, cosicché spesso l'emozione davanti a un evento si riduce all'*emoticon*.

Giocare con la lingua significa invece per l'Autore interrogarsi e attraverso l'interrogazione creare un racconto, inventarsi un nuovo senso della vita.

"Come nasce un racconto? Da un'idea, da più idee; da una domanda, da più domande; dalla curiosità e dalla necessità di

spiegare, di spiegare soprattutto a se stessi, dalla necessità di comprendere, comprendere e capire il più delle volte se stessi."
"Parole in libertà e libertà è una parola che ne racchiude molte altre: dignità, rispetto, reciprocità, equità, potere, ma non potere per vincere o dominare, bensì potere di pensare, di parlare, di esprimersi.
Non toglietemi le parole. Che siano parole orali, scritte, gestuali, non toglietemi le parole. Le parole mi permettono di rendere reale la fantasia, di poter esprimere e rappresentare l'immaginazione, di dare visibilità al pensiero. Le parole creano la realtà e ne colorano i vari volti che la compongono."
Più di un secolo fa, all'inizio del Novecento, Filippo Tommaso Marinetti col suo *Manifesto del Futurismo*, pubblicato per la prima volta a Parigi nel 1909 su *Le Figaro*, faceva l'esaltazione della nuova realtà tecnologica della società di massa del primo Novecento: esaltava il vitalismo, la guerra, la velocità contro la lentezza, si scagliava contro l'arcaicità della cultura classica, i musei, i professori. Era un inno al nuovo che avanzava che contribuì anche all'affermazione del fascismo. In tale direzione andava anche il *Manifesto tecnico della letteratura futurista* del 1914, che al primo punto dichiarava che "bisogna distruggere la sintassi e disporre i sostantivi a caso". Per distruggere il vecchio bisognava e bisogna modificare la struttura del linguaggio.
Mattioli vive e scrive in un mondo che è quello auspicato da Marinetti, ma allora la battaglia era volta a far capire alle masse che il mondo era cambiato.
Nel mondo di oggi, il mondo globalizzato della comunicazione del Terzo Millennio, rivoluzionare il linguaggio con le *parole in libertà* significa invece per Mattioli trovare entro ognuno di noi un senso della vita che ci sottragga all'omologazione operata dai mass-media, per salvarci dagli stereotipi:

«Il pensiero pigro — e quindi lo stereotipo, il luogo comune — ha una caratteristica fondamentale: ci consola. Ci protegge dalla complessità, dal disagio del dubbio, dalla fatica del ragionamento. Soprattutto quando i fatti sono scomodi, inquietanti, allarmanti.» (Gianrico Carofiglio, Intervista su *Il Corriere della sera, 29 aprile 2025)*

Introduzione

Questo è un libro con storie allegre e leggère da lèggere a persone serie, ma questo è anche un libro con storie serie da lèggere a persone che sono allegre e leggère.
Ora mi introduco.
Mi introduco in me scrivendomi; un processo di interiorizzazione e, a volte, molte volte, di indesiderata intrusione in un universo che, ogni qualvolta mi prende il coraggio e la frenesia di visitare, mi regala i brividi che mi spingono a conoscere ciò che non conosco, un universo che mi offre le emozioni e i turbamenti di andare nelle profondità del mio animo, della mia coscienza.
Forse è questa indesiderata intrusione la misteriosa forza che mi frusta, mi tormenta e mi spinge a introdurmi nell'infinito mondo dei miei pensieri e a scriverli, che mi porge l'afflato di scrivere per poter soddisfare il desiderio di leggere e rileggere il pensiero che in quel momento ha attraversato la mia vita, per poter avere una traccia di ciò che ho pensato, un ricordo di ciò che ero, per poter comprendere e fanciullescamente giustificare ciò che sono.
Spesso mi viene chiesto come si fa a scrivere un libro. Scrivere un libro non è difficile e non è difficile neppure scrivere. È sufficiente pensare; questo è difficile. Per pensare bisogna non avere pensieri, mente sgombra, vuota, senza imprinting né convenzioni, uno spazio dove il tutto e tutto riescono a trovare il loro posto e lasciare ancora un pochino di posto per le novità, per il nuovo così da potersi rinnovare e rimanere giovani, se non di aspetto almeno di mente. E come si fa ad avere la mente vuota, sgombra da ogni pensiero? Scrivendo. Scrivendo ed esplorando, esplorando se stessi, scrivendo a se stessi.
Quando scrivo tutto si annulla: tempo, freddo, caldo, corpo,

anima, vita e morte. Non esiste più il mondo, non esiste più la vita né la morte. Il tutto a dispetto della morte; l'indifferenza la uccide. Quando scrivo esiste solo il nulla, se il nulla può esistere; esiste comunque il vuoto che cerco di riempire con i miei pensieri materializzandoli nella scrittura. Creatività. Peccato di presunzione come potrebbero obiettare molti semantici credenti, visto che la creatività appartiene solo a un essere superiore, sebbene il contributo teoretico, e sottolineo teo, dei primordiali edenici ed edonistici Adamo ed Eva alla nostra sopravvivenza sia stato non poco ridimensionato dalla teoria evoluzionistica.
Scusate la digressione dovuta alla mente libera, alla libertà di pensiero.
Ecco come si fa a scrivere: libertà! Libertà di idee, di parole, di opinioni, di esternazioni, di azioni, di espressione. Sto scadendo nell'ovvio.
Ma anche libertà di starnazzamenti, quali sono i miei verso la mia coscienza che, bontà sua, i miei starnazzamenti accoglie.
Accogliendoli, la mia coscienza mi permette di introdurmi nei suoi meandri, nella sua vita privata, condividerla e far sì che la mia vita diventi la sua e la sua diventi la mia così che ci si possa capire.
Cara mia Coscienza, continuerò a scriverti affinché tu possa capirmi e io possa capire meglio me stesso.
E dopo questo libero proemio, quando ti va e se ti garba, leggi le lettere che ti ho scritto: le ho scritte a te, sono per te, sono un LAC, un lago di Lettere Alla Coscienza.

LAC

LAC - Lettere Alla Coscienza

Nella mia consueta viandanza pomeridiana, senza curarmi della pioggia, del vento, del freddo o del caldo, mi succede di pensare alla coscienza, ma non a una coscienza qualsiasi o alla coscienza in generale, o di massa o sociale, bensì alla mia. E se è mia vuol dire che ce l'ho, che ho una coscienza.
Ma l'ho davvero? E se ce l'ho perché la penso e non le parlo? Forse aspetto che mi parli lei o forse non l'ascolto, oppure parla talmente adagio, sottovoce, così che non la sento. Quindi mi chiedo ancora "Ho una coscienza? La possiedo?". È più facile che sia lei a possedere me. O così dovrebbe essere e non solo per me.
Parlare alla coscienza mi spaventa, ma mi spaventa ancor più ascoltarla. Però sento che devo dirle qualcosa, ho il bisogno di comunicare con lei e devo trovare il modo a me più consono per parlarle, per dialogarci. Trovato! Meglio dire: "Escogitato!". Se poi, oltre ad aver escogitato, cogito pure temo che non mi ascolterà, quindi meglio andare a istinto. Le scrivo, le scrivo di getto, come si getta un sasso in uno stagno; l'acqua stagnante prende vita e con lei tutto lo stagno si anima. Acqua è vita! Acquavite! Viva!
Coscienza, ti scrivo.
"Cara coscienza, poco ti conosco anche perché poco ci siamo frequentati, un po' per ritrosia mia e un poco perché mi davi noia e quindi mi allontanavo da te. Ti parlo a cuore aperto, il mio, perché con i trapianti e la chirurgia estetica oggigiorno non sai più chi veramente parla e con chi stai parlando.
Digressione: sai ho visto bocche con labbra così grosse che nascondevano il viso al quale erano appiccicate; non riuscivo più a riconoscere chi avevo di fronte. Speravo solo non respirasse per non essere risucchiato da quelle ventose viventi. Parevano supereroi con poteri straordinari.

Ma ritornando a noi. Volendo essere coscienzioso, mia cara coscienza, tu sei fatta, sei composta (sempre educata, mai fuori posto), sei composta da 'scienza' e da 'co' e da conoscenza e simili, ossia cognizione, comprensione, condiscendenza. In poche parole, non sei mai sola; vi è sempre un 'co-' che ti precede, ti accompagna, ti fa compagnia, un 'co-' col quale cooperi, ti confronti e ti conforti, ci parli, ci dialoghi. Quel 'co-' sono i tuoi, e visto che sei la mia coscienza, sono anche i miei 'co-'inquilini, i miei e i tuoi molteplici 'io' con i quali condividiamo le nostre esperienze, i nostri desideri, i nostri pensieri, in due parole la 'nostra vita'. Hai capito, cara coscienza, cosa sei. Oltre che essere pretenziosa e pragmatica scienza, quel 'co-' ti dà la generosa facoltà di condividere, quel 'co-' congiunge e mi congiunge a te, a te mi unisce e diventiamo una cosa sola, anzi una persona sola; ci manca lo Spirito Santo per gridare al miracolo. In pratica siamo, io e te, un solo camaleontico Zelig che gioca a nascondino, mimetizzandosi, confondendosi con l'ambiente e con le altre persone, adattandosi alle varie situazioni, rendendosi irriconoscibile e spesso introvabile.
Io mi nascondo da te, è un impulso al quale non resisto, mi nascondo perché non voglio né vederti né ascoltarti. Però mi manchi, sento che mi manchi e allora ti cerco. A volte ti trovo. E quando ti trovo esulto, godo, grido e gioisco. Ti scrivo questo affinché tu capisca il mio bisogno di scriverti. Scrivendoti ti sento vicina, accanto a me, posso sentirti e, ancor più importante, posso ascoltarti".
Questa LAC, o Lettera Alla Coscienza, è stata possibile scriverla pensandola, la coscienza, in vari momenti della passeggiata pomeridiana. Accade ogni giorno: di tanto in tanto mi fermo, mi siedo su una panchina o all'ombra di un albero o alla luce di un pensiero e la penso e le scrivo, le scrivo su un Moleskine che mi porto sempre appresso, le scrivo per condividere con lei la mia esistenza e per vedere cosa ne pensa, per cercare di capire perché a volte

mi morde, mi morsica i desideri, i pensieri, li mastica, li manda giù, ma non sempre li digerisce. Le viene la gastrite e mi rigurgita addosso la consapevolezza dell'indigeribile. Quel pensiero, quel desiderio indigesto devo masticarlo di più, devo morderlo, farlo a pezzi, cuocerlo e magari speziarlo per renderlo più appetibile. Per questo amo la mia coscienza. Morde, mastica, rigurgita, ingurgita, rumina, digerisce, nutre.
Mi avvolge, mi permette di pensare, di confessarmi, di darmi la cura. Mi aiuta a camminare ogni giorno. Il pensarla mi conforta. Ogni giorno ho il desiderio di pensarla sperando che lei pensi a me, e ho la costanza di scriverle sperando mi dia una risposta.
Lei mi possiede, mi abbraccia, mi accarezza. Il suo corpo si svela. Sento le sue gambe calde, amanti e stimolanti che mi stringono, sento le sue mani fredde che mi accarezzano e mi danno brividi, attesi brividi così freddi che si tramutano in tremori di calore e fremiti di piacere. Vedo il suo sguardo delicato che mi segue, mi protegge, mi acquieta.
Coscienza, cara coscienza, ancora ti scriverò e le lettere che riceverai conservale. Potrebbero servirti quando le leggerai. Io quelle lettere le metterò insieme e ne farò un libro, un libro che mi parlerà di te e di me. Un ricordo del nostro stare insieme.

Breve nota sul passeggiare, sul camminare.

Quando cammino camminano anche i pensieri e prendono ritmo, il ritmo della camminata. Durante la passeggiata incontro luoghi, persone, visi, sguardi; incontro il mondo che sta e vive fuori dalla porta di casa. Osservo quel mondo che cambia ad ogni camminata, ad ogni passeggiata, cambia ad ogni passo lungo il percorso della camminata che ho intrapreso nascendo e vivendo.

Nascita di un racconto

Come nasce un racconto? Da un'idea, da più idee; da una domanda, da più domande; dalla curiosità e dalla necessità di spiegare, di spiegare soprattutto a se stessi, dalla necessità di comprendere, comprendere e capire il più delle volte se stessi; dalla fantasia che ci permette di volare e arrivare nell'incredibile, quindi di vedere l'incredibile e di conseguenza descriverlo, e in genere l'incredibile è fantastico, fantasioso e anche meraviglioso, spesso stupefacente. Sull'onda della meraviglia, dello stupefacente e del sensazionale che captano i nostri sensi siamo ora in grado di far nascere il racconto.
Come esempio di racconto prendiamo il naso, sì, proprio il naso, in particolar modo un NASO ROSSO.
Allora, perché un naso è rosso? Ecco la domanda alla quale dobbiamo dare una risposta.

1. È rosso perché ha il raffreddore;
2. È rosso perché è raffreddato dal freddo;
3. È rosso perché ha preso un pugno;
4. È rosso perché ha sbattuto contro porta o altro (ha sbattuto contro un pugno);
5. È rosso perché ha la couperose;
6. È rosso perché ha perso sangue e non si è pulito bene;
7. È rosso perché si è fatto un bel po' di bicchieri di rosso;
8. È rosso perché è un clown e il naso è finto o dipinto di rosso.

E se avete altre opzioni, per cortesia aggiungetele, suggeritemele. Comunque, ogni punto da 1 a 8 merita ulteriori "perché" e questi "perché" vanno sviluppati.
Punto 1. Perché e dove ha preso il raffreddore? Non si era coperto

bene? Raffreddore da fieno, allergia?
Punto 2. Dov'era per prendere freddo? Paesi nordici? Alaska? Viaggio al Polo Nord o Sud? E perché quel viaggio? Da solo? Con chi? Perché da solo? Perché con quella persona? Che viaggio? Treno? Aereo? Auto?
Punti 3, 4, 5, 6, 7 e 8: Quante domande, quanti perché da svelare? E ogni domanda, ogni perché lascia la libertà di risposta alla fantasia, all'immaginazione, all'incredibile voglia di esplorare i perché quel naso è rosso. È sempre stato rosso o lo è diventato? E se lo è diventato, com'era prima, che colore aveva? E adesso che è rosso, quel naso rosso ha messo in difficoltà il proprietario del naso, cerca di nascondere il suo rosso naso oppure se ne frega o ancora ne va orgoglioso? Ne va orgoglioso perché si distingue dagli altri? Perché il suo naso rosso (e magari pure grosso) desta curiosità, gli permette di essere notato e di fa ridere le altre persone? E questo, il fatto di suscitare buonumore nelle altre persone lo fa felice? Sì, è una persona semplice e la felicità degli altri lo rende contento. E invece no, se ne vergogna e fa di tutto per nascondere il naso rosso. Sciarpe e passamontagna anche d'estate. Non gli importa di passare per ridicolo. Si inventa pure delle storie, diventa bugiardo, dice che quel naso rosso è un fenomeno passeggero dovuto ai cambiamenti climatici. Lui che era contro i vaccini, contro la loro efficacia, contro i dogmi della scienza, ammette l'esistenza dei cambiamenti climatici. Ma, nello stesso tempo nega la realtà del naso rosso.
"Siete voi che dite che il mio naso è rosso, ma è il vostro naso a essere pallido, incolore, informe; un naso che non sembra neppure un naso, ma un'escrescenza cutanea, un porro. Io, col mio naso, annuso, fiuto, so da dove provengono gli odori. Avere questo naso ha un senso e mi dà un senso: l'olfatto. Voi, col vostro porro bitorzoluto e magari pure con qualche setola che spunta dalle pieghe

del porro e ondeggia al minimo refolo di vento e che vi solletica le narici facendovi starnutire rumorosamente e in continuazione anche durante la prima alla Scala e per questo siete gettati in pasto a quelli fuori che protestavano per la passerella di sfarzo delle persone che vanno alla prima, voi non capite l'importanza e la fortuna d'avere un naso come il mio".
La qui di sopra spatafiata può adattarsi ai vari punti, ai vari "perché" prima elencati. Sceglietene uno che vi è congeniale, adattatelo alla vostra fantasia, alla vostra immaginazione ed espandetelo. Lasciate scorrere le domande che un naso rosso vi suscita, lasciatevi trasportare dalla curiosità che quel naso vi ha risvegliato. Provate il piacere, il brivido dell'osare di andare a chiedere a chi porta quel naso rosso in viso "perché hai quel naso così rosso?". Avrete notato che ho usato la formula colloquiale e amichevole del "tu". Eh sì, perché se si osa tanto, l'aspettativa è che l'altra persona non ci sia ostile e che con una sventola o un pugno non ci faccia entrare nella categoria dei nasi rossi.
È bene, comunque, non cadere nei luoghi comuni, forse meglio dire di non scadere, anche se i luoghi comuni sono quelli più capiti, più frequentati e più diffusi e accessibili a tutti; sono appunto luoghi comuni. Un po' come la maleducazione dei nostri giorni. Ecco qui che sono scaduto e caduto nella trappola del luogo comune.
E che tono dare al racconto? Storico? Lo sono un po' tutti visto che si racconta una storia; triste, ironico, malinconico, erotico, sentimentale, avventura, drammatico, violento, horror, thriller, allegro, surreale, distopico, mistico? Forse misto o quello che più vi ispira, come vi sentite in quel momento. Potrete aggiustare il tiro durante le numerose revisioni che apporterete al vostro manoscritto, in quanto insoddisfatti di quelle precedenti. L'argomento, il tono, lo stile del racconto rivela sempre parte dello stato d'animo di chi scrive e più si scrive più si rivela se stessi, in quanto lo scrivere è

una forma di dialogo, di confessione che si ha con il proprio *alter ego*.
E rileggere, rileggere, rileggere fino a raggiungere il ritmo giusto, la giusta prosodia delle note, delle sillabe delle parole che compongono la melodia, la musicalità del racconto. Trama e ordito si intersecano, si intrecciano per dare vita al tessuto della narrazione. Tingiamo e profumiamo questo tessuto con i meravigliosi colori e aromi delle parole che l'emozione della scoperta del "perché", ed è un piacere scoprire le cose, le cose che la fantasia e l'immaginazione ci regalano e aggiungiamo quel tocco, quella pennellata di follia, di pazzia che ci vuole per far vivere, pulsare, animare, dare un'anima a ciò che è inanimato, come, per esempio, il nostro protagonista: un naso, un naso rosso. D'altronde di storie di nasi ve ne sono in letteratura. Pensate a Rostand col suo *Cyrano de Bergerac,* deriso per il suo spropositato attributo olfattorio. Oggi sarebbe apostrofato come *politically incorrect* in quanto fatto oggetto di *body shaming*. E che dire di quella commedia dove viene invitato a cena un illustre ospite che ha un enorme naso. L'anfitrione raccomanda alla moglie di non nominare mai la parola "naso". La cena e la serata si svolge amabilmente, senza intoppi di conversazione. Sennonché, la padrona di casa, ossessionata per tutta la sera dal non pronunciare mai la parola "naso", al momento del caffè, volendo usare all'esimio ospite la cortesia di servirglielo zuccherato, gli si rivolse con queste parole: "nel caffè, quanto naso vuole?".
Ecco, in quattro e quattro se non erro otto, una piccola, breve esposizione di come può nascere, prendere forma un racconto.
Perché ho scritto ciò? Questa è la domanda che mi ha dato lo spunto per scrivere quanto sopra, ossia la germinazione di una novella, lo sviluppo di un pensiero, di un'idea narrativa.
L'atto del narrare e, di conseguenza, il racconto che ne scaturisce

è un susseguirsi di curiosità, di perché, di domande e di risposte anche, e forse soprattutto, di domande in apparenza assurde e di risposte altrettanto apparentemente assurde.
Ma se dell'assurdo riusciamo a comprenderne la logica allora potremo scrivere racconti.
Il NASO ROSSO ispiratore di molteplici racconti.
Questo sopra ne è un esempio.

Svelare, ossia scrivere

Vi svelo un segreto, ma poi, voi che leggete, velatelo ancora perché è attraverso i veli che si vede, si riconosce la verità.
SCRIVERE. Per scrivere bisogna essere in due. Non è vero che ci vuole pace e tranquillità. Se così fosse che bisogno ci sarebbe di scrivere. Ci si siede su una panchina e si guarda il paesaggio. Però qui è più complicato: ci vuole chi guarda, la panchina e il paesaggio. Spesso manca uno dei tre elementi, soprattutto un elemento: la mente. Quindi meglio essere in due: io e me stesso. In questo duetto la mente può transitare tra "io" e "me stesso". È durante il transito che si riesce a scrivere. Nel transito la mente si può perdere e vagando esplora e nell'esplorazione nascono le idee. Quindi, contemplare. Ossia, tener presente il divagare libero. Seduti sulla mente contemplarne il suo libero viaggio. Noi nel mezzo a osservare e notare, prendere appunti, ordinarli e narrarli a noi stessi. Siamo noi le prime persone alle quali dobbiamo scrivere. E dobbiamo essere chiari prima di tutto a noi stessi affinché, se vogliamo, gli altri capiscano ciò che si intende dire, comunicare.
PRIMO SEGRETO SVELATO.
SCRIVERE. Per scrivere bisogna. Sì, è un bisogno. Si deve abbisognare di avere un bisogno. E quando si ha un bisogno, se si è educati, si va alla toilette. Ma non si deve per forza essere educati per abbisognare e, quindi, per scrivere. Basta volerlo. Il bisogno è volontà. Ho dei bisogni, quindi sono. Non avessi bisogni non sarei nessuno. Chi si cura di chi non ha bisogni? Non certo i caritatevoli d'animo, coloro che hanno bisogno dei bisognosi per soddisfare il loro bisogno di abbisognare i bisognosi. Una volta espletato il bisogno ci si sente scaricati di un pensiero che vagava disordinatamente nel cervello e che evitava quei neuroni logici e dell'intelligenza educata che ci impedivano di esternare il bisogno, ossia

il pensiero bizzarro, surreale, erotico, sentimentale, dolce, odioso e odiato, il pensiero a volte scurrile, a volte offensivo nella sua sincerità non più velata, non più da interpretare, ma da capire, comprendere e, se ne abbiamo il coraggio, da vergognandosene. Sarà scritto correttamente?
Vergognandosene: parola difficile da scrivere, da intenderne il significato, anche il T9 non sapeva come correggerla tanto complicata era e a tanto significato rimandava. Se siete riusciti a leggere fino a qui avrete svelato il SECONDO SEGRETO.
SCRIVERE. Ogni cosa è viva. Per scrivere si deve sentire la voce non solo delle persone ma anche delle cose. La voce e i pensieri delle cose. Tutto vive: persone e cose. Tutto parla, tutto pensa. Pensa il sasso, pensa la sedia, pensa il letto. Pensano. Gli oggetti pensano come pensano le parti del nostro corpo. Quando le trattiamo male ci dolgono. Ci fa male un ginocchio quando lo abbiamo strapazzato, forzato troppo. E lo sentiamo col nostro cervello. Il dolore si trasmette dal ginocchio al cervello e il cervello riconosce da dove viene il male. Pensiamo. Pensiamo ora alla sedia dove ci sediamo. Come la trattiamo? Ci accoglie quando siamo stanchi e ci lasciamo andare pesantemente su di lei. Le fa male un ginocchio? Non ce ne curiamo. La sedia, la nostra sedia. Ci accoglie ogni giorno e non le importa di che umore siamo, se ci sediamo su di lei delicatamente o abbandoniamo il nostro corpo, le nostre natiche, magari grosse e cellulitiche, ma morbide, soffici, su di lei confidando nella sua comprensione, docilità e robusta, generosa accoglienza. A volte è titubante; la nostra sedia, oscilla, non è stabile. Non ce ne curiamo e non la curiamo. Le mettiamo un pezzetto ripiegato di carta sotto una gamba in modo che non traballi più e non faccia traballare anche noi e le nostre convinzioni. La giusta cura sarebbe di chiamare il suo medico, il falegname. La rimetterebbe in sesto. La nostra sedia. E se invece delle solite natiche, le

nostre, dovesse accogliere quelle di un estraneo, un invitato sconosciuto, magari neppure invitato, un intruso? Come reagirebbe la nostra sedia? Non lo accetterebbe, ne sono sicuro. Si spezzerebbe sotto il peso del grasso invitato oppure traballerebbe ancor più quando le smilze, magroline, ossute, spigolose, pungenti chiappe dell'esile invitato non le premessero le sue quattro gambe saldamente al suolo del tappetoso salotto. Una sedia da salotto. Sì, è una sedia da salotto, da conversazione. Una sedia dove sedersi comodi, pensare comodamente e avere pensieri accomodanti. Ecco svelato il segreto del menefreghismo. La comodità dei propri pensieri, del proprio pensare.
TERZO SEGRETO SVELATO.
SCRIVERE. Per scrivere si ha bisogno di fantasticare, di immaginare, di soffrire, di amare, di segreti e di verità, di fantasia e di realtà. Per scrivere si ha bisogno di se stessi e di mantenere segreto ciò che la propria anima racconta, mantenerlo segreto a noi stessi. Il bisogno di scrivere nasce dalla voglia di rivelare a noi stessi quel segreto nascosto nel nostro profondo. Si continua a scrivere finché e affinché il segreto rimane e rimanga tale.
QUARTO SEGRETO SVELATO

Camaleonti in una foresta di cristallo

Sono conosciuto come il più grande mimo mimetizzante del mondo. Infatti nessuno mi riconosce; nessuno sa chi sono. Ho questa duplice funzione: mimare e mimetizzare. A volte queste due funzioni si accavallano, si intersecano, una penetra nell'altra e confondono pure me, e anche loro si confondono. Quando prevale il mimare è tutta un'agitazione per dare vita alla scena e creare confusione, modificare la realtà imitandola e renderla surreale, portarla sopra la realtà, al di fuori, al di là della realtà, nel mondo inesplorato dell'Aldilà; quando prevale il mimetizzare tutto si blocca, tutto si ferma, un'istantanea vivente del mondo che appare morto, neppure più respira. Capite che confusione mi crea questa mia doppia funzione. Ma mi dà anche delle soddisfazioni. Posso mimare tutto e mimetizzarmi con tutto: oggetti, persone, pensieri, idee, frasi, situazioni, emozioni, e lo faccio cambiando le mie forme e i miei colori. Mimo e mimetizzo anche odori e suoni, creo ambienti e atmosfere. Mimo il nulla e scompaio, e mi mimetizzo con tutto e con tutto mi si confonde, non esisto; anche in questo caso scompaio. Non esisto: sono tutto e nulla allo stesso tempo. Un pregio, una dote, una qualità destinata a pochi, forse solo a me o forse, visto che posso essere tutto o nulla, una prerogativa che hanno tutti o che nessuno possiede o ancora che nessuno sa di avere.

A volte trasgredisco e approfitto delle mie doti di mimo e di mimetizzazione e mimo e mi mimetizzo in oggetti, persone, emozioni, immagini, idee, pensieri che la più parte delle persone si vergogna d'avere, ma che fanno parte del loro intimo "io", del loro profondo essere, della loro nascosta esistenza, della loro essenza e mi paleso loro con fattezze conosciute solo dalle loro fantasie, dai loro desideri inconfessabili resi reali dai brividi, sospiri e aneliti di desideri

mai appagati che il mio mimare e mimetismo in loro suscitano. Sono riuscito a creare, a mimare le loro aspirazioni e mimetizzarle con la realtà che le circondava. Per un momento ho reso reali i loro sogni mimandoli e mimetizzandoli da realtà. Non sempre vi riesco, ma quando succede sono fiero di me stesso. Anche perché in quei momenti la mia *ars* mimica e la mia *ars* mimetica si sono modellate e fuse in un'unica *ars*: l'*ars* vivendi, senza creare confusione ma creando una fantastica realtà, una realtà da vivere.
Questa è la mia funzione più nobile: generare fantastica realtà per far star bene la gente, le persone, creare benessere individuale che, se e quando si diffonde, produce benessere, floridezza e prosperità sociale.
Quindi, non denigratemi, non giudicatemi male: io, il camaleonte, sono vostro amico, vi conforto, vi sostengo, vi accudisco e curo nello sconforto, nei momenti bui della vostra vita. Provate, provate a stringermi a voi. Sono talmente abile nel mimetizzarmi che vi sembrerà di stringere voi stessi. E non è solo apparenza, non è solo sembrare; il calore che sentite è il vostro perché abbracciate voi stessi. Accarezzatemi, baciatemi, coccolatemi e accarezzerete, bacerete e coccolerete voi stessi. Come sono orgoglioso di voi e di me: di voi che non avete più paura di me e di me che sono riuscito a farmi accettare da voi.
E così siamo diventati tutti camaleonti: voi non temendomi più, io per essermi fatto accogliere da voi. Lo siamo diventati, ma forse camaleonti lo siamo sempre stati.
Tutti camaleonti. Ci conosciamo e ci riconosciamo, e dopo dieci minuti siamo altri, siamo altre persone e non ci conosciamo e riconosciamo più. È cambiata persino la realtà, la realtà si è adattata a noi, a noi che non siamo più quelli di prima. La realtà muta con noi. Viviamo in una realtà fatta di immagini che cambiano in continuazione, immagini che le vetrine, gli specchi rimandano a

noi, che le altre persone rimandano a noi con i loro sguardi, i loro gesti, il loro comportamento. Una realtà di immagini, illustrazioni, ripetizioni di noi stessi riflessi in una foresta di cristallo che mima il mondo vero e si mimetizza, si confonde con le rappresentazioni che i cristalli riecheggiano. Una mimesi che, riflettendosi all'infinito, si allontana sempre più dalla realtà. Ed è fragile. La realtà della foresta di cristallo è fragile e delicata; così fragile e delicata che basta un acuto, una nota strillata, urlata, un acuto lanciato nella foresta di cristallo per farla andare in mille e ancor più mille pezzi, romperla, frantumarla in mille bagliori, in mille suoni che si ripetono mille volte, bagliori di immagini a pezzetti e di pezzetti di immagini, un puzzle impossibile da ricomporre, da ricostruire, da rimettere insieme; nessun pezzo combacia con nessun altro. Sono pezzi unici, solitari.
Un acuto urlato, frantumati i cristalli della foresta, scomparsa la foresta, dissolti i camaleonti.
Solo l'arte della mimetizzazione, della mimica ci permetteva di vivere, di avere un'apparenza, di apparire. Vivevamo in una foresta dove erano finti, come noi, anche i fiori e gli animali, morbidi *peluche* di finto pelo, bellissimi fiori di assenti profumi. Un ecosistema finto ma che poteva e riusciva a vivere grazie alla mimica, al mimetismo, alla mimetizzazione.

L'uomo con due occhi

Non lo sappiamo, ma succede a tutti noi di nascere senza saperlo. Capitò pure a lui. Nacque, e nacque con due occhi come quasi a noi tutti capita spesso di nascere. E la mente va subito a quello sfortunato e tonto di Polifemo.
Come si diceva, aveva due occhi, due occhi bellissimi, di colori diversi, uno azzurro e l'altro verde. Inoltre presentava le caratteristiche fenotipiche peculiari di tutti gli umani viventi. Però nascondeva un segreto. Oddio, non è che proprio lo nascondesse, lo aveva ma non si vedeva: il segreto era che non aveva la lingua e quindi non poteva parlare. Infatti non parlò mai, ma sapeva esprimersi. Come? Si esprimeva con gli occhi, con quei suoi bellissimi, affascinanti, incantevoli occhi che, appunto, incantavano. Li si guardava e si rimaneva a bocca aperta tanto erano belli, uno più bello dell'altro, secondo i punti di vista. E di punti di vista pure lui ne aveva diversi, diversi e divergenti. Sì, perché come i suoi punti di vista pure i suoi occhi erano divergenti. Per dirla in parole comprensibili, era strabico. E non essendo donna, Venere non gli venne in aiuto. Ma lui coltivò il suo strabismo tanto da farlo diventare prima un'abilità e in seguito lo innalzò a livello di virtù. Fu tanto abile e intelligente da sviluppare al massimo un suo particolare *body language*, una *visual communication*, un *eye language* universale, attento, preciso, direi oculato; un linguaggio compreso da tutti e col quale con tutti comunicava. Ma vi era un problema e neppure di poco conto. Sì, perché se si vuole vedere in positivo, il suo strabismo è vero che forniva vedute più ampie, visioni più aperte, più larghi orizzonti, ma era pur vero che queste vedute erano differenti, divergenti, cambiavano direzione, come i suoi occhi, anzi proprio a causa dei suoi occhi. Questo faceva nascere un ulteriore inconveniente: non riusciva ad andare d'accordo con

se stesso, come capita a molti di noi pur non essendo strabici. Non andavano d'accordo i suoi occhi e non andava d'accordo lui. E glielo si leggeva negli occhi. Sapete, il suo particolare *eye language* era talmente sviluppato, talmente portato all'eccesso che le parole che non poteva pronunciare causa assenza di lingua, ma che pensava, le frasi che pensava gli scorrevano negli occhi come i sottotitoli di un telegiornale. Ovviamente erano frasi contrastanti, divergenti, di significato opposto. Se nell'occhio sinistro scorreva la frase "oggi fare il bravo", nell'occhio destro scorrevano le parole "oggi NON fare il bravo"; a volte per essere più conciso e veloce nell'esprimere visivamente il concetto faceva scorrere "oggi NN fare il bravo" dove NN non stava per NON come nel linguaggio dei *socials*, ma era invece sinonimo di NN=anonimo, giusto per non farsi riconoscere e magari beccarsi un cazziatone.
Un altro inconveniente era che non vedeva il centro, vedeva ampiamente a destra, altrettanto ampiamente a sinistra, ma non il centro. Quindi non riusciva a centrare il nocciolo della questione. Sicché si prodigava in tentativi per vedere e cogliere l'essenza della discussione, della diatriba che tanto infervorava le genti. I tentativi consistevano nel voltare la testa a destra o a sinistra in modo che almeno un occhio fosse indirizzato al centro. Questi suoi giramenti di testa disorientavano ancor più gli astanti. In più, questo guardar di sghimbescio gli dava un'aria losca, furtiva, o se vogliamo essere magnanimi, stramba. Invece per lui questo guardare in tralice era un modo di concentrarsi, di centrarsi sulla questione, sul problema, di prestar più attenzione alle persone e alle loro esigenze. Ma nessuno capiva questo suo modo di fare. D'altronde non si capiva lui stesso; era una contraddizione vivente e contraddicendosi di continuo aveva sempre ragione. Questa era la sua forza: la contraddizione. Una forza potente, talmente potente che riusciva a contraddire tutti e a farli contraddire, sicché tutti si

convincevano di avere ragione e alla fine gli davano ragione. Per questa sua abilità venne più volte invitato a darsi alla politica, a scendere in campo, in quel campo di ortiche dove tutti cercano di schivare le urticanti piante dei problemi della nazione. Rifiutò, non per timidezza o per paura di non essere all'altezza in mezzo a quel popolo di nani, rifiutò perché era un generoso, un benevolo, un magnanimo e non voleva far fare brutta figura a chi sugli scranni già incollato stava o a chi sperava prima o poi di sedervisi. Inoltre, non desiderava essere né onorevole né onorato, e tantomeno essere eletto da una pletora di stolti. Questo fatto lo considerava alquanto disonorevole. Eppoi, il facente politico non lo deputava essere un lavoro, ma piuttosto un escamotage per arrivare il più presto possibile alla pensione.

Col tempo trovò il modo di sembrare normale, di guardare il mondo e le persone in modo normale e di apparire loro una persona normale, con due occhi, come molti di loro, che guardavano nella stessa direzione. Ridere. Il suo modo di sembrare normale era ridere. Si accorse che solo quando rideva gli occhi si mettevano in una posizione per molti, se non per tutti, giudicata normale. E in quei momenti dava il meglio di sé. Il meglio di sé era il rifiuto dell'immagine nitida della realtà, una realtà così reale e vuota, così monotona da farla sembrare un'immagine irreale, scialba, statica e noiosa, inventata, concepita, no anzi creata da menti malate. Un'immagine stretta, piccola, per menti piccole, di strette vedute, di poca profondità, piatta e quel piattume di pattume si rifletteva e lo si vedeva nella società che lo circondava.

Il suo ridere era preso dalle persone normali, quelle con gli occhi normali, con le vedute normali, come uno stato di contentezza, di felicità, di serenità che sfiorava la beatitudine. Invece, nel suo intimo, quella visione lo rattristava, lo rendeva infelice, lo inquietava in quanto vedeva e prevedeva il disastro sociale, il fallimento

dell'evoluzione umana, la mancanza di progresso di pensiero, la mancanza di umanità e la sua sparizione. Smise di ridere e più non volle ridere. Smise di farsi guardare. I suoi occhi smisero di parlare.
Si aggirava serio per le strade del mondo indossando un paio di occhiali da sole con lenti a specchio. Solo quando incontrava animali selvatici, e donne e uomini selvaggi toglieva gli occhiali e grazie al suo *eye language* universale comunicava con loro, con i selvatici selvaggi. Si sparse la voce di quell'essere che non sapeva parlare ma sapeva comunicare, quell'essere con vedute così ampie e così inclusive che riuscivano a integrare e interagire con l'umanità e la natura, con l'umanità e l'ambiente dove i selvatici e i selvaggi vivevano. Nacque una nuova lingua, una lingua universale che tutti capivano e tutti capivano tutti; nacque una nuova società selvaggia e selvatica. E tutto iniziò di nuovo da dove era incominciato secoli, millenni prima.
Ah, dimenticavo! In quel nuovo mondo erano tutti, ma proprio tutti, animali, donne, uomini, infanti, erano tutti strabici.

Il libro caduto

Notai quel libro. Era caduto, adagiato malamente a terra. Fortunatamente lo notai, in caso contrario l'avrei calpestato. Lo notai in quanto era fuori posto, non allineato negli scaffali della libreria insieme ai suoi simili. Chissà come o perché era caduto. Il libraio l'aveva sistemato male? Un avventore della libreria l'aveva preso, guardato, forse annusato come faccio io con i libri, letto qualche frase e, decidendo che non era ciò che voleva, l'aveva riposto nello scaffale, con noncuranza, quella noncuranza che ti fa sbagliare posto, ti fa essere fuori luogo, quella distratta disattenzione che ti fa collocare malamente gli oggetti e ti fa pure mettere le persone al posto che loro non spetta, al posto sbagliato? Forse fu così. Uno sbaglio, un posto sbagliato. Una vita trascorsa a essere sbagliato e a non essere capace di ordinare le faccende della vita, sia che riguardassero cose sia si riferissero a persone. Qualunque fosse stata la ragione per la quale quel libro fosse a terra non ha importanza; ciò che è veramente importante è che fosse in quella posizione: lì, a terra, riverso strambamente sul pavimento. Perché è per quello che lo notai. Non per il titolo né per la sua copertina. Anonimi, talmente anonimi sia nella scelta dei colori delle parole del titolo, che neppure lessi fino in fondo, sia nei colori che componevano lo sfondo al titolo stesso sicché tutto l'insieme passava inosservato anche se fosse stato in compagnia dei suoi simili, gli altri libri, ben ordinati sulle scansìe. Guardandolo lì a terra, con le pagine scompigliate, alcune spiegazzate, altre ripiegate su loro stesse per effetto della caduta, vedendo ciò che la caduta gli aveva fatto, lo raccolsi, lo raccolsi dolcemente, come si tratta un ferito, con garbo e delicatezza. La sua caduta fu la sua fortuna, lo tolse dell'anonimato. Mi piace e mi conforta ridire che se non fosse stato lì sul pavimento, messo in malo modo e fuori posto, se fosse stato

tra i suoi simili, il suo anodino aspetto lo avrebbe fatto passare inosservato; quell'apparenza scialba, banale gli avrebbe negato pure l'esistenza, non sarebbe esistito. Invece la caduta, scompigliandolo, gli aveva tolto la banalità della forma di un comune libro e da libro comune, amorfo, divenne libro libero, con tratti originali, di bizzarre sembianze e accattivanti fattezze. Assunse persino espressioni attraenti e seducenti. Come potevo non accorgermi di tutto ciò, lì per terra, ai miei piedi. Come dissi dianzi, mi chinai e lo tirai su, e nel gesto delicato di raccolta vi aggiunsi, per rispetto ed empatia delle sue condizioni, grazia e cortesia.
Non era un libro pesante nonostante le numerose pagine. Quante? Non vi è e non mi è dato sapere ora di questo e scoprirete e capirete tra poco il perché, come spero accada pure a me. Lo presi e lo annusai. Che profumi! Ogni pagina aveva un profumo diverso, inebriante e sensuale. Penso sia stato stampato su carta fatta con petali di fiori, ogni pagina un fiore diverso. I caratteri di stampa erano di vari colori, colori luccicanti, abbaglianti, ammiccanti. Profumi e colori erano nascosti dall'anonima copertina. Per sentire i profumi e vedere i colori di quel libro bisognava averlo tra le mani, toccarlo e annusarlo. Lasciato lì, sui ripiani delle librerie, non trasmetteva la sua essenza, non comunicava, non trasferiva il suo pensiero.
Ero affascinato dalla mia scoperta, una scoperta fatta casualmente, guardando in basso, vedendo ciò che era caduto, ciò che c'era sul pavimento, ciò al quale tutti non facevano caso, ciò che tutti calpestavano o ignoravano per ignoranza, superficialità, arroganza. Non si abbassavano né fisicamente né moralmente a raccogliere ciò che era caduto. Pensavano fosse sporco o di poco valore, cosa di poco conto e per questo abbandonata. Dall'altezza della loro posizione eretta, ma non retta, non potevano del libro né vederne né sentirne i colori e i profumi né, tantopiù, coglierne il pensiero tanto era

sottile, sottilmente argomentato, nascosto, ma senza un nascosto fine. No, il fine di quel pensiero non era per rozze menti, gretti individui che non volevano guardare in basso e se, per distrazione, capitava loro di gettare un'occhiata sfuggente, in tralice, verso il basso era per ammirare le loro lucenti scarpe.
Quel libro raccolto lo strinsi a me come per proteggerlo da ulteriori cadute, e mi avviai verso la cassa affinché potessi pagare l'acquisto della mia casuale scoperta. Arrivato al bancone della cassa chiesi al libraio il prezzo del libro caduto. Mi disse che non aveva prezzo, non in quanto rarità, incunabolo introvabile dell'arte stampata. No, non aveva prezzo perché era un regalo, un regalo per me che lo avevo raccolto. Mi disse che ogni giorno, all'apertura della libreria, faceva cadere un libro e lo lasciava lì, lì per terra, sul pavimento fino a quando una persona, entrata nella sua libreria, se ne fosse accorta e lo avrebbe raccolto. Mi disse che la più parte degli individui non si accorgevano del libro caduto, lo calpestavano e chi se ne accorgeva gli dava un calcetto per farlo andare in posti dove non si vedesse o intralciasse il cammino, il passaggio. Mi disse anche che quello, il libro caduto, era il suo regalo quotidiano alla generosità, alla gentilezza, all'educazione, alla cortesia, alla civiltà. E quel regalo lo meritava non solo chi si fosse avveduto del libro, ma chi, dopo averlo notato, avrebbe fatto lo sforzo e avuto la grazia di chinarsi e raccoglierlo, perché con quel gesto si sarebbe accorto e accolto ciò che il libro significava. Il libraio aggiunse: "È un libro saggio, ha poche parole, una per ogni giorno della vita. Una sola al giorno. Deve leggerla il mattino appena sveglio. Il libro le lascia tutto il giorno per pensare a ciò che ha letto. Il giorno dopo leggerà un'altra parola e così via. Lei ha già sentito il profumo delle parole del libro. Lei ha già visto i colori delle parole del libro. Continui a leggere e aggiunga ogni mattina una parola nuova al libro. Oltre ad aggiungere quella

parola, aggiungerà pagine, aggiungerà giorni e aggiungerà profumi e colori ai giorni”.
Grato di quei consigli e di quel regalo, presi il libro e ne presi cura. Con gioia rimisi in ordine le pagine, le risistemai. Sorridendo, chiusi il libro nella sua copertina anonima sapendo cosa conteneva. Solo in quel momento badai al titolo e lo lessi tutto: “La mia vita”. Pensai e ripensai a quella casualità, al fatto che notai il libro in quanto era fuori posto, era caduto. Strano che fosse lì, un posto che non gli competeva. Proprio per questo lo notai, proprio per questo lo raccolsi, proprio per questo lo lessi con attenzione e passione e, soprattutto, proprio per questo lo accudii e lo custodii. Quel libro era un regalo, quel libro era prezioso. Il gesto di raccoglierlo e la cura nel custodirlo e proteggerlo me ne fecero apprezzare i profumi, i colori e il pensiero che conteneva. Quel libro, “La mia vita”, il racconto di quel libro non me lo scorderò mai.

Gaudente

Cum magno gaudio, magno!
Cosa mangio? Mangio tutto, con gusto. E di codesto gusto godo.
Datemi, con vostra benevolenza e generosità, il tempo di spiegarvi e voi prendetevi il tempo di leggere, anche se può apparire presuntuoso, arrogante, quasi *hybris*, riuscire a prendere il tempo. Fosse così, sai quanto vivrebbero i ladri e i ladrocinanti e, per *par condicio*, i reggenti e i politicanti abituati a prendersi, ad arraffare ciò che a loro aggrada, ossia tutto!
Ora concedetemi, lasciatemi spiegare il libertino piacere di poter rifocillarsi di tutto. Comprendendo o includendo il poterlo fare con tutto, l'azione di rifocillarsi diventa ancor più libera e libertina.
Divoro e trangugio pantagruelicamente tutto.
Sono panteofago; mangio tutti gli dei, mi nutro dei loro poteri, poi li espello tutti e tengo solo Crono, patriarca anzi deiarca degli dei, tengo Crono per il tempo che lui vorrà restare con me e io, avrei potuto scrivere ed io, ma avrei creato confusione e peccato di presunzione, e io accanto a lui.
Sono idrovoro e bevo di tutto; prosciugo mari, oceani, fiumi e laghi. Mi inebrio di uve e di altri frutti dai fermentanti succhi e godo dell'ebbrezza zuccherina del fermento delle idee bizzarre che generano i dolci, fermentati nettari.
Sono aerofago; mangio aria, ossia ossigeno e azoto; respiro, inspiro ed espiro; ispiro beltà ed espio colpe, colpe mie e non commesse, ma commissionate. Ho quel senso di colpa, un senso di colpa così sviluppato da diventare il mio sesto senso, un senso che poco a poco, col passare del tempo annienterà, anestetizzerà tutti gli altri sensi. Ma non gliene faccio una colpa, è nella sua natura, una natura colpevole nella sua essenza. Vive per colpevolizzare e si nutre di colpevoli, veri o presunti, o che si sentono veri colpevoli senza esserlo.

Sono un mangiatore di funghi; funghi allucinogeni che raddrizzano, con le loro distorte visioni, raddrizzano la realtà. Mangio anche chiodini che mi creano piccole, minuscole ma numerose idee fisse; e che dire dei porcini che mi fanno balenare in testa pensieri *osé*, sconvenienti, pensieri che si accavallano in kamasutriche complicate posizioni.
Sono un guru e non ho bisogno di mangiare; infatti mi nutro della mia stessa saliva, saliva piena di bollicine e ogni bollicina ha un sapore diverso, un diverso nutrimento; sapori e nutrimenti che soddisfano la mia fame e sete di sapere, la mia *libido sciendi.*
Sono un polipo pannivoro che è più che onnivoro. Io, polipo pannivoro, ho otto, sedici, trentadue, sessantaquattro e tanti altri tentacoli, ognuno di loro specializzato a fiutare, scovare, ghermire, acchiappare, risucchiare, fagocitare con enormi ventose, quasi moderne labbra eticamente estetiche, e poi ingurgitare il cibo adatto, l'alimento idoneo alla mia sopravvivenza, più che sopravvivenza, ancora più in alto della sopravvivenza, più sopra, un qualcosa che va oltre la sopravvivenza: supervivenza, stravivenza, ipervivenza, e questo cibo mi fornisce l'essenza della vivenza così da soddisfarne i bisogni, una vivenza che non ha bisogno né di desideri né di bisogni per esistere.
Basto a me stesso, come il basto di un asino dove puoi caricarci di tutto e tutto porta e sopporta, ragliando ogni tanto di soddisfazione per esser riuscito a sopportare il fastidioso peso molesto del quotidiano scorrere senza un lamento, solo qualche lieve sospiro scambiato per raglio da un non attento né empatico orecchio.
Sono un gaudente: mangio, bevo e fumo anche, e per distrarmi leggo; leggo per far passare il tempo e per non mangiare; quando leggo cerco di non mangiare, ma quando leggo rumino, rumino per digerire ciò che leggo o ciò che ho appena letto. Vedete, essendo un pannivoro goloso mangio anche i libri, li divoro. Ve l'ho detto

all'inizio che mangio tutto e di tutto.
Sennonché, con tutto quello che ho mangiato, ingurgitato, divorato, quel miscuglio di cibi, quell'intruglio micidiale di viveri che doveva farmi vivere, quell'impasto infernale mi ha fatto diventare tossico, velenoso, letale e sprofondar nell'infero Lete.
Non mi toccare, neppure sfiorarmi devi; se mi toccherai, se solo mi sfiorerai, nel Lete a navigar con me ti porterò, o dolce anima!
Vuoi venire con me, mia anima?
Però, con o senza anima, me la son goduta.
Firmato:
Il Gaudente di golosa passion ar-dente.

Non toglietemi le parole

Mi piace e mi rilassa parlare e scrivere con cognizione esplorativa di ciò che non conosco in quanto così facendo mi sento più libero perché è più ciò che non conosco di ciò che conosco. Ed è così, dal non conosciuto che nasce la fantasia, dalla fantasia nascono le idee che messe insieme formano l'invenzione che è fatta da tante idee quante sono le componenti dell'invenzione. E dall'invenzione passo all'immaginazione che è la qualità o facoltà che crea l'immagine, e dall'immagine riesco ad arrivare all'oggetto, un oggetto che non esiste ma che io conosco e che posso creare perché la fantasia mi ha dato la possibilità di immaginarlo e renderlo visibile nella mia mente. E quell'oggetto, per renderlo reale, devo descriverlo e allora debbo usare le parole, e debbo metterle insieme per benino, una dopo l'altra, in modo che formino frasi, poi periodi che si susseguono e che mai sconfinano nel "non ancora", nell'aspettare, nell'aspettativa che mai verrà, ma che siano frasi e periodi che diano l'idea di un continuo divenire. E che quel divenire di frasi e periodi diventi pagina, eppoi pagine, pagine da leggere e che leggo, e che ciò che leggo mi faccia fantasticare; che quelle pagine appena generate mi diano, mi stimolino ancor più fantasia e mi permettano così di inventare, inventare idee, nuove idee e metterle insieme e formare nuove invenzioni, nuove immagini, nuovi oggetti, nuove cose, nuove persone, nuovi pensieri, nuove realtà. E che le parole mi diano la libertà di descriverle e, descrivendole, renderle visibili. Questo è ciò che intendo per parlare e scrivere di ciò che non conosco e della libertà di parlarne e di scriverne.

Poter descrivere con parole adeguate, le più precise possibili, parole le più capaci possibili per rappresentare e presentare ciò che prima non esisteva, ciò che nasce dalla fantasia, dai pensieri, dall'immaginazione e creare l'oggetto, creare le persone con le

parole e con le parole dare loro un carattere di realtà e rendere visibile la realtà irreale, immaginaria, la realtà della fantasia.
Ogni cosa, che sia reale, irreale, immaginaria, fantastica, ogni idea, ogni pensiero ha la sua realtà e vive grazie a questa propria realtà insita e generata, creata nel momento che la mente ha elaborato la sua immagine. In quel momento ha creato, ha fatto nascere, ma non ha ancora reso visibile l'oggetto, la persona, il pensiero. Per dare visibilità e dare vita a ciò che l'immaginazione, la fantasia, il pensiero generano bisogna usare le parole; bisogna conoscere le parole, tante parole in modo da creare tanto; creare tante persone allegre, tristi, noiose, doloranti, felici, vecchie e giovani. E con le parole riuscire a farle stare insieme, con le parole riuscire a parlarci, a dialogarci, a ridere con loro, a confortarle e confortarsi mutualmente, soprattutto a comprendersi. E con le parole creare oggetti, oggetti riposanti, rilassanti; con le parole creare rifugi dove le persone possano ripararsi e riposarsi, dove possano stare bene. Con le parole creare cure per far guarire; parole che salvano dalla disperazione, dalla depressione. Parole che dicano che esiste un domani e quel domani lo si vedrà, lo si vivrà; parole che diano sicurezza e con la sicurezza si acquietano le paure, la ferocia e la violenza.

Parole in libertà e libertà è una parola che ne racchiude molte altre: dignità, rispetto, reciprocità, equità, potere, ma non potere per vincere o dominare, bensì potere di pensare, di parlare, di esprimersi.

Non toglietemi le parole. Che siano parole orali, scritte, gestuali, non toglietemi le parole. Le parole mi permettono di rendere reale la fantasia, di poter esprimere e rappresentare l'immaginazione, di dare visibilità al pensiero. Le parole creano la realtà e ne colorano i vari volti che la compongono.

Make up multifunzionale

Sono una persona multifunzionale. Essendo multifunzionale sono anche, oltre che una persona, una cosa, e anche tra le due: un robot, un sorprendente robot dotato di vita propria, sono bionico. Ma ho anche la capacità o, se volete, la dote, il merito di far sognare, tanto perfetto e capace sono nel fare le cose. E sogno io stesso e in sogno mi trasformo e do vita ai sogni. Sono più che bionico, sono bionirico. Una creatura da sogno. Questa è una delle mie funzioni. A questo punto direi pure di chiamarle finzioni. Mi trasformo in tutto e in nulla. Appaio e scompaio e così facendo scompagino in un istante l'astante. Cambio continuamente. Passo da idiota a politico e non si nota, non si capisce la differenza. Non la capisce l'idiota, ovviamente, ma non la capisce neppure il politico. Anche qui "ovviamente".
Posso trasformarmi nell'essere il più intelligente, colto e riconosciuto erudito tanto da essere identificato come "il letterato", così come l'essere il più becero ignorante e mentalmente trasandato tanto da essere appellato "illetterato". Che poi nel discorso suona uguale, sebbene di contenuto semantico sia opposto. "Un'accezione alla regola" direbbe il politico sempre frainteso, che non fa eccezione, non fa eccezione per il politico l'essere frainteso. Ed essendo politico può essere come può avere. A volte questi due ausiliari si aiutano a vicenda, soprattutto nella politica. Ora trascendiamo un poco il vasto limite dell'italico idioma e trasformiamo il nostrano multifunzionale in un più internazionale *multitasks*. Che non è una prosaica e vetusta giacca alla sahariana con molte tasche, ma un più moderno, globale modo di definirsi, soprattutto di quelli che nulla sanno fare. Però sanno fare tutto. Eh be', sono *multitasks* e possono assumere ruoli e forme diverse. Possono sostituire tutto e tutti. Pezzi di ricambio; sono pezzi di

ricambio. Taluni sono anche eruditi, si presentano con un "veni, vidi, veci", ossia "venni, vidi, faccio le veci", ti sostituisco, ti rimpiazzo, e mi piazzo lì al tuo posto e non mi spiazzo. Ho degli agganci, e con quegli agganci mi si lega alla poltrona e lì poltrisco. Ma essendo multifunzionale vengo sempre considerato come una risorsa con esperienza e, incautamente, mi riciclano e mi spostano di qua e di là, sempre con la poltrona ben attaccata alle natiche per poter continuare a nicchiare. Perché, io, il *multitasks*, l'*experience man* (nome da supereroe), il multifunzionale, il polifunzionale, io nicchio. E nicchiando ho scavato nei palazzi del potere tante di quelle nicchie dove mi nascondo nei periodi bui e dove appaio come opera d'arte nei momenti di fascino, splendore e attrazione, a volte persino ammirazione. Svenimenti da sindrome di Stendhal. Appaio e scompaio. Sono il capolavoro della multifunzione. Sono un manager della pace sociale, dell'impresa, dell'industria, dell'equità, dell'avere in quanto essere, della pace dell'anima, inteso come mettiti l'anima in pace che tanto non puoi farci nulla. Sono un miracolo laico e, scomparendo e apparendo, anche religioso, pure per gli atei credenti alla laicità e a quelli che "non ci credo perché mi dà fastidio più che la convenzione la convinzione".
Per chi crede, per quelli che "non si sa mai" e pure per chi non sa e per chi sa da che parte stare, qui di seguito un estratto dell'apparizione (quasi un miracolo), ossia un dialogo tra il leader e il *ghost writer social creator originator influencer vaccinator* virologo *public relationshipper* scippatore:
— Quindi, mi legano di nuovo?
— Ma no, non hai capito? Anzi, questa volta sei tu che hai frainteso. Ti eleggono di nuovo.
— Ah! Non avevo capito. Poc'anzi non ho capito. Anzi, non capisco.
— Non preoccuparti. Se ti preoccupi ti si corruga la fronte e dai

una brutta immagine di te. Non essere corrugato, soprattutto non surrogato. Il surrogato è sinonimo di falso, non genuino, sostitutivo. Tu sei genuino, non geniale, ma genuino, quasi suino, *suis generis*, pardon, mi sono confuso, *sui generis*.
— Pensi che la gente vedendomi con la fronte bassa, corrugata, da pitecantropo, abbia l'impressione che io pensi?
— Non essere così tragico. Rimani naturale. Non pensarci che non fai fatica a non pensare.
— Ok, sorrido, anzi sordido che mi viene meglio.
Ecco, qui sopra, un piccolo, breve estratto di nascosta intesa multifunzionale.
Ora mi accingo a uscire di casa, a entrare in società, a far parte della società civile. E civilmente mi comporto. Mi vesto. Mi agghindo per sembrare, sembrare meno o sembrare più poco importa; ciò che preme maggiormente e alla maggior parte di noi è sembrare. Siamo interessati ad apparire. Usiamo espedienti, oggi li chiamano trucchi, *make up*, fare su. E in effetti ci fanno su, ci ingannano, ci fanno vedere persone diverse, a volte persone che neppure esistono nella realtà, ma solo nella nostra fantasia. Persone da sogno, un sogno che si è materizzato grazie a un trucco, a un sapiente *make up* fisico e mentale.
Mi alzo il mattino, mi tiro su dal letto, mi faccio su il letto, mi faccio su la faccia con un po' di *make up* e mi faccio finta di esistere con tutte le finzioni che mi sono messo addosso per apparire. Appaio nascondendomi. Nascondendo il mio vero volto. Una mia apparizione nel mondo degli altri. Altri che non conosco, che appaiono e scompaiono, che vivono e muoiono, che sorridono e piangono. Che non so se quando sorridono piangono, che non so se quando piangono sorridono. Il *make up* del mattino, del mattino della nostra vita ci permette di alzarci ogni giorno, uscire e affrontare l'esistenza. Ogni giorno usiamo un *make up* multifunzionale che ci permette di assumere vari ruoli, ma ci nasconde, nasconde noi agli altri e noi a noi stessi.

Che fortuna! Aveva il ritmo nel sangue

Che uomo!

Le persone erano imbarazzate di fronte a lui, e non solo di fronte, lo erano anche di dietro e di fianco e anche quando lo pensavano. Erano imbarazzate perché non c'era più, soprattutto ora che non c'era più. L'assenza crea imbarazzo e confusione. Che si fa in assenza? Ci si assenta, e se non ci riesce di assentarci si è in imbarazzo, e quando si è imbarazzati ci si confonde e si balbetta qualcosa. Un disastro, assenti e confusi!

Così confusi e imbarazzati erano molti di loro, i partecipanti al suo funerale. Erano malignamente contenti che fosse trapassato, ma soprattutto avevano da tempo, e molto verbalmente sperato, che fosse trapassato e anche remoto, così da dimenticarsene. Comunque trapassato era o fu.

Quanti tra loro che si erano trovati in imbarazzo di fronte a lui avrebbero voluto stargli davanti o sopra. Quanti, quando era in vita, lo avevano invidiato, quanti, se avessero potuto, lo avrebbero calpestato, ingiuriato, offeso, sminuito, lo avrebbero umiliato. Perché lui era il ritmo, lui aveva il ritmo, aveva il ritmo nel sangue. E quel ritmo lo faceva vivere sempre al passo coi tempi e a volte, col *paso doble*, riusciva ad anticipare i tempi. E gli altri, gli invidiosi, rimanevano indietro. Come sempre.

Come al suo funerale: stavano tutti dietro a lui; un corteo cortese e composto, forzatamente cortese e altrettanto forzatamente composto che seguiva a ritmo con passi cadenzati, solenni, lenti e cerimoniosi che la situazione non solo richiedeva, ma, anzi, imponeva. Era sempre lui, colui che aveva il ritmo nel sangue, che imponeva con la sua ancor presente imponenza di maestosa dignità, pure da spirato corpo, alle tuttora impotenti genti di quello che era il suo scodinzolante codazzo quando era in vita, imponeva ora, da

morto, il ritmo che lo accompagnava all'ultima dimora, quella sotterranea, profonda, talmente profonda dove non si sente più il ritmo della vita.
I passi del corteo che lo seguivano, che seguivano il finalmente riposante corpo, erano passi, come si diceva, ritmati, passi uniformi, passi che scandivano il tempo, ogni passo un battito. Al battito ricomparve il ritmo, un ritmo da sincope, una successione di sincopi, un ritmo sincopato, da assordante a flebile per ridivenire assordante e di nuovo affievolirsi e poi accrescersi ancora. Non si può dire che la sua morte passasse sotto silenzio. Eppure morì in silenzio e nel silenzio. Morì senza dir parola né dar parvenza di spirare; non volle disturbare il ritmo. Vi era silenzio e morì nel silenzio, nel silenzio degli astanti, un silenzio di rispetto e meraviglia. Meraviglia perché un minuto prima era ancora vivo. La *Palice* non avrebbe saputo fare meglio.
Morì perché non volle disturbare, alterare il ritmo delle sincopi. Alle sincopi seguirono extrasistoli, ossia alterazioni benigne del ritmo cardiaco, ma essendo alterazioni del ritmo, seppur benigne, per lui che aveva il ritmo nel sangue, non erano proprio innocue, e di quelle extrasistoli ne morì. D'altronde di cosa poteva morire se non di qualcosa di extra visto che tutta la sua vita fu *extraordinaria*. L'ordinario non gli si confaceva.
La sorpresa della sua morte fece scalpore, anzi suscitò scalpore, molto scalpore, doppio scalpore, due volte scalpore; suscitò e, essendo doppio, risuscitò scalpore, lo suscitò a più riprese, a tal punto che risuscitò.
Fu un evento insolito, inspiegabile, quasi miracoloso. Tuttora si dibatte nelle alte sfere ecclesiastiche, ma proprio alte alte, celestiali, quelle lassù tra le nubi, confuse e beatamente confondendosi tra cirri e nembi, si discute se beatificare per poi santificare colui che aveva il ritmo nel sangue o se attribuire il fenomeno della

risurrezione al passo ritmato e agli applausi che accompagnarono e che accompagnano tutt'oggi la morte, che scrosciano al passaggio della salma e del mesto, funereo e, facendo gli scongiuri, funesto corteo. Applausi di plauso, di consenso, di incoraggiamento. A morire di nuovo?

Sta di fatto che colui che aveva il ritmo nel sangue smentì l'applauso risuscitando.

La vicenda del sangue ballerino era finita bene: il morto non c'era più dato che era risuscitato. E se non c'è più il morto non c'è più notizia. Scoop mancato. Pertanto, tutto s'acquietò; tv, radio, quotidiani, settimanali, rotocalchi (se ancor esistono le rotative) dimenticarono l'uomo che aveva il ritmo nel sangue.

Lui non si dimenticò del ritmo che lo teneva in vita. Pensò alla vita e il suo sangue divenne ancor più rosso, i globuli rossi si trasformarono in ballerine di flamenco, le piastrine in nacchere, i globuli bianchi si colorarono di tinte e sfumature brillanti, e il siero e il plasma, rifinendo e raffinando la sinfonia dell'esistenza, ne plasmarono il ritmo. Il suo corpo riprese a vivere. Il ritmo della musica della vita lo fece rivivere.

Una storia vera o una vera storia?

Voglio scrivervi una storia, una vera storia, non di quelle inventate per invogliarvi a farvi leggere dicendo che è vera sin dall'inizio, ma quando arrivate alla fine dite "è inventata, non può essere, non esiste". Voglio narrarvi una vera storia, ma non di quelle che vi fanno esclamare "ma che dice questo! Dice che è vero, ma è impossibile". Voglio dirvi di ascoltarmi mentre racconto, mentre narro, mentre vi dico, mentre scelgo per voi le parole. Infatti, spero abbiate notato che vi ho detto che voglio scrivervi, narrarvi, raccontarvi "una vera storia" e non "una storia vera". La storia vera la trovate nei libri di scuola o nella vostra testa, questa che sto per raccontarvi è vera storia. E che vogliate crederci o no, io ve la spaccio come vera.

LA STORIA

V'era un tempo addietro, un tempo che verrà, che doveva ancora venire tanto dietro era, e anche perché era un tempo che tempo non aveva, un tempo indefinito.

In quel tempo, le genti, non avendo ancora compreso o appreso la cognizione del tempo, non avendo ancora inventato né la meridiana né la clessidra e neppure, ovviamente, gli orologi, viveva in eterno non sapendo darsi la giusta collocazione temporale.

La nascita era un evento spontaneo così come la morte. Si poteva nascere vivi come nascere morti. Una confusione. Però, in genere, si moriva da vivi. Questo sì. Inoltre, si poteva vivere a lungo (quanto non è dato sapere) o vivere poco (anche qui non si sa). Non si sapeva la durata della vita né la durata della morte perché non si sapeva misurare il tempo. Però si sapeva che la morte durava più della vita perché quelli vivi si ricordavano dei morti, mentre i vivi non sapevano se i morti si ricordassero di loro. Questo aumentava

la confusione. L'unico che imperturbabilmente lasciava andare queste spicciole elucubrazioni filosofiche, che lasciava scorrere, che dava tempo al tempo, era il tempo.
Tempore imperatoris mundi.
C'era una volta e Michelangelo la dipinse. Ma questa è un'altra storia e forse anche veritiera, accertata.
Insomma, il tempo imperava sul mondo senza che nessuno, in quell'epoca, se ne accorgesse. E senza accorgersi, l'uomo si evolse evolvé evolvette, svettò sopra la grammatica e superò l'ignoranza del non conoscere il tempo e il suo ritmo, sempre uguale. Non si fermavano mai, sia il tempo sia l'evoluzione.
Ma venne il giorno quando la velocità di evoluzione dell'uomo superò la velocità di scorrimento del tempo. Australopitechi e pitecantropi, ominidi e omaccioni, Lucy etiope e *Homo*. Tutti questi attraversarono i tempi senza averne la nozione. Per questo lo superarono indenni, perché non conoscendolo non ne ebbero timore. E arrivarono fino a noi. Avi nascosti nei nostri geni.
Nell'attraversare il tempo incontrarono periodi bui, più di mille anni senza luce che illuminasse il loro cervello che nel frattempo, è il caso di menzionarlo il "frattempo", cercava di espandersi. Quegli anni bui, di mezza età, anni di mezza evoluzione, il Medioevo, anni di pausa, un contrattempo evolutivo, permisero però all'uomo, e forse anche all'umanità, di pensare, di meditare, di illuminarsi. Nel tempo di mezzo, affinché ci illuminassimo, dovettero ardere corpi e menti, soprattutto menti. Le menti ardevano di nascosto, mentre i corpi che le contenevano ardevano in pubblico. A tutto questo vi pensò Torquemada con i suoi strateghi roghi di streghe e maghi sparsi qua e là. Da quelle pire, da quei fuochi iniziò la rinascita. Venne alla luce una vita nuova, una rinascita e da quel Rinascimento, dagli antichi fuochi dell'uomo primitivo, che viveva nelle caverne, passando per i sacri fuochi *torquemadiani*,

il mondo si illuminò d'immenso e la luce fu: Illuminismo per tutti. Ma non proprio per tutti tutti. Se eravamo così illuminati perché risulta così ermetico "m'illumino d'immenso" dei giorni abbastanza nostri, alquanto recenti?
Comunque, il sacro fuoco arde ancora, la fiamma è più viva che mai. Triste realtà attuale.
Ma l'evoluzione e lo spirito di conservazione della specie non ci hanno abbandonati, ancora e per ora. E qui mi ricollego, visto che si menziona l'ora, al tempo, ma non a quello che fu, quando ancora la fiamma salutava con movenze abbaglianti, sensuali, ipnotiche e abbagliava i lissencefali, no! Qui mi ricollego al tempo che di noi se ne bea e ci accompagna sempre, fianco a fianco, ci sostiene, ci aiuta col suo scorrere a passare anni e anni in sua compagnia. Anni bui, anni illuminati, anni luce e anni di luce viva. anni con i quali riempire i nostri ricordi e con quella luce illuminare la nostra vita e le nostre menti. Non avessimo il tempo al nostro fianco non avremmo il tempo di pensare, di costruire, di imparare. Sfruttiamo il tempo. No, non sfruttiamolo. Diamogli il giusto compenso per averci permesso di averlo come amico e per averci dato e per regalarci il tempo di vivere. Il giusto compenso per il tempo? Cercando di stargli vicino il più tempo possibile e non tediarlo con le nostre lamentele. La nostra silenziosa, pensante compagnia gli farà piacere e lo faremo felice.
O tempora o mores! Visto che siamo in tempo di carnevale e i costumi abbondano.

Passatempo (tra estetica e etica)

Nacqui tanto tempo fa. Quando? Non lo so; non è che non voglio dirvelo, proprio non lo so. Non ricordo. Demenza senile? Decadimento cerebrale e neuroni che mi abbandonano o mi hanno già lasciato poco alla volta, neuroni che si abbandonano al tempo trascorso a pensare e ora sono stanchi o più non ne hanno voglia? Non so. Oppure incoscienza giovanile che si è trascinata con me, un'incoscienza al traino degli anni? Chissà! Secondo me un misto dei due: incoscienza giovanile che mi ha permesso di mantenermi in qualche modo giovane e decadimento cerebrale che mi ha permesso di non riconoscere la vecchiaia e passarci di fianco, sfiorarla. Mettete insieme queste due cose e avrete la follia della sapienza del vivere che permette di raggiungere traguardi ragguardevoli di spensieratezza.
E così, spensieratamente, passarono i miei anni, uno dopo l'altro, a volte uno prima dell'altro; quello che passava prima dell'altro era quello più spensierato, mentre il noioso o, perlomeno, l'anno calmo, piatto, rimaneva un poco più indietro, passava dopo, silenzioso, alla chetichella, come le persone insignificanti, che neppure te ne accorgi che passano. Non fanno rumore, neppure un fruscio, e non hanno odore. Almeno puzzassero. No, neanche quello. Non puzzano non profumano non fanno rumore. Una vita, un'esistenza di "non".
In un momento di calma della mia follia, di arresto dei continui lampi di pazzia che mi abbagliavano e mi attraversavano il cervello, con il susseguirsi dei reboanti suoni dei tuoni che rimbalzavano in continuazione da una parte all'altra delle meningi ormai sottili, mi guardai allo specchio e vidi la vecchiaia. Mi sorrideva. O ero io che avevo un viso solcato da sorridenti rughe? Comunque era un viso da vecchio, seppur dignitoso. E con dignità e grazie

a un lampo di lucidità dovuto alla pausa dei ricorrenti lampi di pazzia, quel lampo saettante mi illuminò la mente o, per meglio dire, quel che ne restava. Riconosco ora che fu un lampo di genio. In modo deciso, decisi: "Non devo più sembrare vecchio, non 'un vecchio' bensì 'non vecchio'". Una decisione coraggiosa, data l'età, coraggiosa e incosciente, propria del rimasuglio giovanile che mi faceva compagnia e mi confortava fin dalla nascita; una specie di cordone ombelicale mai reciso tra me e la fantasia, tra me e l'immaginazione, tra me e la follia del vivere nelle emozioni, quella follia che dovrebbe accompagnare ogni mente razionale per aiutarla a vivere.
La decisione: ricorrere alla pratica estetica. Pratica, chirurgia, trattamento, chiamatelo come più vi aggrada.
Andai in uno studio estetico. All'entrata fui avvolto dai profumi della bellezza. Avete mai notato? La bellezza profuma, ciò che è brutto puzza.
Appena varcai la soglia dello studio, al naso mi raggiunsero, come fossi una preda da agguantare, i profumi e negli occhi mi penetrarono, come fiamme viventi di sensualità, le forme. Era lei o lui? Era Estetica che si avvicinava a me. Lei o lui non so. Era bellezza e la bellezza non ha sesso, ha solo forme, forme che affascinano. Con passi soffici si era avvicinata a me. Rimasi fermo, al mio posto. Come sempre nella vita, sempre al mio posto. Non ho mai voluto occupare un posto che non fosse mio. Per questo avevo rispetto per l'altrui, perché l'altrui era degli altrui, esseri indefiniti che razzolavano nell'altrui vita, nell'altro mondo cercando il loro posto. Sisifi che spingevano, rotolavano altrui macigni.
Estetica mi guardò, mi scrutò, mi esaminò e mi disse: "Tu non vuoi me. Tu non hai bisogno di me. Qui aggiustiamo solo la forma, l'esteriorità, ciò che gli altri vedono e come tu vuoi apparire agli altri. Ma tu vuoi vedere come ti vedi allo specchio quando hai il

pudore di non guardarti, tu vuoi vedere come ti vedi dentro. Qui non posso fare nulla per te. Tu devi andare al piano superiore, al piano sopra, da mia sorella. Chiedi di lei, si chiama Etica".
Abbandonai Estetica per salire da Etica.
Il piano sopra era molto sopra, gradini su gradini, scale su scale da salire. Finalmente e faticosamente e sudato raggiunsi il piano sopra. Non aveva tetto, non aveva porte, non aveva nulla tranne una sala d'aspetto. Lo studio di Etica era solo una sala d'aspetto, un'enorme sala d'aspetto tappezzata da libri, tanti, scaffali immensi pieni e ripieni di libri, ripieni perché ogni libro ne conteneva un altro, un altro ancora eppoi un altro. Sembrava di essere nella biblioteca del *Trinity College* formato da matrioske di libri con all'interno altrettante matrioske di conoscenza. Libri che contenevano conoscenza, e ogni conoscenza ne conteneva un'altra, e ancora un'altra e un'altra ancora e molte altre. Ogni conoscenza era un pozzo senza fondo di altre conoscenze, ma al contrario di un vero pozzo, mano a mano che in quel pozzo si scendeva la luce diventava sempre più luminosa, più intensa, si riusciva a vedere sempre meglio, anche i più piccoli particolari che fino allora ci erano sfuggiti perché nascosti dal non sapere, dal non conoscere, dall'ignoranza, dall'incompetenza.
Ero solo ad aspettare in quella sala d'aspetto. Chissà che aspetto avevo. Di uno che sa aspettare o di uno che non sa attendere? Impaziente o impazzito? Pazzo o folle già lo ero per i fatti miei. Impaziente forse sì. Più che impaziente, curioso. Perché Estetica, la sorella di Etica, mi aveva mandato al piano superiore? Perché mi aveva fatto fare quella faticaccia di salire le scale per ritrovarmi in una biblioteca, una vecchia biblioteca, con vecchi, vetusti, seppur gloriosi libri? Forse aveva visto le mie rughe che non erano rughe di vecchiaia ma di ignoranza, di incomprensione, di superficialità. Erano rughe che mi aggrottavano la fronte e increspavano tutto

il viso perché non capivo, e non capivo perché non conoscevo. Eppure ero spensierato e non avrei dovuto avere rughe d'ogni sorta che fossero. Di nulla m'importava, neppure del tempo che passava né della morte e neppure dell'attesa.
E ora mi ritrovavo in attesa nella sala d'aspetto.
In quella sala d'attesa aspettai molto e per ammazzare il tempo inizia a leggere. Il tempo, vedendo che leggevo, si lasciò ammazzare a così facendo mi diede più tempo per leggere, per capire, per comprendere. Mentre leggevo, in quella stanza senza tetto, senza porte, senza confini, non m'accorsi che altre persone erano entrate e si erano sedute accanto a me. Avevano odori, odori africani, odori asiatici, odori europei, odori del mondo. Mano a mano che leggevo, che apprendevo, quegli odori diventavano profumi, profumi perché capivo e riconoscevo l'odore. Quelle persone si trasformavano, si trasfiguravano in profumi che annusavo vogliosamente e mi ubriacavo di aromi sconosciuti. Nuove emozioni, nuovi sensi, ormai sopiti, rinascevano e sentivano ancora. Mi rinnovavo, rinascevo, ringiovanivo.
Passai molto, tanto tempo in quella sala d'attesa. D'altronde era fatta per attendere. Ingannai il tempo leggendo. L'inganno funzionò, tant'è che il tempo, buonanima, si lasciò ingannare e mi trasformò, come volevo, in un passatempo.
Estetica, mandandomi su, da Etica, mi liberò del tempo. Leggendo e istruendomi, leggendo e apprendendo, lui, il tempo, passava e io ero diventato un abile e sapiente, soprattutto sapiente, passatempo. Leggo e scrivo non per ammazzare il tempo, ma per rendermelo amico, e spesso vi riesco. Una continua rinascita.

Il puzzle della vita

Tu assomigli a...
Tu assomigli a...
Tu sembri...
Tu sembri...
Io sono. Io sono quello che tu vedi e quindi sono tante cose. Ma io anche non sono, e "non sono" quando non vedi.
Oggi sembro uno scorpione che ti arpiona col suo pungiglione che ti inietta il veleno e ti infiltra nel corpo il tossico sapore del male.
Oggi assomiglio a una torta con le fragole sopra, una torta cremosa e dolce, gialla di crema e rossa di fragole. Buona, vero! No, come lo scorpione sono tossica perché tu non sopporti il dolce e il dolce per te è velenoso, ma non perché sei diabetico, semplicemente perché non vuoi che le dolcezze ti rammolliscano.
Oggi assomiglio a quell'antipatico che ti fa perdere tempo perché resta sempre indietro e tu devi andarlo a recuperare, devi tornare indietro a riprenderlo perché senza di lui non puoi andare avanti.
Oggi sembro quello che non ti fa mai finire una frase, ti anticipa sempre, le tue frasi le finisce lui per te e il finale non è mai quello che tu volevi, che volevi dire, ma lui è talmente assertivo che tu ti convinci che sia finita così.
Oggi assomiglio a quel personaggio della storia che morì giovane, da eroe, anche se io oggi sembro avere centodieci anni, ma gli assomiglio perché anch'io sono morto da eroe: colesterolo alle stelle, trigliceridi impazziti, pressione a duecentoventi, non mi sentivo bene, prenotato visita specialistica e TAC. Mi hanno detto che c'era la lista d'attesa. E ho atteso la lista, ho atteso il medico e ho atteso, ho atteso talmente tanto che sono campato fino a centodieci anni. L'autopsia ha rivelato che sono morto di stress ansiogeno da lunga attesa. L'attesa mi ha reso e restituito la mia dignità

di eroe, un'attesa eroica, una sfida al tempo parzialmente vinta. Oggi assomiglio a quello lì, quello che è sempre lì, sì quello lì che è sempre lì; non ci si può sbagliare, se non altro perché è sempre lì, lui, lì, quello lì in quel posto lì, da tanti anni, con quella faccia lì che ne ha viste passare tante e nessuna e niente l'hanno sfiorato. Perché quel posto era suo e lo sapevano tutti. Fosse stato più in là, un poco più in là lo avresti confuso con quello là, ma là non è, non è lui, lui è lì. Lui è quello lì, lui, con una "u" in più e un accento in meno.

Oggi sembro una ragazza, una ragazza che si sta trasformando in donna, ho quell'andatura di ragazza che non ha la donna. Ma sono un uomo e cammino come una donna. Ma sono anche un ragazzo che cammina come una ragazza, però se mi guardi bene sono una ragazza che cammina come un uomo, non come un ragazzo bensì come un uomo. Sei confuso? No, sei programmato.

Guardo meglio, sei uno scimmione. Tu assomigli a un umano, ma non sei umano. Sei meglio. Hai più peli, ti riparano dal freddo e ti isolano dal caldo, ti nutri di cibi biologici, di ciò che ti regala la natura. Ma tu, scimmione, in quanti siete? Pochini, vero! Vi state estinguendo. Ma avete lasciato il segno della socialità. E so che vi studiano per comprendere la vostra socialità e cercare di capire la nostra socialità che oggi chiamano civiltà, oggi la chiamano così, "civiltà", malgrado le distanze sociali e le incomprensioni civili.

Oggi assomiglio a quell'altro, uno qualsiasi, uno che piace a te, che ti fa compagnia quando più piace a te e ti lascia solo quando solo vuoi stare. Oggi sembro quell'altro, quello che è solo, quello che solo non ci vuole stare malgrado tu, che solo vuoi stare, l'hai abbandonato. Oggi sono tutt'e due: sono quello solo perché solo vuole stare e sono anche quello solo perché solo mi hai lasciato. Tutti mi hanno lasciato, lasciato solo affinché solo rimanessi e così mi sentissi. Ma solo non mi sento perché sento e finché sento,

finché ho i sensi che funzionano, non mi sento solo, non sono solo.
Oggi sono un puzzle.
Oggi assomiglio a un puzzle.
Oggi sembro un puzzle.
Un puzzle che puzza non d'assonanza cacofonica, bensì d'assembramento smembrato di piccoli pezzetti d'esistenza. Ecco perché ti sembro così bizzarro, così assomigliante a tante cose. Perché puoi assemblarmi come vuoi tu, come più t'aggrada, come più tu vuoi vedermi, come più ti piaccio e ti sollazzo la mente, il pensiero e ti massaggio il corpo in quel particolare momento che mi guardi, che mi vuoi, che mi desideri.
Io non sono. Io sono ciò che tu vedi, ma ciò che tu vedi non sono io. Guarda bene. Ordina bene i pezzi del puzzle. Ordina! Comanda! Che si mettano tutti in riga perché ora arrivi tu. E tutti devono essere al loro posto, non vi deve essere disordine né tantomeno indisciplina nei ranghi della parata della festa razionale, non nazionale, razionale.
Ed ecco che si compone il puzzle: le tessere del volto col volto, quelle dei capelli con i capelli, quelle del vestito col vestito, quelle dello sfondo della vita con lo sfondo della vita. Sono le più numerose, ma sono quelle che fanno risaltare l'immagine centrale del puzzle: io. Ora tutti i pezzi hanno trovato la loro collocazione, neppure un buco è rimasto vuoto, quindi non più buco. Eppure qualcosa è scappato alla logica, all'ordine, qualche pezzetto disubbidiente è sfuggito al raziocinio pur trovando la sua collocazione nel puzzle. Quei pezzetti disubbidienti mi assomigliano, quei pezzetti trasgressivi, ribelli, sono io.
Il disordine, l'illogico, la disposizione irregolare delle tessere del puzzle hanno generato un imprevisto e imprevedibile ritratto della realtà. Hanno generato la mia esistenza. Pezzetto dopo pezzetto. Pezzetto dopo pezzetto hanno sconfitto la preformata immagine

della preconfezionata monotonia sociale. Che combinazione bizzarra, pezzetto dopo pezzetto, anomalia dopo anomalia, sono riuscito a mettere insieme una nuova immagine della mia vita. Ogni giorno che vivo mi permette di aggiungere un nuovo pezzetto al puzzle della mia vita.

Tu non sei come gli altri

"Tu non sei come le altre persone".
Quante volte ho sentito questa frase, questo commento sulla mia persona. Ma non ho mai capito se fosse un complimento o un rimprovero.
Non essere come gli altri, essere differenti dalla massa, essere unici è una prerogativa genetica, che ci viene regalata con e dalla nascita, tranne nei gemelli monozigoti. Loro sono in due a differenziarsi dalla moltitudine dell'umanità. E la confondono. L'umanità non li distingue e loro stessi sono confusi. E sono tristi di essere scambiati l'uno per l'altro; non hanno un'identità propria, individuale. Ma può anche essere un vantaggio. Dipende da come si considera la situazione.
Clonazione, il vantaggio della clonazione: l'uguaglianza. Tutti uguali, eliminate le disuguaglianze sociali, economiche, ma soprattutto intellettive. Una folla di psicoplegici. Solo chi governerà la massa clonata non sarà un clone. E sarà la fine dell'evoluzione, dell'evoluzione dalla coscienza, del progresso.
"Tu non sei come le altre persone".
Questa frase, questa cosa di non essere come le altre persone mi angoscia e mi disorienta. Mi fa sentire davvero diverso, mi dà un senso di non appartenenza, un sentimento di esclusione, di estraneità. Un destino di diversità. Diverso e quindi differente. Diverso e quindi non consono. Un ingranaggio diverso, forse difettoso? nel collaudato motore della società, e questa diversità, questa non conformità potrebbe far inceppare il fluido funzionamento del motore sociale da un momento all'altro. La mia diversità potrebbe essere pericolosa.
"Tu non sei come gli altri".
Ho i miei pensieri, e ne ho diversi, tanti, molti, uno differente

dall'altro, uno che conforta l'altro, un pensiero che contraddice quello precedente, un pensiero che mi fa felice, un altro che mi fa piangere, ma tu che mi vedi diverso non sai se io piango dal dolore, per la sofferenza o piango dal ridere. Tu mi vedi e mi consideri diverso perché non mi conosci, non conosci i miei pensieri. Non mi conosci perché non mi ascolti quando parlo, non mi conosci perché anche quando mi ascolti, con grande sforzo da parte tua non essendo abituato a soffermarti ad ascoltare, non capisci ciò che dico appunto perché differente da quello che sei abituato a sentire, non ad ascoltare che implica attenzione e comprensione nell'accezione di comprendere, tu sei abituato solo a sentire. E quindi, io che sono diverso dalla tua percepita normalità, mi senti come diverso. E ti spaventi. La mia diversità ti fa paura. La mia diversità potrebbe essere pericolosa.
"Tu non sei come tutti gli altri".
Come tutti voi, anche come te, mi alzo il mattino. Mi lavo, faccio colazione, mi vesto. Come? Apro l'armadio e prendo abiti a caso. Il cassetto dell'intimo è zeppo di indumenti intimi diversi, ma soprattutto è pieno, è ricolmo di intimità, un'intimità che solo io conosco, appartiene solo a me. Un'intimità colorata che mi fa felice con i suoi colori, con la morbidezza dei sui tessuti, con la sensualità della sua bellezza e del suo contatto soffice col mio corpo e accarezzante il mio corpo e le sue intimità. Prendo la camicia, il pullover, che alla sera si trasforma in *pulldown*, da solo o in compagnia, calze, pantaloni, scarpe e, se fa freddino, il cappotto. Come vedi faccio le cose che fai tu, che fanno tutti. Ma c'è una differenza. I miei abiti, i miei indumenti, oltre a essere sempre coloratissimi, sono di varie taglie, di misure tutte differenti: da strette, molto strette a larghe, molto larghe. E la scelta dei vestiti, la mattina, è in funzione di come mi sento. Di umore cicala, aperto: vestiti stretti, aderenti, che lasciano intendere tutto, lasciano intendere

come sono fatto, lasciano addirittura scoperte parti del mio corpo. Lasciano intendere, ma non capire, sicché chi mi vede può farsi un'idea, fantasticare su di me e il fantasticare va dal desiderare allo schifarsi, dall'ammirare alla ripugnanza. Di umore riccio, chiuso: vestiti larghi, senza forma, da sembrare uno spaventapasseri vivente che cammina sui trampoli, vestiti che fanno rumore, un fruscio sordo di sottofondo ai movimenti sgraziati che la non forma degli indumenti danno alla mia persona. Nessuno mi si avvicina. Mi guardano passare e in ufficio e la sera a casa racconteranno di quello strano, bizzarro individuo. E penseranno o perfino diranno: "Che tipo bislacco, sventato. Chissà da dove viene. Non è normale. Forse è meglio avvisare le autorità che c'è in giro uno non normale, anzi anormale. Potrebbe essere pericoloso».
"Tu non sei".
Sono così diverso, talmente diverso che non sono, non esisto. In questo posto non esisto. La mia lingua non viene capita, pur parlandola correttamente, pur conoscendo un numero di parole congruo per districarmi anche in situazioni complicate, pur avendo appreso appieno e compreso la grammatica, e per farvi capire dico infine, con orgoglio, "la sintassi", non vengo capito. Dovrò seguire corsi di ortoepìa per correggere la mia pronuncia? Fatto è che non sono come le altre persone. Ma sarà che non esisto solo in questo luogo o non esisto in nessun luogo, non esisto per nulla? Ed esistere solo per nulla non è un bell'esistere, non è un granché d'esistenza. Ma forse in quel nulla ci sono altre persone, persone come me, rifiutate dalla massa del pensiero comune, andate nel nulla, rifugiatesi nel nulla per poter esistere, per non sentirsi dire, essendo diverso, "potrebbe essere pericoloso". Non voglio sentirmi una minaccia e neppure, per questo essere diverso, essere considerato una minaccia.
Ed eccomi qui, nel nulla, insieme ad altri diversi, ognuno con la

sua diversità, con le sue bizzarrie, con le sue idee, che per strane o bizzarre che possano sembrare sono idee, pensieri nati del mio, dal nostro essere diversi. Idee e pensieri diversi e nella diversità, nella non uniformità, nella anomala(*) non-conformità fanno riflettere, fanno pensare e col pensare permettono di progredire, di avanzare, di evolvere. Ognuno aggiunge la sua stranezza, la sua differenza e vivacizza, ossia rende viva, dà vivacità, dà vita alla vita, al mondo e sconfigge l'uniformità di pensiero, la psicoplegia che opprimeva la monocromatica apensierosa, senza pensieri, ma non spensierata, massa degli uguali.
Ed è così che mi diverto, mi diverto nella diversità e della diversità, divergendo e allontanandomi dalla normalità, dalla banalità. Ma per divertirsi veramente, fino in fondo, bisogna capire e accettare la diversità. In questo, l'essere diverso, pensare diversamente aiuta.

[Nota]

- Per i curiosi, se volete divertirvi a comprendere andate a vedere l'etimo di "divertire".

- * "nella anomala". Ci vorrebbe un apostrofo tra "nella" e "anomala". Ma l'apostrofo avrebbe fatto passare in secondo piano "anomala". Provate a pronunciare, leggere "nell'anomala" senza apostrofo, la parola "anomala" risalta di più. Con l'apostrofo, "nell'anomala" l'attenzione si concentra sul "nell" o si miscela, si unisce a "anomala" e la "anomala" passa in secondo piano, non se ne percepisce appieno la sua anomalia, invece qui si vuole evidenziare "anomala", quindi, la prosodia e la piena, esatta comprensione consigliano, anzi vogliono, "nella anomala".

Sono un neo

Sono un prefisso, un prefisso appena nato: sono un neonato. E pure (ma non eppure) moderno, appena (ma non a pena) coniato, neologismo logico, nuovo di zecca, fatto in proprio e propriamente fatto sì da apparire quasi bello, tant'è che tempo addietro mi falsificavano perfin le dame pur d'abbellirsi d'imperfezione della mia e con la mia scura e oscura, concupiscente magagna cutanea. Un'imperfezione, un piccolo difetto che esaltava la bellezza che vi regnava intorno su quei volti bianchicci di cerea e decorativa cosmesi. Io, misero e cupo neo, facevo brillare e risaltare ancor più le lucide, bianche e perfette pelli delle gentildonne a corte ammesse e tacitamente annesse a usurpati nobiliari e regali talami, sebben di regali nulla avean se non qualche regalia elargita dal governante di turno che soleva ministrare simil dotte culture agli zotici e sudici sudditi che non potevan permettersi d'aver manco un neo, neppure finto. Io, neo, desiderato, agognato da nobildonne che se defraudate della falsità dell'imperfezione si sentivano in difetto estetico e così talmente esteticamente imperfette da non osare presentarsi in società senza la pecca del neo, che tutti e tutte aiutava a indurre al piacer della carne, che tutte nuove facea apparir, pur le vetuste dame d'antico lignaggio e d'antica pelle, quasi damascata se non, grazie ai nuovi nei, perfino leopardata, io, neo, ero un desiderio, una voglia che sulla pelle stava come esca di succosa beltà, come sirena canterina che attira i peregrinanti e naviganti Odisseo assetati di dolce e profumata compagnia.
Ero e sono e rimango orgogliosamente un neo e, essendo neo, sono sempre nuovo e suscito stupore e curiosità.
Come allora, mi sposto a mio piacimento sui corpi maculando gote, guance, natiche, seni, toraci e altre parti anatomiche.
Allora, ai tempi addietro, era uno spostamento passivo, mi

spostavano sui visi dove mi si poteva vedere al fine d'abbellire e d'attirare lascivi sguardi e suscitare lascive voglie o indurre e suscitare sconvenienti (dico sconvenienti per non essere oltremodo sconveniente) immagini o riflessioni riguardo a chi indossava la neoformata e falsificata pecca cutanea. Fui usato e abusato quale adulterato vezzo sia da adulteri sia da adultere senza il dovuto ritegno di celare la finzion della fittizia, effimera, simulata, artificiosa e invero posticcia bellezza. Ero un artefatto, fatto talmente bene da essere considerato arte. Ovviamente insieme a e grazie a colei che corredavo e abbellivo. Insomma, eravamo, lei la dama e io il neo, una simbiosi estetica.
Al giorno d'oggi non sono più falso, finto. Oggi sono vero e tuttora suscito curiosità, forse ancor più di allora. Infatti sono fatto oggetto, sebbene oggetto non sono, di riflessioni, esplorazioni, ricerche, indagini. Quasi fossi un delinquente, un criminale che cerca di scappare, soprattutto alla scienza medica. Tutto questo perché sono nuovo, appena comparso, sono neo. È ovvio che susciti interesse, sono una novità. Compaio così, dal nulla. A volte nasco con la nascita, altre volte appaio dopo. Sono biricchino. Ho vari aspetti: liscio, in rilievo, bassorilievo, altorilievo, frastagliato, pelosetto, solitario, in compagnia. Mi trasformo, un mago vero. Mi fotografano per capire i miei cambiamenti. Sta tutto lì: come cambio, come cambio nel tempo.
È ovvio che cambio. Cambia il tempo e cambio anch'io, mi adatto o almeno cerco e non sempre io, il neo, e il tempo siamo in sintonia. Quando non c'è sintonia si crea il disaccordo e ognuno va per la sua strada.
Lui, il tempo, esiste da tanto, è vecchio e cammina lento.
Io, il neo, sono nuovo, sono neo e cammino veloce.
Questa mancanza di sincronia e di intuizione, percezione o interpretazione diacronica di neo mi ha permesso di evolvermi, di

futurarmi e di avere sempre un nuovo neo che si presenta presentandomi delle novità, delle trasformazioni che regalo al tempo fiducioso che il tempo contraccambi il regalo. Come? A lui, il tempo, scegliere, sapendo che il nuovo, il neo, sempre ci sarà.

Yeah yeah yeah!

Voglio urlare, sbraitare, esultare per potermi abbandonare al verso, un verso che verso non è, ma è un rumore, una liberazione urlata, un fastidio che esce e che verso e ripetutamente riverso e spando sopra la pianura, il mare e nelle gole dei monti e dalle gole risale tossicchiando perché in fondo in fondo alla gola faceva freddo e si è preso, il verso, ossia io, una raucedine da faringite, laringite, cordite con corde vocali talmente infiammate che quando parlo non m'escono versi ma esplosive fiammate, d'altronde è cordite, sì che sembro il drago cinese della comunità sinica calabrese che s'è ingurgitato una *'nduja* extra piccante. E il verso è andato anche per il verso storto e oltre a tossire ora tutto m'agito per far sì che l'amaro boccone, quello storto, vada giù, ma questa volta per il verso giusto così da non soffocare gli ardenti ardori innescati dalla saporita e pizzicante 'nduja.
Yeah yeah!
Verseggio e al peggio non c'è mai fine, quindi dovete stare a sentirmi ancora.
Yeah!
Verso soprattutto verso il vespro, quando il giorno sfuma nella tenue e dolce melodia della luce che si fa evanescente e che abbandona la vita per entrare soffice, con piedi piumati che rumore non fanno, nel crepuscolo ovattato dei contorni irreali dei sogni, delle cose e delle persone sfuocate che circondano i miei pensieri. Più sono con contorni non nitidi più sono simpatici perché assumono le mille forme delle vere persone della realtà che cercano di mascherarsi nella foschia. Foschi e loschi individui del morbido giorno che lentamente svanisce nell'avanzare del vespro e col giorno se ne vanno le fatue persone che hanno tentato inutilmente di animare la mia anima.

Yeah!
Mi verso addosso tutte le parole che mi piacciono. Colate di parole dolci, miele appiccicoso di dolcezza, velo trasparente che scivola sul mio corpo e, portando con sé la scimmiesca armatura pelosa retaggio dei miei antenati. Una ceretta corporale, integrale, ma senza strappi, senza dolore, uno scivolo di dolce piacere che mi ha reso glabro, nudo di fronte alla vita. Dalla vita in giù e dalla vita in su. Tutto nudo, senza difese se non per quella velatura dolce, diafana che nel suo passare lento sul mio corpo ha lasciato una scia luminosa, luccicante e odorosa sì da poter passare indenne le versanti acque delle cascate più turbinose dell'esistenza.
Yeah e ancora yeah!
Quanti versi ho fatto dalla nascita. Versi che attiravano l'attenzione della piccola creatura che ero. Versi di dolore, anche loro attiravano l'attenzione, quando da piccino cadevo per inesperienza vitale. Versi di soddisfazione quando soddisfacevo il mio *ego* e, altruisticamente, anche l'altro, l'alter. Versi di godimento, di esultanza che si contrapponevano ai versi interiori, taciti, nascosti, di malinconia, di tristezza. Eran pur sempre versi. E altri versi ancora continuo a schiamazzare. Versi notturni che sono i più belli, perché limpidi in quanto non v'è rumore, i miei versi rompono la monotonia del silenzio, danno un lampo di luce alla buia, noiosa notte, quando i bui pensieri si affastellano sulla coscienza dei giusti. I non giusti o non hanno coscienza né pensieri o se coscienza e pensieri hanno sono coscienze e pensieri che non lasciano traccia, neppure nella notte tanto foschi quelle coscienze e quei pensieri sono. Ecco perché ci dimentichiamo degli individui oscuri. Non lasciano traccia.
Versi diurni che allarmano. Nel giorno, in piena luce, non si fanno versi, non si urla. Se si fa un verso o lo si fa per pigliare in giro un'altra persona o perché si è in difficoltà. E la difficoltà non garba

alla maggioranza, all'opinione pubblica, la presa di giro invece sì perché non sanno come prenderla, si sentono in difficoltà e quindi sorridono, ebetamente e inconsapevoli, alla loro incomprensione.
Dunque e perciò, se si fa un verso che sia mirato e che si possa identificare l'individuo al quale il verso è indirizzato.
Non creiamo panico verseggiando, né tantomeno urlando con verseggi. Tuttalpiù gorgheggiamo.
Yeah!
Poi vi sono, oltre ai versi e ai gorgheggi, anche urla e berci. Urli o urla? Perché urla potrebbero essere molti urli o essere lei o lui che urla oltre che tanti urli, o tu che urli. Mentre berci son berci.
E versi son versi. Non ci sono equivoci.
Se berci, berci.
Se versi, versi.
O è vino o è poesia. E l'uno non esclude l'altro.
Yeah!

Né tartaruga né medusa, ma intelletto d'intelligibili odori

Pensa, pensa, pensa e pensa ancora, pensa lentamente, poi ripensaci un'altra volta, e pensa ai passi che farai, non farti sopraffare dalla fretta, ma continua a camminare lento, senza far rumore, talmente lento e silenzioso sì d'apparire immobile. Cammina adagio adagio, ad ogni passo che in avanti farai sentirai crescere e indurire il tuo carapace; ogni passo che farai ti porterà verso il mare e lì, nel mare, non sarai più né lento né goffo. Il pensiero lento e il lento ma continuo, costante avanzare ti hanno permesso di passare inosservato ai predatori, ti hanno permesso di raggiungere la vastità del mare, ti hanno concesso di immergerti in grandi spazi marini, estensioni oceaniche in continuo movimento. La terra ferma non era per te, troppo statica, pur nella sua varietà. Solo i mari di sabbia potevano avere un'attrattiva per te, quei deserti che i venti modellavano onde di sabbia e modellandole ne creavano di nuove, come se nascessero ogni volta che il vento le accarezzava. La tua vita sull'immobile terra era solo una fase di transizione: la fase giovanile, anzi la fase natale, primitiva, primordiale; subito dopo hai avuto bisogno di un mondo dove liberamente potevi muoverti, un mondo fatto di movimento, di cambiamento, di libertà, di libertà di cambiare. In quel mondo liquido e trasparente gettasti via il tuo carapace e ti mostrasti per quello che eri: un labirinto di solchi, intricato dedalo di pulsanti respiri vitali. Ti muovevi come una medusa: una pulsazione dopo l'altra per avanzare, per andare più in profondità, per tornare verso la superficie. Sebbene senza carapace, all'apparenza inerme, senza difese, nessuno, nessun predatore, nessun essere feroce osava attaccarti. Come si avvicinavano, fosse per curiosità o per ferirti, magari mangiarti o semplicemente per ucciderti, perché quello è l'istinto del predatore, e lasciare che altri approfittino della sua ferocia,

come si facevano più vicini vedevano scintillare, brillare i tuoi urticanti tentacoli di pseudomedusa, tentacoli lunghi e ondulanti, fruste lucenti che mandavano lampi a ogni schiocco, saette infiammate e accecanti che facevano ribollire l'acqua attorno a loro. Sebbene fossero ormai abituati al riscaldamento dei mari e degli oceani, quello che tu, pseudomedusa, riuscivi a fare era troppo anche per loro. E se ne andavano, ti lasciavano in pace. Anche i cacciatori più voraci e crudeli desistevano non solo dall'attaccarti, ma anche dal darti noia.

Eri libero, mio intelletto, libero di andare, di rimanere, di scendere, di salire. I tentacoli lucenti che ti erano cresciuti come illuminanti pensieri davano luce al tuo cammino. Quei tentacoli avevano anche una sensibilità, tentacoli sensitivi e cognitivi: ti permettevano di sentire e di conoscere e riconoscere, e se riconoscevi che fosse giusto, i tentacoli da urticanti diventavano lenitivi, abbracciavano e guarivano.

Era l'odore di chi si avvicinava che parlava ai tentacoli. Odori di invidia, di guerra, odore di odio, odore di astio, acrimonia, odore di sopraffazione, ignoranza, arroganza, odore di corruzione (quest'odore era davvero forte perché l'aveva sia il corruttore sia il corrotto), odore di malignità. Questi odori puzzavano e i tentacoli si difendevano diventando urticanti e frustanti. Poi vi erano gli odori che profumavano. Inutile elencarli, sono quelli opposti agli odori nauseanti e che ne contrastano, vincendolo, il disgustoso olezzo. Questi odori aromatici, redolenti, ammansivano i tentacoli che diventavano aspiranti, morbidamente abbraccianti e confortanti.

Con questa capacità di riconoscere gli odori cattivi e gli odori buoni riuscisti ad andare ovunque e a difenderti da ciò che navigava nelle cattive acque e a circondarti di protettive acque buone.

Il guscio della libertà

Evasi da quella prigione e scappai, scappai da solo malgrado compagni e amici di prigionia mi chiedessero di evadere insieme. Non volli. Ho sempre pensato che l'evasione è solitaria, che sia evasione da prigione, che sia evasione da quotidianità, da noia o da monotonia l'evasione è solitaria perché l'evasione è libertà ed è solamente e unicamente da soli che si apprezza pienamente il senso di libertà. Non a caso ho usato la parola "unicamente", l'ho usata per dare il giusto senso alla libertà della solitudine, dell'essere unico, solo, uno solo, unicamente uno solo.
Come riuscii a evadere ve lo racconto dopo o forse lo intuirete leggendo.
Sapevo che fuori mi aspettavano i mari e gli oceani, le foreste e i deserti. Sapevo che dovevo navigare e dovevo camminare per allontanarmi sempre più dalla prigione e per fare questo avevo bisogno di un natante per navigare e di gambe per camminare. Gambe le avevo, il natante dovevo procurarmelo.
Dovete sapere che la prigione era situata su un'isola, quindi la prima cosa che mi serviva era un'imbarcazione. Non essendo né ricco né benestante e non possedendo altro che il pensiero e la fantasia, una fantasia magica, iniziai a pensare, a pensare fortemente, intensamente affinché il fato mi venisse incontro ed esaudisse il mio desiderio di navigare, una navigazione lontana.
Fu così che le onde marine mi portarono il classico guscio di noce per solcare le acque. Rifiutai. Troppo banale. Poi fu la volta di un guscio di arachide. Eh no! La libertà è essere soli e quel guscio di arachide presentava posti per due persone. Anche se vi fossi salito da solo mi sarebbe sempre apparso il fantasma, l'ologramma di un'altra persona che andava a occupare il posto lasciato libero dall'arachide che s'era persa in mare o era stata mangiata da un

golosone durante il rito dell'aperitivo del dopo lavoro o del fine settimana. Rifiutai anche il guscio d'arachide. In seguito un'onda piccina piccina mi portò un piccolo guscio di nocciola, di nocciola piemontese: bello, liscio, lucido, profumato ma troppo piccino; è vero che vi era uno spazio esiguo, in pratica un posto solo per una persona, quindi solo sarei stato, ma non avrei potuto neppure distendere le gambe. Libertà sì, ma non scomodità o angustie di spazi, costrizioni fisiche e mentali. Anche il guscio di nocciola fu scartato. Le onde si susseguivano incessantemente cercando di fare il loro lavoro. Una di queste mi recò un guscio di pistacchio, di pistacchio di Bronte, qualità eccelsa e molto ricercata e appetita, soprattutto in gastronomia e pasticceria, ma non certo per navigare. Eppoi come avrei affrontato le cime tempestose delle furiose onde con quel guscio di Brontë! Il guscio di pistacchio venne escluso.
Le onde, sempre benevole e anche caparbie, ora, dopo tutti quei miei rifiuti, diventarono un po' nervose. Fecero un ultimo tentativo. Anch'io formulai col mio magico pensiero fantastico un estremo desiderio di evasione. La perseveranza delle onde abbinata alla mia irriducibile voglia di evadere furono accontentate. Su una spumeggiante e fragorosa cresta d'onda galleggiava e si districava maestralmente tra bianchi, spumeggianti schizzi marini che il maestrale faceva sbuffare sopra il mare un gran bel guscio di noce di cocco. Era lui, era lui la mia imbarcazione, il mio natante che mi avrebbe permesso di evadere dall'isola galeotta.
Noce di cocco. Guscio robusto, pelosetto quel tanto che induce a pensarlo come un animaletto affettuoso da accarezzare sebben d'ispido pelo; guscio esotico ispira il sogno di spiagge isolate, bianche, candide, spiagge di pace solitarie, spiagge palmate e non di palmipedi ma di frondose e ombreggianti palme; noce di cocco dal dolce, trasparente, dissetante latte. Guscio di noce di cocco che se sei arrivato fino a me, se le onde ti hanno portato da me,

se hai lasciato i tuoi natii lidi, le tue calde, calme, chiare, azzurre acque e hai affrontato l'oceano in tempesta, addomesticato l'onda e l'uragano per venire da me, io con te partirò per ritornare a essere libero, a evadere con la mente, a lasciare liberi i desideri. Io con te, guscio peloso, duro, ma dall'interno polposo, nutriente, liscio e lucente evaderò e tu, guscio di cocco, diventerai il mio cocco, anzi il mio cocchino, il mio preferito.
Ma lo sai, cocchino, che molti sulle spiagge affollate ti incensano, incensano e glorificano la tua bellezza e il tuo potere di alleviare la soffocante, afosa presenza e pressione del monotono, noioso e banale pensare comune con la frase urlata: "Cocco bello! Cocco fresco!".
Invece ora siamo tu e io soli, tu con la tua libera, navigante e ondeggiante leggerezza e io che mi lascio navigare e trasportare nella libertà che esiste quando si riesce a unire, a fondere fantasia, magia e realtà, quella libertà che esiste ma che sfugge spesso. Beata lei, la libertà, che riesce a fuggire, a evadere. Se non vi riuscisse non la si potrebbe chiamare libertà.
Avete capito ora, nevvero, come riuscii ad evadere: con un paradosso, ossia saltando dentro un guscio, rifugiandomi in un guscio. Un guscio che mi portarono le onde. Dentro quel guscio vi saltai e dall'isola prigioniera salpai vagando con le onde.
Non avevo né remi né vele e neppure nessuno di quei moderni aggeggi che chiamano motori. Oltre le onde, a spingermi, a farmi navigare era l'istinto del guscio di cocco, il guscio della libertà, il guscio protettivo della mia libertà che cercava l'arenile solingo dove potermi deporre e, oltre l'istinto del mio cocco e le onde, a farmi solcare oceani e mari erano anche i miei ventosi sospiri che gonfiavano le velate, velose, vellutate e ventose nubi del cielo.
Approdai sulla spiaggia deserta e vi camminai. La percorsi e le gambe e il desiderio di esplorazione mi portarono ad addentrarmi

nella foresta che lambiva il limitare retrostante la spiaggia. Mi addentrai e della foresta ne addentai famelicamente la sua presenza e la sua esplorazione; ad ogni passo che procedevo al suo interno, nella sua essenza, scoprivo nuovi profumi, nuovi suoni, nuovi colori, nuovi sapori. Della foresta fino allora inesplorata odoravo tutto, ascoltavo tutto, osservavo meravigliato tutti quei colori, masticavo con la mente quei sapori mai gustati prima. Quelle novità di suoni, colori, profumi, sapori che percepivo per la prima volta mi stordirono, mi confusero e mi disorientarono a tal punto che mi persi. Una sensazione di smarrimento mai provato: perso in un mondo di suoni, colori, profumi, sapori, animali, piante, fiori nuovi, tutto era nuovo. Sensazioni ed emozioni difficili da reggere, da addomesticare, da ammansire. Svenni. Per quanto tempo rimasi senza coscienza, anzi senza conoscenza non so. Quando i sensi ripresero poco a poco a funzionare, a trasmettere nuovamente gli stimoli per i quali mi erano stati donati, iniziò una nuova conoscenza e con essa una innovativa, rivoluzionaria coscienza.
La libertà, il guscio protettivo della libertà, mi aveva fatto dono, mi aveva regalato nuove conoscenze e con le nuove conoscenze una nuova coscienza.
Questo mi permise di accettare la mia esistenza, di godere della vita e del mondo e delle sue differenti manifestazioni.

Mi sono lasciato crescere i colori

Mi sono lasciato crescere i colori addosso. Brividi! Mentre i colori crescevano sentivo i brividi, li sentivo che mi massaggiavano, mi davano benessere, brividi di tranquillità e di meraviglia. Estasiato guardavo i colori che poco alla volta crescevano sul mio corpo e lo dipingevano. Ogni mio movimento creava un dipinto, un dipinto sempre diverso.
Mi misi di fronte allo specchio e iniziai a scattare fotografie del mio corpo per ricordarmi dei dipinti che ero, dei dipinti che creavo muovendomi. Ero un pittore che non usava solo le mani, ma usavo tutto me stesso per dipingere i miei giorni. Usavo anche le emozioni, le sensazioni. Vedendomi, osservandomi nello specchio, guardando cosa riuscivo a creare col movimento del corpo acquisii più rispetto per la persona in genere, mia e delle altre genti. Rispettavo ogni singolo gesto, ogni movimento, volontario o involontario; anche i tic e le più piccole contrazioni, avendo ora acquistato colore, avevano un significato diverso, un diverso sapore, a volte più amaro altre volte più dolce. Ciò che era importante e che mi sorprese era la consapevolezza della comprensione anche di quei piccoli, spesso non notati, insignificanti gesti.
E col sapore dei gesti venne anche il profumo. I gesti, i movimenti ora colorati, si erano dotati di sapori e di profumi. I colori delle braccia profumavano di abbracci, abbracci per stringere e trattenere gli attimi di felicità e stringerli talmente forte, così forte da farli penetrare nella mia pelle; le gambe avevano il profumo dei passi, della camminata e della corsa, ma non per scappare bensì per raggiungere. Il torace, tinto d'azzurro, si espandeva creando l'oceano e si abbassava generando il mare dandomi la freschezza delle onde marine che lavavano il mio corpo lasciandomi una scia di profumi di vergini atolli.

Sulla testa mi era cresciuto il colore scuro, nero del buio dell'imbecillità, ma allo stesso tempo, anche il bianco della luce del vedere, più che del vedere, del saper vedere. Il saper vedere aveva fatto luccicare il buio, dato luce al nero, nero come le piume di un nero corvo che aveva volato per ore nelle urlanti gocce della tempesta, la tempesta nella testa, la tempesta della mente, dei pensieri, gocce rimbombanti, reboanti, che avevano tolto dalle piume nere l'opaca polvere dell'immobilità dell'attesa di poter dare dolorose e ferenti beccate. E il nero corvino si fece vivo e lucente e mischiò la sua luce con quella del saper vedere. Ora tutto non era più o solamente nero o unicamente bianco. Nero e bianco splendevano in egual misura e di quell'equilibrio ne sentivo il sapore e ne percepivo il profumo.
Continuavo a guardarmi nello specchio e rimanevo sempre affascinato da come i colori che mi erano cresciuti addosso, che mi ero fatto crescere addosso, sul mio corpo, ne modificavano la sua percezione. A volte sembravo un animale, altre volte apparivo come una pianta, poi un'erba, quindi un insetto, successivamente, secondo la posizione che assumevo, i colori mi facevano sembrare una valle o un monte o un fiume e apparivano cascate.
Ero diventato, grazie ai colori, una creatura fantastica. I miei movimenti erano pennellate incorniciate dall'alba e dal tramonto, dalla notte e dal giorno. I miei movimenti dipingevano la mia vita, giorno dopo giorno. Pennellate vive, vitali, non solo colorate, ma anche profumate e saporite, i profumi e i sapori della vita, dolci, amari, acri, aspri, penetranti, piccanti, soffici, avvolgenti, caldi, freddi, attraenti e scostanti, forti e delicati.
Ma la sorpresa più folle, più intrigante, inspiegabile e, trattandosi di sorpresa, sorprendente, fu quando i colori e il movimento mi trasformarono da uomo a donna, poi da donna a uomo, e così via, uomo donna, donna uomo, un continuo oscillare tra questi

due generi. Le mie braccia di uomo abbracciavano le mie braccia di donna, quelle mie braccia di donna abbracciavano quelle mie braccia di uomo. Pure quelle dell'uomo abbracciavano quelle dell'uomo, così come quelle della donna abbracciavano quelle della donna. Erano abbracci di conforto. Che meraviglia: riuscivo a creare abbracci confortanti, senza alcuna distinzione di genere. In quegli abbracci colorati, saporiti, profumati mi abbandonai; con quegli abbracci dai colori vivi, dai sapori che sapevano di vita, dai profumi che profumavano vitalità, armonia, fantasia, con quegli abbracci magici creati dal mio corpo, dai miei movimenti, dall'aver saputo farmi crescere addosso i colori riuscii a riposarmi nel mondo fantastico della mente.

La mia poltroncina

La poltroncina sulla quale siedo per scrivere ha preso la forma e la scomodità dei miei pensieri. Beffarda mi accoglie con compiaciuta condiscendenza, permettendomi di rivolgerle le terga. Il mio viso lo vede solo all'inizio del nostro rapporto, quando mi avvicino a lei frontalmente; poi, una volta arrivato a tiro di sedere o di seduta, mi giro quasi di scatto e le mostro ciò che penso sia la parte migliore di me, tutta la mia parte posteriore, comprese le natiche, che lei accoglie con uno sbuffo d'impazienza quando mi lascio cadere e appiattisco col mio peso il suo morbido cuscino che fino a poco prima della mia arrogante e maleducata seduta era gonfio di soffici piume e d'aria, gonfio e tronfio; pareva orgoglioso di ricevermi, o così a me piace pensare, di ricevermi e coccolarmi con la sua soffice morbidezza. Invece lo sbuffo mi ha fatto capire che dovrei trattarla un pochino meglio. È su di lei che passo ore a pensare, a scrivere, a leggere. Mi appoggio su un bracciolo, poi sull'altro; le do urti e scossoni con la mia schiena che si abbandona violentemente al suo sostegno posteriore che con fatica e tenacia ogni giorno mi sorregge. Eppoi, quanto sono noioso e quanto devo tediarla con i miei rituali di spostarla da sotto la scrivania quel tanto che basta per poter sedermici sopra, e dopo che ho finito di fare ciò che dovevo, mi alzo e la rimetto al suo posto. Ogni giorno così, ormai da molti anni. Mai che la lasci un giorno in una posizione diversa in modo che possa avere una visione differente della stanza e del mondo. No! Tutti i giorni la rimetto per metà sotto la scrivania fino a che i braccioli che si elevano verso lo schienale mi impediscono di cacciarla tutta sotto la scrivania fino a farla scomparire.
Sì, dovrei essere un pochino più gentile con lei. In fondo passiamo ore insieme. Lei sempre quieta, tranne quello sbuffo iniziale e qualche altro risentito, lamentoso scricchiolio dovuto ai miei rozzi

movimenti da seduto. Quando non riesco a pensare o quando i pensieri si fanno confusi, ma soprattutto gretti, zotici, mi agito e capita che le nostre gambe si tocchino; lei prende quei tocchi come gesti d'affetto da parte mia nei suoi confronti non sapendo che in realtà quelli sono scatti di nervosismo che ho nei miei confronti e che lei è il capro espiatorio, la vittima della mia rabbia, del mio nervoso. Porta ancora i segni dei miei tocchi, meglio chiamarli per quello che sono, ossia calci, sulle sue sottili sebben robuste gambette.

E quando non ne posso più, quando sono terribilmente stanco e mi abbandono come un coccodrillo esausto e affamato che non è riuscito ad azzannare neppure un muso di uno gnu che si abbeverava nell'Okavango, quando le forze evaporano dal mio corpo e lasciano il posto al sonno, in quel momento, quel momento tra la percezione e l'abbandono, tra la vita e il sogno, in quel momento la mia poltroncina mi dà asilo. Tutto s'acquieta, nulla si muove. È la dimensione del nullismo, del nulleggiare che lei, la mia poltroncina, riesce a darmi accogliendo i miei nervosismi, scambiando i miei calci per carezze o così facendomi credere, accogliendo la mia stanchezza e lasciando che il sonno mi accarezzi.

Ormai conoscendola, mi concedo a lei senza timore. Stendo le braccia mollemente, abbandono le gambe alla rilassatezza, lascio che la testa diventi leggera e si stacchi dal corpo. Ogni parte della mia persona si riposa e si rilassa come meglio le aggrada. È in quell'attimo, quell'attimo che dura tanto, tanto tempo che la mia poltroncina vive, vive con me, vive i miei sogni, vive il mio inconscio, il sonnambulismo dei miei pensieri.

Sono fortunato ad avere attorno a me oggetti che hanno vita, che anche l'inanimato che mi circonda ha un'anima. Devo ricordarmelo sempre in modo da trattare bene, con rispetto e gentilezza ciò che sta e vive attorno a me.

Il gorgo, la diga e il rospo

Sgorgano dai gorghi e risorgono nei gorghi gorgheggiando note di armoniche spirali zen. Un frusciare soffice di pensieri morbidi, un mormorio di leggere parole che galleggiano, un annaspare di pesanti parole che gridano aiuto cercando di aggrapparsi alle parole leggere per non affondare nelle foreste sottomarine di gorgonie.
Gorghi affascinanti, bacianti, gorghi di baci con grosse bocche dalle grosse labbra risucchianti, bocche senza lingua e senza voce; gorghi di medievali giostre roteanti che attirano e inabissano nel profondo buio dove non si vede, non si vede nulla e in quel nulla scompaiono anche le voci, un nulla buio e cieco, muto e silenzioso.
Nero il buio e nero pure il silenzio. Il nero gorgo ha inghiottito luce e suono; nel mondo non vi è più musica e non si vede più la fine, ma neppure il presente né il passato. Il nero gorgo ha divorato il tempo. Come un gigantesco, affamato, goloso Pantagruel, il leviatanico gorgo onnivoro si è cibato di tutto ciò che gli si avvicinava. Ingurgitava, anzi essendo gorgo ingorgitava, ingorgitava ingordamente.
Feci appena in tempo, con le mie esili gambine da rospetto, a balzare dalla ninfea dolcemente fluttuante tra i soffici flutti sul bordo della diga che poneva un resistente argine all'avanzare furioso del gorgo. Dall'argine lo sentivo; sentivo il gorgo sbuffare, ansimare, respirare forte cercando di vorticare ancor più furiosamente per vincere la robustezza della diga, quasi volesse prendere lo slancio, fare un balzo e superare il bordo per poi continuare a roteare fuori dalle acque e trasformarsi da acqueo gorgo ad aerea tromba e continuare, da gran ghiottone, la sua opera di inghiottimento di tutto ciò che incontrava nel suo girovagare. Sì, girovagare, visto che gorghi e trombe d'aria girano. Ma non gli fu possibile balzare oltre la diga. La diga era forte e alta, più alta

delle aspirazioni che il gorgo aspirava con il suo roteare.
Mi vide, il gorgo mi vide accucciato con le zampette raccolte sotto il mio tozzo, bitorzoluto corpo. Forse mi notò in quanto mi misi a ridere, gracchiando da rospo, al suo inefficace e vano tentativo di balzar fuori dall'acqua. Risi perché mi resi conto che invece io, gracile gracidante rospetto, ce la feci a saltar dalla fragile foglia di ninfea sul bordo della solida diga. In un ultimo disperato sforzo, il gorgo tentò ancora di acchiapparmi; dal suo corpo un trasparente braccio d'acqua si allungò verso di me. Lo vidi quel braccio, lo vidi nascere dalle viscere del gorgo, un braccio dotato di mano con dita e artigli diafani e unghie graffianti. Pareva una scultura di ghiaccio, argenteo ghiaccio con riflessi bluastri. Un arto appena nato e già cianotico, agonizzante. Quello sforzo, quello della nascita del braccio annientò il gorgo. Un urlo e il gorgo scomparve nelle sue profondità. Si ingurgitò, si fagocitò, si autodigerì. Fu uno spettacolo orrendo e paradisiaco allo stesso tempo. Orrendo perché è sempre brutto vedere la morte, anche del proprio nemico; paradisiaco perché tornarono i suoni, tornò la luce e con i suoni e la luce fecero ritorno la musica e i colori, e rivisse il tempo. Tutto ciò che il gorgo aveva preso venne restituito e tornò a vivere. Il gorgo aveva preso tutto, mangiato tutto da gran goloso, ma nulla riuscì ad assimilare.
Saltellai di contentezza di qua e di là. Un balzo maldestro mi fece precipitare dalla sommità del bordo della diga giù nel bosco sottostante. Sorpresa! Alla base della diga vi era un salottino o, per meglio dire, un angolo lettura, un confortevole angolo lettura, corredato da una poltrona, un tavolino e una lampada. Il proprietario o l'abitatore o frequentatore di quel luogo non c'era. Il posto trasmetteva serenità, tranquillità, pace e anche una certa dose di saggezza accompagnata da curiosità di conoscenza. Voltai i miei occhi da batrace basedofico verso l'imponente muro della diga e

vidi che i mattoni che formavano la sua parete erano libri. La diga era formata da libri, e i libri erano riusciti a creare una barriera invalicabile al terribile, distruttivo, onnivoro gorgo. Il gorgo era riuscito a inghiottire tutto ma non i libri, era stato fermato dai libri. Quel luogo mi attirava, non solo per la pace che vi era e la voglia di leggere e imparare che vi traspirava, ma anche per quel tocco di semplice, raffinata eleganza, per quell'estetica quasi filosofica che lo avvolgeva e avvolgeva chi lo visitava, in questo caso io stesso. Mi sedetti in poltrona. Iniziai a leggere. Lessi tutti i libri che formavano la diga, quella diga che aveva arginato, ricacciato nelle profondità delle acque il gorgo, quella diga che aveva sconfitto il gorgo violento dell'ignoranza. Finite le letture feci un balzo, un grande balzo.
E qui, con il grande balzo finisce la storia. Che volete di più se non fare un grande balzo grazie all'arte della lettura, del saper e del poter leggere!

Il linguaggio del tempo

Lasciatemi esprimermi, lasciatemelo fare anche se ci vuole tempo affinché io manifesti ciò che voglio dire, e tempo anche ci vuole affinché io mi manifesti e voi abbiate il tempo di guardarmi e di capirmi. Solo così, guardandomi, osservandomi riuscirete a comprendermi. Sembra un gioco, un gioco che dura molto tempo, tutta una vita, e infatti un gioco potrebbe essere, un gioco dal titolo "Indovina il libro", sebbene quel libro più che da indovinare è da decifrare. È un libro che ho scritto in faccia, anzi me l'hanno scritto, però ero io quello che dettava cosa scrivere e come scrivere e che scrittura usare. Però voi volete sapere chi l'ha scritto sotto dettatura, chi era lo scrittore, il paziente, preciso, certosino amanuense. Ebbene, lo scrivano era il tempo, aiutato dalle esperienze e dalle emozioni.
All'inizio del racconto ho usato una scrittura giovanile; d'altronde giovane ero e conoscevo poche parole e molti versi. E a versi, non certo poetici, mi esprimevo. Dei versi, quello che più interessava le persone attorno a me erano le forme che quei versi davano al mio viso: sorridente, accigliato, felice, preoccupato, arrabbiato, affamato, arrossato per lo sforzo, schifato o da un odore o un sapore non buono. Quegli stati d'animo imprimevano sul mio viso le frasi delle mie emozioni, tatuaggi sonori di non facile decifrazione. I versi che emettevano i tatuaggi ne rafforzavano il significato e ne aiutavano la comprensione.
Passata la fase urlante della mia vita, imparai lessemi e morfemi che apparentemente mi davano più facilità di essere capito, sebbene per essere più incisivo, per facilitare la comunicazione e per meglio esprimere e ottenere comprensione dovetti ancora ricorrere a urli e berci, questa volta accompagnati da gesti, movimenti di braccia, gambe, tronco, testa e qualsiasi altra parte del corpo dotata di

movimento. Un esempio su tutti? La lingua, a volte linguina, altre volte linguaccia e perfino linguaccia linguacciuta. Quindi, *body language* e lingua *language.*

Oltrepassata la soglia di dovermi esprimere a fonemi, a volte urlati, in quanto inserito in un contesto sociale nel quale la comunicazione, soprattutto orale, appare essenziale, tant'è che vi è pure una scienza che la studia, sono ora entrato nella fase primitiva della vita.

Sembra un paradosso, gli anni sono passati e invece di avanzare sono retrocesso, sono diventato primitivo. Non parlo più e più non urlo. Non sono muto. Uso semplicemente ciò che il tempo, la vita, l'esperienza e le emozioni mi hanno regalato. Urla, movimenti del corpo, espressioni del viso, movimenti degli occhi, sguardi hanno inciso sulla mia pelle rughe, pieghe e posture che ora uso quali ordigni linguistici per parlare, narrare, esprimermi, in una parola: comunicare. Farmi capire è un'altra cosa. Ma già quello, quando usavo le parole di facile e quasi immediata comprensione, il farmi capire non era così facile e immediato come pensavo. Forse le persone erano distratte, avevano i loro pensieri, non erano interessate a me o a ciò che dicevo o, ancora, parlavano un'altra lingua che non era la lingua *language*. Chi lo sa! Ma ora che ho nel mio arsenale di *body language* rughe, pieghe, grinze e posture e persino alcune vecchie, arcaiche positure posso esprimermi nel linguaggio universale dei segni del tempo, quel tempo che è trascorso, che ormai è passato e che mi ha lasciato un dono: ha inciso sulla mia pelle e nel mio corpo i suoi segni. Quei segni, rughe, pieghe e grinze si modificano, si uniscono, si associano, si aggregano seguendo i miei movimenti volontari e diventano logogrammi, ideogrammi, e la gente ora mi presta attenzione, incuriosita dal mio interessante e talmente antiquato, arcaico e fuori moda linguaggio così da diventare innovativo: il linguaggio delle rughe, della

pelle vecchia, avvizzita, dei movimenti lenti e parlanti attraverso i sonori scricchiolii artrosici. Il tempo ha tatuato, ha impresso sul mio corpo, come fossi un supporto litografico, il linguaggio universale dei suoi segni. Sono una litografia vivente e animata.
Ho elaborato pure un mio stilema che mi contraddistingue da altri miei simili, ossia bonobi, oranghi, scimpanzé, gorilla e umani.
Ammetto però che a volte l'attenzione che le persone prestano a ciò che esprimo con rughe, gesti e posture è un pochino eccessiva e ciò mi imbarazza.
Dovete sapere che ho dei tic nervosi che mi fanno compiere movimenti inconsulti e, per la maggior parte delle persone, inconsueti e spesso incomprensibili o travisabili. Questi movimenti non sono rivolti ai miei interlocutori, a chi mi sta "ascoltando", ma essendo l'attenzione concentrata su di me, loro che mi stanno così intensamente seguendo se ne hanno a male. Pensano li stia offendendo o addirittura insultando o prendendoli in giro, farmi beffe di loro e perciò se ne vanno quasi arrabbiati. È come se questi tic fossero una sindrome di *Tourette* gestuale. Ma se prendo dei farmaci rilassanti mi si rilassa anche la pelle, diventa liscia, scompaiono rughe, grinze e non posso più esprimermi in modo appropriato.
Una domanda qui mi sorge: ma quelle persone anziane e non, soprattutto donne, ma ora anche e sempre più uomini, che si fanno *lifting* su *lifting*, come fanno a comunicare ciò che sentono dentro loro, a far capire con l'espressione dei loro visi e del loro sguardo, come riescono a manifestare, a palesare le loro vere emozioni? Per rivelare le reali emozioni, per far conoscere i veri pensieri le parole sole non bastano.

Bellezza e ricchezza

Hai visto l'oro e l'argento. Hai visto ciò che brillava e abbagliava, baleni di luci raggianti, raggi di luce penetranti, luci calde che riscaldavano, riscaldavano tanto, troppo, scottavano, bruciavano. Oltre la ricchezza, al di là della ricchezza, hai visto la bellezza. Una bellezza che emanava luce, bellezza lucente, risplendente, abbagliante. Troppo a lungo l'hai guardata e quell'intensa luce della sua sfolgorante bellezza ti ha folgorato e reso cieco.
Sei riuscito a vedere molta ricchezza, eccessiva ricchezza, e tanta bellezza, smisurata bellezza e quelle quantità sproporzionate di ricchezza e di bellezza ti hanno confuso la mente e la vita tanto che ora non sai più distinguere tra ciò che è bello e ciò che bello non è, e non riesci più a discernere cosa sia ricchezza e cosa significhi miseria.
Prima ti sembrava di possedere tutto: nella tua mente e nella tua vita la ricchezza si era fusa con la bellezza e la rendeva ancor più bella, e la bellezza unendosi alla ricchezza ne esaltava ancor più la sua preziosità.
Bellezza e Ricchezza erano i valori di prestigio, gli *status symbols* che avevi eletto a qualità, quasi virtù.
Bellezza e Ricchezza, congiungendosi, si glorificavano a vicenda, una si trasfigurava nell'altra; non potevano più esistere una senza l'esistenza dell'altra. Appena Bellezza si discostava un poco da Ricchezza, Ricchezza si impoveriva e pure Bellezza si imbruttiva. Il loro esagerato desiderio di possedersi a vicenda, di volersi a tutti i costi, le aveva ingabbiate per sempre. Sì, il possedersi a tutti i costi: Ricchezza, essendo molto ricca, volle comperare a qualsiasi prezzo Bellezza e vi riuscì; Bellezza, sapendosi bella, bramava accaparrarsi Ricchezza, tanta ricchezza. E anche lei vi riuscì. Sembrava un binomio perfetto. Ricchezza camminava orgogliosamente per

le città e nel mondo con al suo fianco Bellezza; Bellezza entrava in tutti i negozi con Ricchezza e comperava ciò che la ricchezza permetteva di soddisfare i desideri di entrambi. Però, come dicevo, l'espressione usata prima "a tutti i costi" è alquanto appropriata, e il prezzo che pagarono fu il più alto che si possa immaginare: l'assenza di libertà. Non riuscivano, più che non riuscire non potevano più pensare una in modo differente dall'altra, non vi era possibilità di discutere, figuriamoci litigare. Obbligate all'assonanza d'intenti. Parlare? All'unisono; nessuna dissonanza né di tono di voce né nell'uso delle parole. Sorridenti entrambe. Non poteva e non doveva essere altrimenti, soprattutto non doveva; il prezzo che avevano pagato per essere una al fianco dell'altra non ammetteva né tristezza né infelicità, né il mostrarsi contrariate o, addirittura, arrabbiate. Sarebbero passate entrambe per idiote. Ma come? Con quello che avete pagato per soddisfare il vostro desiderio ora che quel desiderio l'avete appagato siete pure meste e avvilite invece d'essere soddisfatte?
Questa assenza di libertà incominciava a farsi pesante sia per Ricchezza sia per Bellezza. Entrambe dovevano trovare una via d'uscita all'imperfezione che si era poco alla volta insinuata nella loro unione, apparentemente perfetta unione. Quell'insufficienza di libertà era come un piccolo cuneo che penetrava sempre più in profondità nel loro desiderio di possedere, allo stesso tempo, sia ricchezza sia bellezza, sempre più ricchezza e sempre più bellezza. Ricchezza volle che Bellezza diventasse ancor più bella. Bellezza, col miraggio della bellezza assoluta, acconsentì. Contattarono il più bravo e famoso chirurgo estetico del mondo. Ciò costò molto, davvero molto, costò tanto a Ricchezza. Il chirurgo era molto famoso e molto bravo, ma anche molto costoso. Comunque, dopo i vari interventi, Bellezza ne uscì ancor più bella, ma purtroppo Ricchezza non era più ricca come prima e quindi non poteva più

abbellire la beltà di Bellezza con costosi orpelli alla moda. Fu così che l'unione tra Bellezza e Ricchezza incominciò a vacillare. Bellezza divenne algida e triste e Ricchezza arida e infelice. La tristezza dipinse sul viso di Bellezza rughe di sconforto e d'afflizione, al volto oramai infelice di Ricchezza si aggiunsero tinte di malinconia e di dolore.
Si guardarono. Piansero in disparte, ognuna per i fatti propri, vergognose di mostrare la propria emotività e infelicità. Si guardarono ancora. Videro le lacrime, le videro per la prima volta; gocce di frammenti di umanità, di abbracciante umanità fluivano dai loro occhi e scendevano sulle guance seguendo i percorsi rugosi dei loro tristi e infelici visi. Le lacrime dipingevano calde scie luminose sulla pelle raggrinzita dei loro volti addolcendone i lineamenti induriti dalla tristezza e dall'infelicità. Era comparsa la luce dei sentimenti e delle emozioni.
Piansero di nuovo. Questa volta piansero insieme, abbracciandosi e stringendosi, accarezzandosi, singhiozzando e sobbalzando ad ogni lacrima che scendeva dai loro occhi sui loro volti; lacrime che si mischiavano, si fondevano, si univano. Lacrime che bevevano per dissetare l'arsura che avevano in gola dovuta all'assenza di sentimenti. Bellezza, ora meno bella, e Ricchezza, ora meno ricca, bevevano le lacrime una dell'altra. In quelle lacrime vi era il loro amore, vi era la loro sensibilità. Piansero più forte, poi ancora più forte e poi, più forte ancora, risero. E risero e risero e risero. Lacrime d'amore e lacrime di gioia crearono la fontana delle emozioni, la fonte della vita.

L'abbraccio dell'immaginazione

Abbracciami con tutte le braccia che hai. Abbracciami con pazienza, adagio adagio; abbracciami come fossi un fragile desiderio, un evanescente sogno da ricordare; abbracciami come un antico, trasparente, gracile ricordo che non deve avere troppe attenzioni: scomparirebbe per la vergogna di essere al centro dell'attenzione, sebbene solo dei ricordi. Abbracciami ma non toccarmi; i tuoi abbracci mi devono avvolgere senza sfiorarmi, però io devo sentire il loro calore e il loro profumo.
Mi hai ascoltato.
Un tuo braccio ora percorre le forme della mia gamba senza toccarla e sale lentamente dal piede all'inguine. Un altro tuo braccio scende dal mio collo e attraversa dolcemente il petto per fermarsi sul ventre. Non lo tocca. Un altro tuo braccio ancora mi gira attorno alla testa e la testa diventa più leggera. Una mano di un tuo braccio, mano prima chiusa a pugno, si apre davanti al mio viso e mi nasconde il mondo e la realtà. Un tuo braccio esplorante, ma distante, scorre frenetico dalla mia testa ai piedi, dai piedi risale alla testa e con quei movimenti veloci ma delicati e continui, massaggia al suo passaggio, sfiorando i contorni del mio corpo, risvegliando e stimolando le mie fobie protettive, quasi sante protettrici, e a ogni passaggio le assottiglia. Ma non è ancora abbastanza. Sono sempre, seppur più sottili di prima, sono sempre coriacee, dure, resistenti. Ma un po' meno.
Abbracciami ancora, ma non toccarmi. Sfiorami, sfiorami più forte. Ora fammi sentire d'essere un desiderio, ma non più fragile, bensì un desiderio potente. Rompi la mia corazza. Fammi sentire l'energia e la forza di ciò che muove le tue braccia e la tua voglia di abbracciarmi.
La tua passione, la tua smania di toccarmi, la tua impazienza e

bramosia di sentirmi, di ascoltare la mia voglia di risveglio, mi scuotono. Vibro di brividi di vita, brividi di rinascita.
Non toccarmi ancora. Voglio solo sentirti.
Ti sento. Non hai bisogno di toccarmi affinché io ti senta. Rispettami! Rispetta la mia ritrosia.
Ti sento. Sento la tua voglia. E ascolto. Ascolto il suono dei movimenti delle tue braccia. Sono fermo nell'ascolto dei profumi dei tuoi abbracci, prima carichi di dolci gelsomini e tuberose, ora sanno di pungente ortica. La violenta febbre del tuo desiderio ha calpestato la mia morbida, soffice attesa.
Ti fai più vicina. Ti avvicini ancora. Sei sempre più vicina a me. I tuoi profumi diventano intensi, tappeti volanti sui quali viaggiare. I tuoi abbracci sono vicini al mio corpo. Sento il respiro delle tue braccia, tante braccia, tante quanti sono i nostri desideri; sento e ascolto il respiro del loro movimento, braccia tentacolari con ventose che si aprono e si chiudono, mi risucchiano; ogni ventosa risucchia un piccolo pezzetto del mio corpo. Ventose ansimanti, respiranti, anelanti si aprono e si chiudono come tante bocche bacianti. Schiocchi di baci entrano nelle mie orecchie e nel mio cervello e mi stordiscono talmente tanti sono. Ogni schiocco un bacio e ogni bacio un suono diverso; note di baci bacianti che si depositano sul mio corpo, penetrano nella mia pelle.
Gli abbracci, seppur sfioranti, e i penetranti baci hanno distrutto la mia corazza protettiva. Non ho più difese. Mi abbandono.
Braccia che mi abbracciano, baci che mi baciano, profumi che mi profumano, calore che riesce a darmi calore, a scaldarmi.
Ora, ora che non ho più la corazza, ora che non ho più fobie né protezione, ora anch'io ti posso abbracciare, baciare e insieme a te, mia cara fantastica immaginazione, danzare sulla tavolozza dei sogni così da dipingere la realtà e renderla ogni giorno meravigliosamente sorprendente con la potenza e l'estro della creatività.

Il gorgo

Il vortice mi risucchia e mi succhia, mi succhia le dita delle mani e mi toglie lo smalto lucido e attraente dalle lunghe unghie, poi mi toglie anche le unghie e infine mi lascia le mani senza difese, dita ignude e senza fascino, dita senza colori.
Il vortice mi fa vorticare e nel vorticare creo un gorgo dove vengono risucchiati i miei giorni, uno dopo l'altro, giorni che formano mesi, anni, lustri, e tutti insieme una vita, una vita disordinata, non in armonia col mondo, una vita disarticolata, fatta di anni senza "il" e senza "lustri", anni per nulla illustri, anni anonimi, anni nani, piccoli, che adornano giardini di dubbio gusto. Un nano, come un diamante, è per sempre, e per sempre ricorderai quel cappello rosso, a punta, quelle sue forme tondeggianti e dai colori sgargianti. Quel nano sarà il tuo incubo, tornerà nei tuoi sogni e si materializzerà nella tua realtà sotto varie forme: un sentimento, un oggetto, un ricordo, un parente, tu stesso. Avrai bisogno di uno sciamano, di un esorcista per scacciare il nano. Così piccolo, così nano, eppure così forte e potente.
Scusate la digressione sul nano, ma il raccontar del nano mi ha preso la mano e il nano me l'ha restituita pure con le unghie smaltate. Però mi ha ridato una mano, ma una sola. È nano e di più non poteva fare.
L'altra mano chissà dov'è. Forse ancora nel vortice e sta cercando affannosamente di affiorare, quasi fosse un fiore che volesse a tutti i costi fiorire, una lotta per la sopravvivenza, quindi, più che affiorare, dal vortice voleva riaffiorare.
Di nuovo scusatemi; con tutte queste elucubrazioni mentali ho perso il filo del discorso, ma sono fortunato perché vicino a me c'è Arianna che non solo mi dà una mano per uscire dall'*empasse*, da questo labirinto di cogitazioni, ma mi offre pure la mia mano,

quella mancante. E quella mia mano afferro e monco più non sono. Ora ho tutte e due le mani. E dalla contentezza le faccio roteare. Creo il gorgo, il vortice.
Il vortice, il gorgo sono io stesso; mi nutro della mia stessa esistenza. Io stesso mi cibo di me stesso, la mia vita si sfama della mia stessa vita. Un'autosufficienza allo stato puro. Non inquino sebben consumi. Consumo me stesso, ma sono felice perché sono ecologico, perpetuo il mondo.
Eppure mi chiedono di pagare i balzelli. Forse perché devo mantenere lo stato e il suo gorgo che mi inghiotte.
Il vortice, il gorgo non sono io; sono loro che si nutrono della mia stessa esistenza, si cibano della mia vita. Senza di me non riescono a vivere. Mi impongono di raggiungere l'autosufficienza e l'ecosostenibilità affinché loro possano esistere, sostenersi e vivere senza nulla fare.

Volare alto

Il corvo fece un salto e saltò sulla rana, ma non la mangiò. La rana gonfiò la sua gola e balzò più in alto del corvo, e guardò il corvo dall'alto in basso. Gesù si tagliò la barba e divenne gladiatore senza che Cesare se ne accorgesse; e come per miracolo ammansì tutti i leoni nel Colosseo. Pare sia stato un intervento dall'alto.
L'astista prese la rincorsa e ficcò la sua asta nel buco, l'asta si piegò, gli diede la spinta in alto e dall'alto superò l'asticella e dall'alto di quel salto superò il record del mondo del salto in alto.
Dall'alto si erse sui suoi trampoli e vide tutta la folla che lo acclamava e lo salutava, ma dall'alto che era lui vedeva solo agitazione di masse e sentiva solo gracidar di voci e null'altro capiva e nient'altro sentiva.
Dall'alto del pulpito pulsava la voce dell'alto prelato, alto perché era alto il pulpito e pure il prelato sicché nessuno lo sentiva. Troppo alto il tutto, prelato, pulpito e pure il concetto che la predica voleva trasmettere al basso volgo.
Dall'alto dei suoi anni si era fatto furbo e di quella furbizia ne approfittò elargendo doni, danni e anni finché si liberò, il vegliardo, con l'inganno sia del dono, sia dei danni sia degli anni e sembrò ringiovanir. Un inganno d'alto bordo. E su quell'alto bordo di yacht di alto costo salì pure l'alta, slanciata *escort* che fiutò l'affare dall'alto della sua esperienza e dall'alto dei suoi alti tacchi per ammaliar l'animale omo fornito di grande panza e fornito pure d'alta finta e folta criniera e d'alto portafoglio e pure lui con alti tacchi per sembrar un poco più alto sebben lo vino ingurgitato grazie alle alzate di gomito già più alticcio sembrar lo fecean.
Da codesta altezza, caro lettore, nulla più si capisce. In alto son volato sperando d'essere altamente apprezzato. Ma troppo in alto sono andato e tra le nubi mi son ritrovato. Or più nulla vedo e

nemmeno sento e degli osanna che mi si indirizzavano or neppur l'eco percepisco. Son le nuvole che il tutto attutiscono? O è stato il mio altezzoso comportamento che a furia di salir de lo popolo la scala del gradimento me so' trovato nell'aria rarefatta così da non poter più né de respirar né de parola pronunciar? E qua su in alto, su sto piedistallo de basalto, me sento solo e abbandonato. Nun è che m'han lasciato salir in alto così da starmene talmente in alto che ormai danno più non potevo far tanto era la distanza tra me e lo volgo tutto che li miei strali, leggi e altri strumenti statali lo popolo più raggiunger non potean?
L'altezza spesso dà ebrezza, soprattutto a chi all'altezza non c'è abituato perché, poverino, nato piccino e magari pure meschino di mente e d'intelletto.
Tutti noi lo sforzo capiamo de li piccoletti che, o con colpi di mano o con fare da stregone e da sciamano, cercan d'imbonir lo volgo intero spacciandoci la menzogna come fosse il vero. Quinni, se stai in alto nun fatte prenne dall'ebrezza che tutto quel che dici sia bellezza. Scendi dal piedistallo, sgrullati di dosso del potere lo sballo e impara a governar senza voler troppo in alto volar.

Il nocchiero dell'arpa ritrovata

"Staff? Macché staff. Equipaggio? Ma neppure. Marinai? Nemmeno. Ciurma? Sì, ciurma, venite a me!".
Come ogni ciurma che si rispetti, e che quel rispetto le è dovuto, ciascun uomo di mare che la componeva aveva il suo soprannome o nomignolo che lo inquadrava ironicamente o, meglio sarebbe dire, sarcasticamente per la sua più personale e spiccata caratteristica.
C'era così Occhio di Falco e già avrete capito il perché. Con l'occhio che gli era rimasto guardava e vedeva lontano, con uno sguardo penetrante. Con quello sguardo ti poteva tatuare l'anima, la memoria e il ricordo. Sarebbe stato più appropriato chiamarlo Laser.
C'era Orecchio Assoluto in quanto aveva un solo orecchio udente, però con quello buono non solo sentiva bene, ma anche ascoltava. Una spia eccellente, non gli scappava nessun rumore, anche quello del tempo che passava lento lui lo sentiva. Era come avere vicino l'orologio atomico del tempo esatto. E sentiva pure gli sguardi, li sentiva percorrere il suo corpo, scavare dentro la sua intimità, sentiva tutto; sentiva scorrere il sangue dentro le vene e le arterie, e sentiva urlare il sangue delle guerre.
Nella ciurma c'era Cicerone, un tipo silenzioso, parlava raramente, anche perché non lo si capiva bene; più che parlare farfugliava e, se nervoso, grugniva; aveva una lingua enorme. Era detto Cicerone in quanto aveva parlato tanto, ma tanto tanto, troppo, e la sua lingua si era sviluppata enormemente fino a ostruirgli la bocca. Cicerone, ovviamente, non si era mai sposato. E come avrebbe potuto parlare così tanto se avesse avuto moglie! Malgrado l'ipertrofia della lingua o macroglosso, oppure megaloglosso o glossomegalia (lascio ai megalomani e stilosi semiologi scegliere l'appropriato lessema e l'opportuno stilema), quando Cicerone spalancava la

bocca per respirare emetteva grida spaventose. Tutti scappavano. E lui rimaneva solo. Non poteva parlare più con nessuno. La sua lingua, non più utilizzata, come tutti i muscoli non in esercizio, si rammollì e lo si vedeva vagare per i porti con la lingua penzoloni come un vecchio boxer.
Vi era anche Profumo, detto così perché non si lavava mai in quanto non voleva alterare gli odori che il vento del mondo portava alla sua narice. Chiamarlo naso è troppo, narice è il termine giusto, anche frogia va bene. Un difetto fisico dovuto a un insistente e persistente raffreddore gli aveva fatto perdere l'odorato da una narice e, di conseguenza, l'altra gli si era ipertrofizzata a dismisura e a dismisura evoluta per e nel percepire ogni molecola odorosa che non fosse una di quelle emanate e vaporizzate in pestilenziali effluvi dal suo corpo. Quelle le conosceva già tutte, erano vecchie, anni e anni di stagionatura e di stantio e ammuffito sudore, mentre le molecole odorose nuove lo ringalluzzivano, gli davano il sentore di essere vivo, sebbene puzzolente da far schifo.
E che dire di *Delicatessen*. Un tipo dall'umore variabile, a volte dolce, a volte aspro, agro, una specie di ricetta da ristorante cinese. E famelico. Aveva papille gustative sviluppatissime e con quelle papille si gustava la vita; però doveva anche nutrirle e per soddisfare il loro bisogno di gusto *Delicatessen* mangiava in continuazione. Ma era fortunato: metabolismo eccellente, non ingrassava. A dir la verità non è che mi piacesse tanto averlo imbarcato sulla mia goletta: un po' per il nome del vascello, goletta, sia mai gli facesse gola, e un po' perché dovetti rinforzare la stiva affinché sopportasse tutto il cibo che *Delicatessen* s'era portato appresso.
E per ultimo imbarcai Dimensione Unica; un marinaio amico di tante avventure che aveva perso il senso del tatto e tutto quello che toccava gli appariva piatto. Malgrado i suoi occhi vedessero le forme giuste, tridimensionali, degli oggetti e delle persone,

voleva toccare qualsiasi cosa o persona con mano e allora tutto e tutti gli apparivano piatti. Su molte persone spesso ci azzeccava. Per questa sua singolare e alquanto insolita prerogativa fu fatto, a sua insaputa, presidente onorario della mistica congregazione dei "Divini Terrappiattisti".
Insomma, avevo con me una ciurma alquanto squinternata, variegata e divertente. E con loro, Occhio di Falco, Cicerone, Orecchio Assoluto, Profumo, *Delicatessen* e Dimensione Unica, mi divertivo, anzi ci divertivamo. Le loro particolari caratteristiche fisiche, potete chiamarle handicap, li avevano dotati di facoltà inusuali, o se preferite, esclusive ed elitarie. In effetti qui ci sta bene adeguarsi al *politically correct* e chiamarli diversamente abili. Mi spingo oltre e i miei compagni e amici marinai, potrei tranquillamente definirli, per le loro peculiarità o peculiari abilità, più che supereroi, potrei chiamarli ipereroi. I loro insoliti tratti, le loro inusuali singolarità, mi rassicuravano e tranquillizzavano in quanto sopperivano alla mia comune, ordinaria prevedibilità e mi fornivano la necessaria audacia per salpare.
Ah, dimenticavo: tra loro, gli ipereroi diversamente abili, io, il nocchiero, nauta viaggiante alla ricerca della melodica arpa dell'esistenza, ero conosciuto, fino al momento di solcare i mari e volare sopra le onde, come Lo Scontato per una certa mancanza di originalità di pensiero e d'avventura.
Ad essere circondato da quelle persone così diverse da me i miei sensi mi trasmettevano una sensazione di pienezza, di vivacità, di vita. Con loro, infatti, imbarcai sul mio veliero le meraviglie dei sensi.
Sempre grazie a loro, ossia la mia sensazionale ciurma, i miei sensi si fecero capienti e si riempirono di sentite, empatiche sensazioni, e con i sensi ora senzienti e capenti iniziai finalmente il viaggio. In quel viaggio, in quel veleggiare, in quelle vele gonfie, tonde,

spiegate e suonate dal vento e dalle sue improvvise e impetuose folate fatate, in quel viaggiare si generava il rito apotropaico che neutralizzava i malefici che mi attanagliavano la mente e la vita facendomi impazzire di normalità.
Il vento trasportava note nel suo viaggiare, trasportava musica, e le vele della mia nave la catturavano e vibravano come corde d'arpa suonando la melodia del viaggio e trasformandolo in un dolce, cullante navigare, per poi aumentare di intensità e fondersi col frenetico, eccitante ritmo dell'esplorazione e della casuale scoperta di nuovi mondi, nuove culture, nuove meravigliose diversità fino allora rimaste sconosciute alla mia esistenza.
Ringrazio la mia ciurma di bizzarri, divertenti ipereroi diversamente abili per avermi fatto ritrovare la gioiosa, vivace musica della scoperta.
Serendipity!

I miei sensi

Sono scomparsi i sensi tutti, alcuni all'improvviso, altri mentre lentamente vivevo. Avessi vissuto più velocemente si sarebbero dissolti, i miei sensi, molto più rapidamente.
Non ho più sensi; ora sono asensoriale, un'anestesia sensitiva e quindi cognitiva. Nulla mi lega più al mondo esterno. Sono solo mente. E quando lo scrivo, non mento, perché sensi non ho più, e più non posso essere deviato, condizionato, ingannato dai sensi. Sono diventato finalmente solo una mente. E liberamente posso pensare. Che bello! Nessun condizionamento. Sono estatico dinnanzi al pensiero puro, non inteso senza peccato ma come puro pensiero. Eppoi, se non esiste null'altro che il pensiero, cosa può definirsi puro e impuro.
Ora che non ho più sensi, che non ho più corpo, che più non appaio e apparire più non potrò, ora che solo mente sono, ora vivo di pensieri e di ricordi. Penso ai ricordi e ricordo i pensieri. Ricordo il pensiero di molte persone che dell'apparire ne han fatto desiderio e bisogno e l'ostentano come mistico credo non riconoscendone la narcisistica ed effimera necessità.
Bene, ora sparisco. Come faccio a sparire? Chiudo la mente; chiudo la mente e mi abbandono al sogno, al fantastico, al sorprendente, all'irreale, al meraviglioso. Mi lascio trasportare dal sogno. Ho un sogno intelligente: quando incontra un incubo non cambia strada, ma gli parla, lo accarezza, lo bacia, lo abbraccia, gli si siede accanto e lo consola, lo conforta. L'incubo sente la dolcezza e si stringe forte al sogno e si fonde con lui, diventando lui stesso sogno.
Non avendo più sensi, per vivere ho dovuto sviluppare il pensiero e il pensiero ha ampliato, accresciuto le sue capacità regalandomi il sogno; e il sogno, con l'aiuto del pensiero, è diventato forte sì da consolare incubi e acquietare ansie.
Ora il pensare e il sognare sono i miei sensi.

Azzurrità

Lassù in cielo, lassù nel cielo. Sempre più lassù. Laggiù in mare, laggiù nel mare. Sempre più laggiù.
Voglio immergermi nell'azzurro e in tutte le sue tinte, toni, sfumature. Voglio nella mia vita pennellate di bianco e di blu, intenso bianco, tanto bianco ed eleganti tocchi di blu. Tratti disordinati di bianco che si intersecano, si mischiano, si fondono con altrettanti tratti di blu così da creare cielo e mare, altezze di cieli e profondità di mare. Altezze sempre più alte di azzurri rarefatti e pallidi, e profondità sempre più profonde di blu sempre più intensi e scuri. Voglio immergermi in quei blu e volare in quegli azzurri; voglio che cieli e mari si uniscano e si confondano, che i mari e le loro profondità si popolino di uccelli e dei loro canti, che i cieli si animino di guizzi argentei dei morbidi ventri dei pesci. Bianchi gabbiani e fringuelli blu nuotano nei mari, lasciano dietro loro scie bianche e scie blu e i loro corpi e le loro ali si tingono d'azzurro. Banchi di pesci in cielo si squamano, creano nuvole d'argento e uscendo dalle nuvole i pesci si colorano di cielo sereno.
Non vi è più distinzione tra cielo e mare. Le nuvole del cielo si confondono con le creste spumose delle onde del mare e in questa baraonda di azzurri le nuvole si nutrono e si caricano di piccole gocce di azzurro mare e il cielo, sfiorando e accarezzando il mare, gli regala biancori e lucori di soffici nuvole.
Onde azzurre percorrono i mari e vanno a scoprire nuove terre, nuove isole, atolli e scogli e con il loro continuo sciabordio li tingono d'azzurro. Nuvole di mare attraversano il cielo e depositano, come fossero pittori puntinisti, gocce azzurre sulle terre, sui deserti, sui monti e sulle pianure, nelle valli, nei boschi e nelle foreste. Il bianco non esiste più, non esiste più neppure il blu. Tutto s'è tinto d'azzurro. Un azzurro che non è l'azzurro terso del cielo

né l'azzurro lucente del mare, perché il cielo ha donato un poco della sua azzurra vita al mare e il mare ha ricambiato il dono del cielo regalandogli stille della sua esistenza.
Gli azzurri si sono appropriati delle loro unicità e, unendosi, insieme hanno dato vita all'azzurrità.
Azzurrità: una vivacità infinita e meravigliosa di azzurri. L'azzurrità richiama anche la serenità, evoca benessere, il suo suono calma chi la pronuncia; azzurrità è azione, è divenire, dà l'idea di infinito, di viaggi per i cieli, di viaggi per i mari, di silenzi da godere, di barca che si lascia trasportare dolcemente dall'azzurrità e nell'infinita azzurrità.
Con la mia mente nuoto, navigo e volo in questi azzurri che formano l'azzurrità e anch'io mi tingo d'azzurrità; si tingono d'azzurrità i miei pensieri, le mie idee, i miei gusti, i miei comportamenti. Si colorano d'azzurrità la mia follia e la mia normalità come il cielo e il mare, e come il cielo e il mare non si distinguono più: la follia ha preso un poco della normalità ed è apparsa ancora più folle, la normalità ha attinto dalla follia e ha acquisito ancor più l'aspetto di normalità sicché, alla fine, la normalità per apparire normale ha dovuto immergersi nella follia e la follia, per mantenersi folle, ha dovuto adeguarsi alla normalità.
Mi auguro di poter sempre immergermi e di poter sempre volare tra le tinte chiare, fresche dell'azzurrità.

Il camaleonte allo specchio

Sono indeciso: come mi mimetizzo? Imitando me stesso o imitando gli altri? So, comunque, che devo mimetizzarmi per confondermi, confondere me stesso e ancor più gli altri. Quindi, il segreto per mimetizzarsi è la confusione e la confusione è il segreto per sopravvivere con se stessi e con e in mezzo agli altri. L'hanno capito da lungo tempo i politici di lungo corso e pure quelli di una legislazione e via; passano il loro tempo non a lavorare, ma a mimetizzarsi; mimetizzarsi che poi oramai mimetizzarsi è diventato sinonimo di politicizzarsi. Da lor signori s'è appreso che la mimetizzazione è un lavoro, lavoro atto alla sopravvivenza, sia tu sia preda sia tu sia predatore.
Oltre che lavoro, la mimetizzazione è un'arte e pure un segreto.
La mimetizzazione è la mia arte e anche il mio segreto, però più intenso, più intimo, più interno, corporale e corporeo, animale e anima, etereo e ariosamente etere e etero per rispettare la *par condicio,* ora e sempre, ora è sempre (piccola e breve digressione quasi filosofica), eterno e profondo, molto profondo, così profondo da essere nascosto a tutti e pure a me stesso. Per scovarlo, questo segreto, devo fare l'analisi del DNA, con una piccola aggiunta di RNA, e andare a trovarlo, scovarlo tra i geni. Perché un tale segreto, il segreto della sopravvivenza, è lì che si nasconde: tra i geni, è un segreto geniale, stupendo, meraviglioso, vitale. È il segreto della vita.
La mimetizzazione. La mimesi. La vita.
Come in tutti i lavori, professioni, occupazioni, al giorno d'oggi bisogna specializzarsi. Io mi sono specializzato nella mimetica degli organi: fegato, reni, pancreas, intestino, muscoli, ossa *et alter.* E anche in organi di senso: occhi, naso, bocca, orecchie, pelle. Una

doppia specializzazione, organica e sensoriale, ancor più di un master e ancor più di un Ph.D. o, per non offendere gli italici accademici, dottorato di ricerca. La specializzazione in mimesi degli organi mi ha permesso di eludere virus, batteri, patogeni in genere. Un esempio: il virus dell'epatite, o delle varie epatiti (a, b, c, etc.), mi voleva attaccare non sapendo che non ero fegato, gli assomigliavo ma non lo ero, m'ero mimetizzato in mero fegato. Quindi s'organizzava ad attaccare inutilmente un organo. Attaccava inutilmente. Sfiancato e deluso se ne tornò scornato da dove era venuto. La fatica degli inutili attacchi lo indebolì, si ammalò e morì d'inedia, sfiancamento apatico, anzi sfiancamento epatico, da parte sua. Un po' come dire "Va a Baggio a suonare l'organo". (vedi P.S.). Disorientando i patogeni ho frastornato, sconcertato le malattie. Patogeni e malattie non sapevano più dove andare, come e chi attaccare, non avevano più bersagli né fertili terreni (e neppure vocazionalmente spirituali) dove crescere. Dunque o quindi, poco alla volta si sono esauriti, estinti.
Ripeto il dunque e quindi perché nella prosodia della narrazione si confà, dunque e quindi il mio mimetizzarmi nel DNA, o meglio nascondermi nel DNA, mi ha permesso di restare in vita, di prolungare la mia vita. Una pensata geniale. D'altronde le mutazioni geniche e genetiche sono o non sono alla base dell'adattamento, dell'evoluzione e quindi della sopravvivenza?
E che dire delle mutazioni degli organi di senso? Gli occhi non vedevano ma fiutavano; il naso era un radar olfattivo che mi dava la visione della forma degli oggetti e del carattere delle persone; l'orecchio si era mimetizzato in vista armonica; la lingua non parlava, ma sibilava alla mia mente il gusto di chi o cosa avevo dinnanzi, se di gusto raffinato o rozzo sia di fattezze sia di pensiero in quanto assaporava l'odore delle idee e delle parole; la pelle si era mimetizzata in schermo sul quale comparivano le emozioni di

chi mi guardava. Uno scherno per chi voleva nascondere la sua intimità emotiva.
La mia mimetizzazione, la mia mimesi potrebbe sembrare una nemesi. Volevo un rapporto di somiglianza, come lo volevi tu, come lo vogliono tutti o quasi tutti. Essere uguali, ESSERI UGUALI NELLA NOSTRA UNICITÀ.
Chi vincerà? Chi sarà più uguale? Chi sarà più uguale a chi? Vincerà l'uniformità, colei che ci spinge a non essere diversi per non essere additati con disprezzo, per non essere maltrattati. Ma io ho un rimedio: gli specchi. Specchi concavi, convessi, deformanti le cose, le persone, deformanti la realtà, cambiandola, facendola apparire diversa, facendola apparire reale nella sua diversità.
Il camaleonte allo specchio ti dice la verità perché riflette la sua vera immagine.
Immaginati come un camaleonte che si guarda allo specchio. Cosa vedi?
P.S. Significato di "Va a Baggio a suonare l'organo": l'organo di Baggio era dipinto sul muro della chiesa. A voglia suonarlo!

Cambio *location*

Ho venti minuti per sentire, venti per ascoltare, altri venti per orecchiare e venti, i più importanti venti, per spiare, che equivalgono allo stare ad orecchiare. Poi devo partire, arrivare e riferire, e poi perire. Questo è il mio compito, mi è stato dato e così mi comporto. In un'ora trascorro la mia vita: sentire, ascoltare, spiare. Un poco come fate tutti voi: sentite, ascoltate, spiate. I minuti extra, quelli per partire, arrivare e riferire mi vengono regalati affinché io possa adeguatamente conformarmi alle regole da spia. Gli altri minuti, quelli dopo "riferire", sono variabili. Possono essere brevi, brevissimi se ciò che riferisco è tutto chiaro, comprensibile, capibile e utile. In questo caso i miei minuti per perire sono brevissimi, da minuti diventano secondi e da secondi diventano istanti, un solo istante. E sparisco.

Invece, se ciò che riferisco è confuso, non sufficientemente chiaro, lacunoso (qui mi tornano in mente le apostrofazioni delle mie maestre elementari veneziane e chiozzotte), incomprensibile, mi viene dato un extra tempo per rendere i miei ricordi di spia meno lacunosi, ossia quasi paludosi in modo che molti possano impantanarsi nelle mirabolanti manipolazioni del mio riferito e che vengono riportate alle alte sfere, ossia al parlamento e a coloro che tra loro parlamentano e parlottano mentre fuori dal parlamento il popolo è ammutolito. Il parlamento raffina nel modo a lui consono e gradevole sì d'agevolare il gioviale gioco di governare e mettendo il giogo innanzi al gioco, che poi sarebbero i buoi, e che poi i buoi sarebbero uno solo che poi sarebbe il popolo, il popolo bue: il giogo per il popolo bue.

Insomma, è così che m'allungo la vita e l'allungo pure a loro: non facendomi capire, riferendo confusamente in modo che il parlamento non possa avere da me un'idea chiara e la chiara idea,

l'idea chiara possa confusamente crearsela e chiaramente esporla con chiarezza basandola su solide basi per quanto sopra riferito senza far riferimento che il "quanto sopra" era non certo chiaro e sicuramente non "quanto" ma piuttosto pochino.
Qui viene stabilito che la solida base è la non chiarezza, quindi più che solida è stolida.
Ecco come mi sono allungato la vita: con la stolidità e la confusione. Ora ho più tempo, mi viene dato più tempo per organizzare le mie idee, per riordinare ciò che ho sentito, ascoltato, spiato e poi che devo di nuovo riferire per poi diventare inutile e quindi perire. Questo extra tempo è utile anche a loro. Pure loro, poracci, mica sono così intelligenti da afferrare immediatamente il significato delle mie mezze parole. Dico mezze perché sono quelle che ho carpito, l'altra metà l'ha presa il nemico. Quindi con quelle mie mezze parole costruiscono le mezze verità che ci dicono spacciandole per tutta la verità, solo la verità, nient'altro che la verità. Un telefilm USA anni sessanta. Però in quei telefilm vince davvero sempre la verità. Nei telefilm nostrani bisogna aspettare l'ultima puntata della fiction per conoscere la verità. Pure lei una finta verità. Infatti è solo e tutto una fiction. Una fiction distopica.
Cambio *location.*

Titolo: ?

i creatori di aforismi sono spirati attraverso spiragli di lucidità di confuse menti lasciando profumati aforistici fiori emananti afrori con scie luminose di ormai estinte lucciole che di notte illuminavano pensieri e incubi facendo brillare malsane idee che venivano scambiate per lampadine geniali a basso consumo ma anche purtroppo di basso intelletto sicché l'incubo mi fece rotolar giù dal letto ed è per questo ch'or vi scrivo codesto modesto testo ch'inizia con un'inezia per renderlo ancor più umile ossia senza maiuscola che poi sarebbe il femminile di maiuscolo in quanto l'omo sempre vuol essere più grande e forte della donna pur sapendo che sotto le di sue sottane l'omo sempre si piega ma ancor più sotto il peso della di lei intelligenza e arguzia in quanto l'omo proprio arguto nun è e lo si percepisce da li pensieri che da lì gli sgorgan come serpenti tant'è che de l'organo che li ha generati la forma ne hanno assunto e pure la testa che sibila non più esse e ancor esse e altre esse come lo cobra indiano ma solo due zeta ossia zz come la più classica dell'astonita meraviglia e della unificata italica imprecazione quale prece ed orazione all'organo musical che zufolo si fece in onor de la musica agognata da ninfe suonata sebben le ninfe tutte guardaron li ranocchi per non dir li rospi tutti gracchianti in de su le ninfee ne lo stagno magico sperando di venir tramutati in prìncipi o principali rospi ma pur sempre fieri rospi costi quel che costi pensaron li batraci tra le ardenti braci de le di lor supposizioni che per medicar le ardite e peccaminose cogitazioni li epicurei gogliardici e ippocratici e pure un tantino ipocriti curatori ficcaron in de le terga de li rospi un supposto rimedio o cura d'allora appellato supposta in quanto doveva servir da suppor la guarigion considerando l'espiazione de lo dolor in del ficcarse in quel antro oscuro e anche un poco odoroso un pezzo un gran bel pezzo di medicina o medicamento che mentir non dee e che di sofferto trattamento li rospi subir dovettero questo per lo piacer ci narra la storia e la leggenda di ricever un bacio dall'agognata ninfa soleggiata sull'umida ninfea mentre lo sole li rospi snobbava pur porelli avendo alla bocca da tempo la bava che schiumosa colava come lava infuocata di desiderio dal balzar sulla ninfea della più bella ninfa sì d'un sol amplesso riscaldar li corpi de le ninfe su le ninfee e lo stagno tutto e far bollir e sobbollir la stagnante acqua di gorgoglii di piacer e di gracchi di goder e svegliar lo sentimento e l'estroso e artistico spirito di monet che con li pennelli vergò sublimi dipinti vergò con li pennelli o vergò con svergognata verga di salice piangente e perché lo salice piangea e piangea pur la verga forse fu nel veder lo sforzo de li rospi di raggiunger le ninfe e lo ghigno de le ninfe che cantavan li sbeffeggi a li brutti rospi e col melodioso e beffardo canto s'allontanavan dall'ammasso de le bitorzolute gracchianti creature lasciate come nere cornacchie uccelli di malaugurio a ulular lupescamente all'amor fuggente su verdi giunchi ondeggianti di sospiri e basedofici occhi con gonfianti canore e trasparenti gole doppiamente simil a grassi e stonati doppimenti mentre evocavo lo pittor monet una question alla mente mi sovvien paolo uccello e giovanni verga eran parenti

CHIOSA

Lascio a chi ha avuto il coraggio di leggere, la pazienza d'arrivare fino in fondo, e l'arguzia e la voglia di capire, lascio a queste persone la libertà e il piacere di inserire la punteggiatura, i segni di interpunzione e le maiuscole per rendere più comprensibile il testo. Comprensibile secondo la loro interpretazione.
Titolo proposto: COME A VOI AGGRADA

Bocca e orecchio: nemici e amici

Il buio era profumato, aveva quel profumo dolce delle parole dolci pronunciate con dolcezza, con armonia, pronunciate da succhianti labbra di farfalla che poppano dolci pollini profumati di colorati fiori che ingentiliscono le sue ali dipingendole di aromi.

"Ascolta le mie parole, gentile orecchio che sporgi dell'ovale del mio sofferente viso. Se porgi il tuo auricolo al mio suono e presti attenzione a ciò che dico può accadere che il mio soffrire si attenui, si addolcisca" disse Bocca.

"Ti ascolto, impertinente Bocca, che quando sei in difficoltà, quando non sai che dire, ti chiudi e diventi muta e io non sento più la tua voce e mi fai spaventare facendomi credere d'esser diventato sordo. Parla, dunque. Dì! Ma che sian parole di conforto, parole dolci, non ordigni linguistici belli, che seppure belli possano sembrare, spesso sono più che belli, sono bellici e alquanto guerreggianti. E la guerra a fonemi non mi si addice, non mi appartiene" disse Orecchio con il fremito della sua risonante timpanica membrana.

Bocca, a udire questo, aprì e chiuse a ripetizione le sue labbra dalle quali uscirono *verba* che volarono in mille direzioni. *Verba* quali miele, zucchero, pasticceria, torte, bignè e simili. Parole dolci sì, ma non quelle che voleva sentirsi dire Orecchio. Lui desiderava ascoltare e gustare parole quali amore, carezze, baci, coccole.

Alle parole melense e melliflue di Bocca, il timpano di Orecchio si indispettì, iniziò a vibrare di disappunto, furibondo, un timpano furioso da orchestra sinfonica che ricordava la sinfonia n. 103 di Haydn. Si aggiunsero altre vibrazioni; Orecchio sembrava impazzito, il suo timpano si trasformò in tamburo, poi in tamtam e poi ancora in sofisticati africani *djembe* e *bougarabou*. All'interno di Orecchio suonava ora un'orchestra di trecento mariachi sferzata

da piogge a grosse gocce e sciabordata da onde tempestose di uragani tropicali.
Così, a Orecchio, le parole dolci di Bocca assomigliavano più allo zampettare confuso di centocinquanta ramarri impauriti che si arrampicano su trasparenti e fragili lastre di zucchero a velo caramellato, ramarri spaventati inseguiti da coccodrilli carnivori e affamati che non riescono a distinguere i loro piccoli neonati appiccicati alle magliette di sudati tennisti dagli altri piccoli, verdi, fuggenti rettili, vamavvi dal logopedico poteve o potere di tvasfovmave o trasformare le “vi” in arrotate “erre”.
Bocca comprese l’errore di espressione e cercò di rimediare lisciandosi e gonfiandosi le labbra e facendole apparire ancor più turgide e carnose così da indurre Orecchio a guardarla, affascinarlo e fargli sognare chissà quali succosi e succhianti baci. Per completare l’opera, Bocca lucidò le ormai irrimediabilmente carnose e debordanti labbra con rossetti sgargianti e pure profumati in modo che Orecchio prestasse più attenzione a ciò che gli si presentava alla vista che a ciò che gli si narrava. Non essendo sicura che tutto questo bastasse per assicurarsi l’ascolto e l’attenzione di Orecchio, Bocca volle andare un tantino oltre la comune, serpeggiante estetica, e si fece lisciare anche la lingua; non che avesse eccesso di peli, l’irsutismo linguale non era una sua caratteristica, ma l’uso inappropriato e lo smodato abuso ne avevano alquanto alterato l’efficienza: le leccate non erano più quelle di una volta; inoltre le leccatine ne avevano alterato le papille nella forma e anche nella percezione del gusto sia del dolce e amaro sia del bello e brutto. Quindi d’uopo farsi una lisciatina e una gonfiatina di ringiovanimento, giusto per eliminare completamente le rughette di deterioramento del tempo e dall’esagerato, a volte inadeguato, impiego. Purtroppo per Bocca, la lisciata e la gonfiata labiale e linguale ebbero un effetto disastroso, un doppio effetto disastroso.

Primo: non si capiva più quello che Bocca diceva; secondo: le parole dolci divennero amare. Da Bocca ora scaturivano soli mugugni e rantoli, sembrava dovesse morire per mancanza d'aria come conseguenza delle enormi labbra da sollevare che i vetusti e ormai atrofici muscoli non riuscivano più a farcela a tirar su, sicché in Bocca entrava solo un sibilo di aria; la lingua ipertrofica da smodato, stravizioso e spesso illecito e oscuro uso pronunciava lemmamente sconosciuti lemmi e neologismi troppo neo per essere capiti. Conseguenza: dislalia estetica.
Un misero risultato finale per chi, come Bocca, voleva che le sue parole fossero ascoltate e, soprattutto, comprese.
Infine e alla fine, sentendosi sollecitato da incomprensibili suoni, Orecchio parlò.
"Ora, Bocca, stai zitta e ascoltami. Io plano, io parabolo, io sventolo, io sono così, mi sporgo in fuori per sentire, per captare, per sapere da dove vengono i rumori e andare nella direzione dove i suoni sono suoni, armonie e non rumori. Inoltre, io, se mi agito, faccio vento. Ecco ciò che faccio se mi agito, al massimo posso fare vento. Ho anche delle sorelle che a volte possono portare perfino qualche vantaggio, qualche guadagno, se sanno comportarsi. Chi sono le mie sorelle? Io, Orecchio, ho come sorelle le Orecchie, quelle sapienti, quelle da mercante. Ma tu, se ti agiti, quando ti agiti, ti innervosisci e dici ciò che non dovresti dire oppure sei talmente agitata che non sai cosa dire, balbetti, non ti si capisce, ti si fraintende. Bocca, rilassati. Lascia che le rughe dell'età ti diano la giusta conformazione per pronunciare con chiarezza parole di saggezza, lascia che il tempo modelli le tue labbra in modo che si muovano al ritmo dell'esperienza.
Bocca! Ora, Bocca mia, dammi un bacio, dammi un bacio esperto. Dammene mille. Fammi sentire il calore della calda voce degli amanti, delle dolci parole di dolci suoni intimi, segreti, che solo

il calore umano sa far nascere. Dammi le parole per riscaldarmi. Dammi baci e la tua sofferenza si trasformerà in gioia, la tua incapacità di farti comprendere si tramuterà in intuizione e io percepirò la tua ispirazione e riusciremo finalmente a capirci. Bocca, anche se a volte sei inopportuna, perfino irriverente, rimanimi accanto. Tu mi darai il suono, io ti darò l'ascolto".

Sarà

— Sarà con l'acca?
— No, senza acca. I miei genitori non avevano tale aspirazione per me come invece hanno altri papà e mamme sì da mettere un accidenti di acca pure aspirata alla fine del nome che non si sa a che serva se non ad alitare un pochino di fiato magari fetido in faccia alle Sara di tutto il mondo. E i miei genitori non erano neppure esterofili né tantomeno globalisti, ma guardavano avanti, con evidenti e marcati accenni al futuro; erano futuristi, seguaci di Marinetti. È per questo, per questa smania per il futuro, che invece di Sarah con la acca mi hanno chiamato Sara senza acca, ma con un vezzo, un finale accentuato vezzeggiativo: Sarà.
"Cosa Sarà non si sa" dissero, perché oltre che futuristi erano anche liberisti, e mi hanno lasciato libera di prendere qualsiasi decisione. Infatti non mi hanno imbrigliata in un solo nome, Sarà, ma mi hanno dato l'opzione di essere: quel che Sarà, Sarà!
Come dicevo, non mi hanno imbrigliata e neppure imbrogliata affibbiandomi la connotazione di liberale-radicale. No! Solo libera, completamente libera, senza radici. La logica conseguenza, all'insaputa dei miei genitori, fu la mia libera globalizzazione, nel senso che tutto volevo vedere, conoscere, apprendere, e per questo girai liberamente il mondo. Ma lo girai al contrario; lui girava in un senso, che è quello antiorario, e io nel senso opposto. Fu così che mi posi in opposizione al mondo e col mondo intero. E fu anche così che capii come gira il mondo, trotterellando in senso opposto di come gira la giostra.
In più e inoltre, ossia oltrepassato il senso comune di come giran le cose, inoltravo dubbi, solleticavo misteri, sollevavo arcani, formulavo formule magiche nelle menti semplici di chi mi incontrava e mi rivolgeva la parola. Questo grazie al mio nome: Sarà. "Chi

Sarà? E che Sarà? E cosa Sarà?" si domandavan le genti. Inducevo rispetto misto a sospetto come lo inducono e lo producono le cose e gli individui sconosciuti. Per la paura di conoscermi, per il timore di incontrarmi, di incontrare il mio sguardo, di vedere il mio volto, le genti si giravan dall'altra parte, non sapendo che quella dove volgean lo sguardo era la parte più noiosa, tediosa e già ampiamente esplorata e conosciuta del loro mondo e della loro vita. Ecco come trascorrevano le loro esistenze: nel tedio, nell'uggia, nell'insoddisfazione.
Io continuavo a girare al contrario e girando al contrario ero riuscito a vedere l'Est dell'Ovest, l'Ovest dell'Est, vedevo il Sud del Nord e il Nord del Sud, il cattivo nascosto come dolce sorpresa dentro un buono e profumato pacchetto, la povertà d'intelletto e d'animo celata da un apparente e appariscente quanto effimero brillio di ricchezza. Tutto era sottosopra, e tutto era sopra tutto e altrettanto tutto era sotto tutto, e tutto era il nulla e nulla era il tutto. Che ricchezza! Che ricchezza di diversità! Che ricchezza di esperienze, così diverse dal solito, così differenti dall'usuale, dall'abitudine, dall'abitudine che poco alla volta si trasfigura in vizio, un vizio monotono e per questo cullante, che addomestica e addormenta, che sibila serpentemente e incanta con i suoi sonagli musicanti.
Continuavo a girare, a girare al contrario e vedevo il diverso, vedevo il lato diverso delle cose e della vita, e questo mi divertiva, mi volgevo altrove, io divertivo, mi divertivo a vertere. Capii che era il vertere, il diverso, la diversità che mi facevano vivere, che mi davano la possibilità di apprezzare l'esistenza. E il diverso o la diversa ero io! Io con quell'accento bislacco: Sarà!
Sarà tutto un divenire senza regole, una sorpresa dietro l'altra di infinite meraviglie. Dopo ogni "Sarà" ve ne sarà sempre un altro, sempre diverso, inaspettato.
Vi sarà sempre un futuro girando contro il mondo, il mondo che

per sua natura gira in senso antiorario. Girando in senso contrario al mondo, girando in senso orario, lo anticipiamo, andiamo avanti, progrediamo e avremo un futuro, il futuro.
Il mio futuro mi fu regalato da chi mi generò donandomi quell'accento: Sarà.
Inoltre, questo mio nome mi offre non solo la possibilità di avere un futuro, ma anche di inoltrarmi nel futuro. Sempre un passo avanti per scoprire che Sarà e come Sarà.
E qui, per *par condicio*, cambio *gender* o genere e anche persona per scoprire che Sarò e come Sarò.

Ho una faccia interlocutoria

Con una faccia così cosa posso fare? È una faccia di facciata che uso unicamente a scopo interlocutorio. Ho una faccia interlocutoria; tutto in questa faccia è interlocutorio: naso, bocca, lingua, occhi, orecchie. Se non avessi un viso interlocutorio sarei già morto.
Dialogo.
Dialogo con il mio naso che mi procura profumi, odori, aromi, puzze, olezzi, fetori, tanfi e miasmi. Il mio naso è forte e grande e resiste a tutti gli effluvi della vita e sorregge tutto il viso; gli dà la giusta importanza, quella calibratura dignitosa che conferiscono i nasi importanti ai profili alteri e nobili.
Dialogo con la mia bocca, con la parte del mio corpo che più è adatta a produrre suoni. Oddio, il mio corpo è dotato anche di altre parti sonore ma non altrettanto canore e intonate come la bocca e le sue ben disegnate labbra che appaiono come due canne d'organo posizionate orizzontalmente; da loro escono note paradisiache, modulate da movimenti sinuosi che baciano l'aria e predispongono all'amore platonico e non, ed estetico con quel sapore avvolgente che procura la musica dell'acqua d'una fontana zen. La mia bocca sorride, sorride a tutti, non produce né pronuncia sentenze. La mia bocca non parla, lascia parlare le altre bocche, gorgheggia e sorride.
Dialogo con la mia lingua, tra me e me. Un dialogo quasi importante, quasi intimo. Credo, io credo alla mia lingua. Difficilmente la mia lingua mi mente. È una lingua che mi aiuta molto a vivere, a capire e a farmi capire. A capire i sapori, i sapori della vita: dolce, aspro, amaro, acido, mieloso, vivace, piccante, salato, sincero, metallico. La mia lingua è immediata nel suo sentire e nel farmi sentire chi o cosa ho di fronte. Collabora col naso e percepisce l'essenza vera della cosa e della persona; grazie a questa cooperazione

nasale riesce anche a svelare la vera falsità delle cose e la vera falsità delle persone. Più che di papille gustative, la mia lingua è tappezzata di papille svelative. E sapete che sapore hanno le cose false, le persone false? Sono insipide. Mancano di sapore e, così mi disse il naso durante uno dei nostri dialoghi, non hanno neppure odore. Per questo riescono a ingannare. Possono assumere qualsiasi odore e sapore, il sapore dolce e attraente dell'amicizia come quello amaro e repulsivo del nemico. Diffidiamo e proteggiamoci da cosa e da chi non ha né odore né sapore.

Dialogo con gli occhi. Sono loro che mi parlano di meraviglie, di bellezze, di luoghi e paesaggi incantevoli e incantati e incantato rimango a guardarli. I miei occhi mi stupiscono sempre e pur dialogando con loro a volte, per le bellezze che mi mostrano, che mi fanno vedere, rimango senza parole. Ma loro no, loro continuano a parlarmi lanciandomi nel cervello immagini e colori fantastici. I miei occhi mi parlano sempre, anche quando li chiudo. Le immagini che mi hanno fatto vedere, le immagini che mi parlavano sono ancora lì, le vedo ancora pur avendo gli occhi chiusi. È una magia. Gli occhi sono magici. È con loro che viaggio, un viaggio infinito nell'infinito mondo della scrittura, delle pagine scritte. I miei occhi mi parlano attraverso le immagini che mi fanno vedere, mi parlano con le parole e le pagine che leggono. E io dialogo con loro restituendo loro i pensieri che quelle parole, quelle frasi, quelle pagine hanno generato nella mia mente. I miei occhi mi istruiscono, mi fanno ridere, mi divertono, ma mi fanno anche piangere, mi danno dolore, sofferenza, tormento, angoscia. I miei occhi mi danno la visione della completezza e della complessità dell'esistenza. I miei occhi producono polveri di sguardi e quei granelli di sguardi si uniscono alle immagini che percepisco per formare nella mia psiche nuove forme che riproducono e svelano i miei veri desideri.

Dialogo con le mie orecchie. Con loro ho un dialogo chiuso, serrato,

continuo, diurno e notturno. Sono infernali le mie orecchie. Non mi lasciano in pace, trasformano tutto in parole, qualsiasi suono diventa una parola, diventa un inizio di frase, di discorso, di un discorso senza fine. Ed è anche difficile interromperle; dialogare con loro è quasi impossibile. Le parole che io tento di pronunciare, che la mia bocca e le mie labbra cercano di pronunciare o solo accennare vengono subito da loro captate, assimilate e fatte loro. I suoni che mi circondano, le parole che mi raggiungono arrivano a loro e me le comunicano senza ch'io abbia il tempo di silenziarle. Sono fatte così. Mi trasmettono i dolci suoni, le dolci note, così come gli stridii, il raspio dell'insofferenza, del lamento.
Dialogo con tutti i miei sensi. Lascio che i miei sensi mi parlino, che mi chiedano, che mi interroghino. Non sempre so dare loro una risposta, ma non per questo interrompo il dialogo con loro. Anche quando sono indiscreti, invasivi, pervasivi e, se non sto attento, persuasivi continuo a sentirli e a sentire ciò che hanno da dirmi, da trasmettermi, da darmi. Ogni mio senso dà, dà un senso alla mia vita. Anche quando sono da solo, ed è soprattutto quando sono da solo che i miei sensi, senza paura d'essere visti, scoperti, fraintesi o incompresi, escono fuori, si fanno sentire e incominciano a dialogare tra loro e con me. Parlano tutti insieme, un brusio, a volte solo un bisbiglio, altre volte un senso prende il sopravvento e urla, grida più forte degli altri e allora, a quel punto, anche gli altri si danno da fare, si scatenano. Ne scaturisce una reboante baraonda, un dialogo tra matti, un dialogo folle nel quale mi trovo bene. In loro compagnia sto bene, non mi sento mai solo. E come potrei sentirmi solo con tutto il chiasso che fanno, le sensazioni e le emozioni che mi trasmettono.
Con una faccia così posso interloquire, dialogare e attraverso il dialogo, attraverso l'interlocuzione avanzare nella comprensione.
Con una faccia così posso farmi compagnia!

Mi dipingo

Piacere di conoscervi. È veramente un piacere conoscervi e sappiate che non dico mai bugie. Per farvi meglio capire chi sono, con chi avete a che fare e per fare che, chi avete di fronte, a volte di lato e per vedermi dovete guardare in tralice, altre volte dietro, pronto a farvi gli scherzi o a saltarvi addosso, per farvi meglio capire chi sono mi presento, anzi, mi dipingo. Ho solo due colori per dipingermi e farvi capire come sono fatto e di cosa sono fatto. Questi colori sono il bianco e il nero, il candore e la morte, la purezza e il fosco losco, sono la luce dove tutto splende e sono le tenebre protettrici di crimini e abusi, il bianco immacolato della nascita d'ogni creatura libera e il nero della sconfitta della libertà. Sono fatto così; sono costruito da contrasti, da luci e splendori, e da oscurità e buio. Ogni esperienza della mia vita è una pennellata al mio ritratto, una pennellata che stendo sulla tela della mia esistenza. Pennellate bianche e pennellate nere che si intersecano, si mischiano, un labirinto di linee bianche che incrociano linee nere e dal loro incrocio nascono e appaiono nuovi toni di bianco e di nero. Avorio e pece. Neve e carbone. Latte e notte. Bianco Candido come l'ottimista e nero come la seppia furente. Ma da questi crocevia di bianchi e di neri non nascono mai i grigi; i miei bianchi e i miei neri non generano mai grigi. Rimangono intatti, bianchi e neri ben distinti, alfieri fieri del loro colore, della loro distinzione. Sono fieri, come i pistoiesi Guelfi bianchi e Guelfi neri. Mai si mischiarono, anzi si combatterono. E dentro me pure io combatto ogni giorno, pur Guelfo non essendo. Ecco come sono fatto.
E di cosa sono fatto? Sono fatto di nulla e di tutto. Cambio continuamente. Sono fatto di sole e di nubi. Sono pioggia e sono vento. Lavo e spazzo. Pulisco. Sono fatto di caldo e di freddo. Conservo. Caldo: essicco e conservo; freddo: congelo e conservo. Sono un

conservante. Conservo tutto: cibo, conoscenza, conoscenze e conoscenti, ma soprattutto memoria e con la memoria i ricordi. E con i ricordi conservo la vita, quella passata; conservandola la faccio rivivere e la aggiungo a quella presente, e il presente diventa più intenso, più vivo, cresce, diventa un grande presente, cresce ancora di più, si ingigantisce, è enorme. Esplode! L'esplosione mi scaglia lontano, mi lancia nello spazio, sono stato allontanato dal presente e scaraventato nel futuro; no, non nel futuro, sono nell'infinito, nello spazio infinito. Ho lasciato dietro me il passato vissuto, il vivo presente e ho oltrepassato il futuro. Sono nell'infinito vivere. In questo infinito non esistono colori, vi sono solo il bianco e il nero. Tutti i colori insieme, il mio bianco, e l'assenza di tutti i colori, il mio nero.
In questo infinito non v'è neppure il tempo. In questo limbo di assenza di tempo e di colori ho finalmente l'occasione per continuare a dipingere, a dipingermi e riuscire a terminare il quadro della mia esistenza. Ma l'infinito vivere, l'esplosione che mi ha proiettato nel vivere infinito, nello spazio senza tempo ha cancellato, ha annientato o non è riuscita a portare con sé i miei ricordi; l'esplosione era troppo forte e mi ha strappato i ricordi, li ha strappati dalla mia vita. Che me ne faccio di una vita senza ricordi, senza vissuto, che me ne faccio di una vita fatta solo di un'infinita infinità di assenze.
Getto via i pennelli, strappo la tela dell'esistenza, quella tela fatta solo di bianchi e neri. Mi rotolo nella terra, nel fango, sui prati, nelle aiuole. Voglio sentire gli odori buoni e quelli cattivi, i sapori acidi e quelli dolci, voglio i suoni stridenti e le musiche calmanti, voglio urlare e cantare, voglio dolore e gioia, voglio pianti e risa, voglio colori.
Con i colori, con la voglia di colori, rivoglio i miei ricordi, quelli che accompagnano i miei giorni, il mio presente e mi aiutano a creare l'immagine e del mio futuro.

Un secondo di felicità

Un assito di legni antichi calpestati da mille piedi di mille insetti, da formiche, legni rosi da tarli, legni calpestati da topi carnivori alla ricerca di larve da divorare per non morire.
Un assito di antichi legni percorsi da mille piedi danzanti che risuonano nella sinfonia della vita e ne danno il ritmo, secondo dopo secondo, minuto dopo minuto, ora dopo ora, giorno dopo giorno, settimana dopo settimana... mi fermo qui, ma non dovrei fermarmi per non morire. Quindi continuo: mese dopo mese, anno dopo anno. Una sinfonia ininterrotta che dura tutta una vita. La musica della vita che non stona mai, un fluire di note rosse, gialle, bianche, verdi e poi azzurre; un fluire di colori che tingono le note; un flusso di parole uscite da bocche con labbra che baciano, ogni bacio una parola d'amore. Un flusso di pensieri, pensieri che guardano, che esplorano nel loro vagare nella mente aperta, aperta a ricevere, aperta alle sensazioni, aperta alle emozioni. Pensieri che ricevono le immagini che i miei sguardi esploranti, indiscreti cercano; sguardi alla ricerca dell'insolito, dell'inusuale; i miei sguardi che mi obbligano a muovermi per non vedere sempre la stessa immagine. E quindi danzo, mi muovo danzando per dare ritmo alla vita e ai pensieri, per creare nuovi pensieri e nuove immagini e con loro nuove danze. Un ciclo di rinnovamento.
Sono sfinito. Mi sono mosso troppo in fretta. Il ritmo della musica era troppo veloce. I passi troppo frenetici. Il rinnovamento mi ha sfiancato e ora devo riposarmi. Devo far passare più lentamente il tempo. I secondi devo farli durare minuti, i minuti ore, le ore giorni, i giorni settimane, le settimane mesi, i mesi anni. E gli anni? Non esistono. Se riesci a far durare un secondo un minuto, gli anni non esistono. Se riesci a moltiplicare quel secondo per sessanta, quel minuto per sessanta, quelle ore per sessanta, quei giorni per

sessanta e così via, alla fine avrai tanto di quel tempo che non ti eri accorto d'avere. Un secondo di felicità fallo durare un minuto, un minuto di felicità fallo durare un'ora, un'ora di felicità falla durare un giorno. La felicità ti ringrazierà regalandoti tempo e sguardi di felicità, sguardi che si muovono sul mondo, che arrivano all'orizzonte, che sono in equilibrio sul filo dell'orizzonte, sguardi che cadono al di là dell'orizzonte, del tuo orizzonte.
Gli altri, quelli che non conoscono il ritmo della vita, quelli che non sanno danzare, che non sanno danzare perché non sanno ascoltare la musica del mondo, quelli sono i topi carnivori alla ricerca di larve da divorare per non morire.
Ma noi abbiamo saputo danzare. L'assito era antico e i nostri passi coraggiosi, un coraggio quasi oltraggioso alla saggezza antica, i nostri passi ritmati, costanti, hanno generato una nuova danza che ha creato e liberato un nuovo pensiero. Forme nuove, nuove immagini si sono modellate nel cielo dei nostri pensieri e unite alle nubi che ci opprimevano la mente hanno generato e proiettato nel nostro universo le meraviglie che nascondevamo nel profondo del nostro io. Per tutto questo è bastato un secondo di felicità.

Costruzione nel tempo

Tutto incominciò dall'inizio, come è ovvio che sia. Senza un inizio nulla può accadere e ancor più nulla può seguire mancando il principio, qualsiasi principio. Una storia, una vita, una vicenda può iniziare da metà, dalla fine, da qualsiasi punto e quel punto sarà il suo inizio. Ed è per questo che ci siamo dati dei princìpi, per poter continuare: prima di tutto continuare a esistere, poi continuare a vivere.

Però di questi princìpi alcune persone se ne sono appropriate e, a loro piacimento e con forza e con arroganza, se ne sono generosamente intrise sino a trasformarsi in prìncipi, senza però averne la nobiltà di carattere, di comportamento, soprattutto di pensiero. A loro, a quei prìncipi, sprovvisti di princìpi, è rimasto solo il titolo che da nobiliare, il titolo, s'è mutato in epiteto: *snob*, contrazione di *sine nobilitate*.

Torniamo all'inizio senza il quale non possiamo incominciare e neppure andare avanti.

Iniziai a farmi costruire. Lasciai fare, in questa costruzione, lasciai fare al tempo, il tempo che permeava la mia vita. Il tempo mi dava vita. Mano a mano che il tempo mi costruiva ne sentivo la sua opera, una specie di sinfonia, di armonia che entrava in me. Sentivo il solletico dei secondi e dei minuti che passavano, le carezze delle ore, sia quelle felici che il tempo mi dava sia quelle tristi e dolorose che il tempo mi regalava. Dare e regalare. Lasciavo fare a lui, al tempo, cosa dare e cosa regalare. Lo lasciavo fare in quanto lui sapeva, io non ancora, non avevo ancora avuto abbastanza tempo per capire. Ero solo all'inizio. Ero circondato, sostenuto, sorretto da impalcature fatte di giorni, mesi, quasi anni. Più tardi, in età avanzata, quelle impalcature le avrei chiamate esperienza, anni di esperienza. Per ora erano novità, cose nuove,

e come tante cose nuove erano emozionanti. Che sensazioni! Che sensazioni che stavo vivendo! Fu così che mi accorsi che insieme alle emozioni il tempo mi aveva donato i sensi, quei sensi per apprezzare e godere appieno delle emozioni.
Non ero ancora finito, ma già percepivo emozioni e sensazioni. Ero curioso, sempre più curioso e intrigato dal lavoro del tempo. Lui era instancabile, non riposava mai, mai si fermava, neppure un poco per ragionare, neanche una piccola sosta per riprendere fiato. Era impetuoso, continuava a scorrere a volte violentemente altre volte con impeto calmo e trascinante nella sua tranquilla, ma inarrestabile, scorrevolezza.
La mia costruzione continuava incessante nel tempo. Embrione formato da attimi di vita, istanti che si susseguivano continuamente, che si sommavano, che si ingigantivano. Primi, secondi, poi minuti primi, poi da piccoli minuti a minuti più grandi, e a ore, grandi ore, grandi momenti, grandi eventi, tutto divenne grande, enorme, un ammasso gigantesco che pulsava. Tutto batteva, battiti di ali, battiti di becchi, battibecchi. Già allora che non ero ancora nato sentivo le discussioni, gli alterchi, i bisticci su come mi si doveva costruire.
Ecco che apparve il sangue. Ma come renderlo fluido vitale? Ci vogliono vene, arterie e cuore, che senza lui, il cuore, vene e arterie sono inutili; poi naso, bocca, orecchio (non so perché me ne abbia date due. Stereofonia?), occhi (anche qui, perché due? Prospettiva? Il ricordo di Polifemo e di come fu gabbato, grazie all'unico occhio, mi fa riflettere sull'utilità di averne due). Due gambe, due reni, due braccia. E perché non due pancreas, due fegati che diventerò più coraggioso, e perché non due teste, che ovviamente pensano meglio di una? Perché il tempo era saggio. Ecco perché non. Quindi coraggioso fino a un certo punto, giusto per avere il coraggio di nascere e pensare con la mia testa, una sola,

che già quella bastava per essere confuso, con due non me la sarei cavata nei dilemmi. Tutto sarebbe diventato un dilemma, anzi con due teste un bilemma. Non avrei più compreso il significato delle parole, dei lemmi. Mi sarei confuso, avrei vissuto nella confusione. Ancor oggi, che ho una testa sola, faccio fatica a distinguere tra bilemma e dilemma.
Verso la fine della mia costruzione il tempo mi fornì di pelle, mi ricoprì di pelle, una pelle dura, coriacea, spessa, un pachiderma dall'animo esile, sebbene ricoperto da difensivi, setolosi (non setosi), ruvidi peli. Erano, quei pelacci, sensibili e avevano una sensibilità allo stesso tempo drammatica e sensuale a dispetto del loro ruvido aspetto. Ogni pelo racchiudeva in sé sia la drammaticità sia l'eroticità dell'essere pelo, ossia caduco, e sensuale, ossia dare, trasmettere sensazioni.
Organi, pelle, peli. Ero quasi finito. Il tempo aveva quasi finito il suo lavoro.
Tutto procedeva nei tempi stabiliti. Per forza, era lui, il tempo, che li aveva programmati. Mi mancava solo il cervello. Il tempo mi disse di non preoccuparmi che quello manca a molti; manca a quelli che avevano fretta e non avevano saputo aspettare, a quelli che non lo volevano perché gli dava fastidio, a quelli che non sapevano usarlo e quindi lo trovavano ingombrante e inutile, a quelli che ne volevano un altro, a forma di pene perché così credevano fosse più appropriato e fossero più riconoscibili dato che già li chiamavano teste di cazzo. Insomma, mi disse che una volta avessi avuto il cervello lui avrebbe finito la sua opera e se ne sarebbe andato via.
Aspettavo, attendevo che finisse.
In quel mentre il tempo mi caricava come un orologio, caricava le molle dell'orologio della vita, la durata dei vari pezzi che stava costruendo, che costituivano la mia vita. Verso la fine mi sussurrò:

"Fai attenzione ora, ti metto la testa e te la carico". Conoscendolo, quell'"ora" mi creò un sospetto. Che mai volesse dire: "Fai attenzione ORA?". Me ne accorsi dopo un'ora che mi fissò la testa. Dopo un'ora la testa mi scoppiò e anche il cervello si disintegrò. Ma non fu, come potete pensare, la fine della mia costruzione, non fu la morte. Fu la vita, fu la rinascita, fu la ricostruzione. I miei pensieri, quei pensieri, quelle sensazioni, quelle emozioni che si erano generate e generati durante la mia costruzione, mentre il tempo mi costruiva, si liberarono e volarono nel tempo, accompagnate e accompagnati dal tempo e dal suo scorrere, sul fiume del tempo.
Le tracce, le scie dell'esistenza continuano a vivere nel fluire del tempo.

...unque

Comunque sono una persona, una persona qualunque e, sì!, sebbene sia una persona qualunque rimango tale, rimango una persona con la mia personalità, magari anonima, che non spicca, e forse mai spiccherà il volo, mai si alzerà in aria, nel cielo, sopra le nuvole, più su, dove non c'è nulla, dove non c'è vita, dove non c'è vista talmente ampio è l'orizzonte che i miei occhi non possono percepirne l'immenso che gli appartiene e la mia mente non può immaginarne i limiti che non esistono.
Sono comunque una persona: sì, lo sono, malgrado tutto quello che ho attraversato senza che alcuno si sia soffermato a osservare il deserto silenzioso che portavo sempre con me prima di attraversarlo, mentre lo attraversavo e dopo averlo attraversato. Un deserto, quel deserto che mi ha sempre fatto compagnia con il suo silenzio e la sua solitudine. Sono comunque rimasto una persona, ma dopo aver attraversato il deserto non più una persona qualunque. Non lo ero più per il semplice fatto che avevo attraversato il deserto, quel deserto pieno di pensiero e che attraversando ho preso con me.
Sono arrivato alla fine del deserto e del pensiero: sono dunque una persona, ordunque sono una persona. E dopo aver raggiunto la fine del pensiero ne ho valicato il limite, il mio limite, quel limite che mi era stato imposto dal pensiero corretto, convenzionale, ordinato, ordinato sia nel senso che aveva un ordine sia nell'altro senso, ossia il pensiero imposto, ordinato in quanto imposto. E dopo aver oltrepassato quel limite mi si è aperto lo spazio, lo spazio del pensiero disordinato, ribelle, un pensiero che vagava ovunque, che ne incrociava altri, pensieri che si intersecavano, si mischiavano, si compenetravano, si accoppiavano; pensieri che dopo essersi uniti si staccavano e ognuno se ne andava portando

con sé parti dell'altro pensiero, di altri pensieri. Si generavano così pensieri più grandi, più inclusivi, più comprensivi e comprensibili, pensieri arricchiti di altri pensieri, pensieri più forti, più resistenti, pensieri più, erano più, avevano qualche cosa in più. E quel più li rendeva ancora più globali, abbracciavano di più. Tutti si sentivano uniti in quell'abbraccio che significava calore, calore umano, comprensione. Un pensiero universale, non poteva essere di più, più di così non si poteva, era universale.
Il pensiero universale. Chiunque lo avrebbe compreso, capito. Dunque, l'uomo qualunque, ovunque fosse andato, qualunque cosa avesse fatto, quandunque l'avesse fatta, a chiunque l'avesse fatta e quantunque siano state le ragioni per le quali l'abbia fatta, il pensiero universale lo avrebbe comunque reso intelligibile. Non ci sarebbero più state incomprensioni, fraintendimenti. Mi dicevano "sei un cretino", e quantunque io fossi e sono un cretino, pure un po' idiota e anche un tantino orgoglioso e arrogante, avrei e ho comunque capito. In qualunque lingua mi si parlasse, ovunque fossi, chiunque fossi e chiunque mi rivolgesse la parola, l'avrei dunque compreso. Il pensiero universale mi ha permesso di passare da "persona qualunque" a "qualunque persona". Ordunque e grazie al pensiero universale e a quell'"*unque*" posso comunque dire, fare e comprendere ogni cosa.
Ma, *unque tandem*? Chiedo scusa. *Usque tandem*?

Il viaggio

È facile parlare del viaggio. Lo puoi fare sia tu lo abbia fatto, il viaggio, sia tu non ti sia mai spostato. È facile parlare. Sia tu riesca a pronunciare parole sia tu riesca a metterle in fila quelle parole affinché formino frasi. Che poi le frasi abbiano senso o non lo abbiano, questo lo lasciamo all'interpretazione dei dotti.
È facile viaggiare così come è facile parlare. Viaggio e parole. Io viaggio con le parole, io viaggio sulle parole. Loro, le parole, mi trasportano lontano e anche mi immobilizzano. Le parole mi immobilizzano nel presente e me lo fanno percepire; me lo fanno percepire quando rido, quando impreco, quando sento la felicità e quando mi invade il dolore, quando entra la tristezza ed esce l'allegria. Con le parole esprimo il mio presente.
Le parole mi trasportano nel passato, nei ricordi, anche di chi ora più non c'è, mi trasportano nel trapassato, nel "fu", e dal "fu" mi trasportano nel "futuro", in ciò che verrà, mi trasportano nell'imprevisto, nel desiderio di costruire, di conoscere, nel desiderio di sapere, sapere cosa accadrà. Formula magica dalle proprietà terapeutiche: abracadabra, abra accadrà.
Le parole viaggiano; le parole sono un tappeto volante, profumato, che mi trasporta lontano. Le parole sono la trama sulla quale è tessuto il tappeto. Più la trama è forte, fitta, più il tappeto è resistente e più lontano mi trasporterà e più a lungo potrò viaggiare.
Le parole sono le amiche del viaggio. Ti sono amiche quando desideri il viaggio, quando prepari il viaggio, quando parti per il viaggio, durante il viaggio, quando hai finito il viaggio, quando ricordi il viaggio. Le parole sono il viaggio. Tutti dovremmo ricordare le parole che il viaggio ci ha fatto pronunciare. Alcune saranno parole nuove, non conosciute e anche dallo sconosciuto significato, alcune altre saranno parole antiche, riesumate dai ricordi

di altri viaggi o di viaggi desiderati e mai fatti. Potranno anche essere parole che parole non sono, sono versi: versi di piacere, versi di stupore, versi di meraviglia, versi di disgusto per non saper apprezzare il nuovo gusto, un gusto sconosciuto, un gusto mai assaporato. Il viaggio è anche e, soprattutto, questo: provare, assaporare, assaggiare, gustare. Gustiamo con gusto, con stile, con godimento, centelliniamo i momenti del gusto.
Come poc'anzi s'accennava, il viaggio è, oltre le parole, anche un verso se parole non abbiamo o non conosciamo per esprimere le emozioni del viaggio. Il viaggio è un verso e in versi lo mettiamo, lo dobbiamo mettere, lo dobbiamo esprimere. E mettendo insieme parole e versi nasce la poesia. Il viaggio è una poesia, un canto. Il viaggio è una fusione di parole e note che si fondono in una melodia di conoscenza. Il viaggio diventa opera, il viaggio è un'opera. A noi dare il lirismo all'opera e non lasciarla incompiuta.
Il viaggio pertiene e appartiene alla mente, alla sua avventura, a come la mente me lo saprà raccontare, con parole sue, parole che farò mie, che mi apparterranno.
Il viaggio, vero o reale, immaginario o sognato, attinge e concerne il mio fantastico, la mia fantasia, la mia meraviglia.
Il viaggio e il viaggiare e le parole che mi dico, che sento nascere nel mio fantastico viaggio che la mia mente mi permette di creare, mi danno il senso di ciò che sono e di ciò che sogno.

Attraenti spigolosi angoli

Sono spigoloso, un parallelepipedo con angoli e spigoli, ma più che un parallelepipedo, visto che appartengo agli antropomorfi, sono un paralleleBipedo. E bipedamente mi sposto, mi muovo modificando l'ampiezza o ristrettezza dei miei angoli, che sempre angoli rimangono e rimangoli. L'apertura degli angoli dipende dalle circostanze. Vi sono circostanze aperte, dove si può parlare, disquisire squisitamente, dialogare piacevolmente e, a volte, intendersi, così come vi sono circostanze chiuse, dove si deve solo tacere, non si possono pronunciare parole, figuriamoci frasi che esprimono concetti, ammessi sono solo sorrisi e cenni di assenso. Quelle sono circostanze chiuse, circoli chiusi. Eppure di mente poco propensa all'apertura si dice "mente ottusa". Un paradosso, una contraddizione, un ossimoro? Quindi il significato di apertura e chiusura dipende, ancora una volta, dalle circostanze. È per questo che essendo spigoloso mi situo in una stanza circolare, rotonda, per approfittare delle circostanze. Molti, senza saperlo, già lo fanno. Sono nella stanza tonda e ne assumono le sembianze. Io rimango spigoloso. Spigoloso ma non spinoso e, soprattutto, non velenoso, sebbene vorrei aver veleno sugli apici dei miei angoli, delle mie asperità. Un veleno allucinogeno e allucinante, un veleno che fa e dà luce a chi lo assapora, a chi si punge con le mie asperità, a chi ha il coraggio di voler avere a che fare con le difficoltà, un veleno benefico che se lo sai centellinare, dosare non è più veleno. "*Dosis sola facit, ut venenum non fit*" mi disse Paracelso dopo una scorpacciata di *peyote*.
Ho angoli e asperità ovunque, sia nel corpo, essendo magro, sia nella mente, essendo minuta, acuta. Vedete, anche qui è come ci si intende: mente minuta, minutamente, mente acuta, acutamente. A quante interpretazioni si prestano "minutamente" e "acutamente"?

Lo suggeriscono le circostanze. Restano comunque le asperità. Restano e si acuiscono con l'incomprensione. Più non si è capiti più ci si racchiude, più aumentano gli angoli e la loro acutezza. E aumentando l'acutezza più capiamo, più penetriamo in noi, più andiamo nel nostro profondo. Quindi il capire è racchiudersi in noi stessi, il capirsi è isolarsi. Non è egoismo, è intimità.
Mi piacciono i miei spigoli, mi diverto a essere spigoloso e a cambiare l'ampiezza degli angoli che culminano negli spigoli. Anche l'angolo ottuso ha uno spigolo, così come l'angolo convesso. Solo l'angolo piatto, poverino, appiattisce tutto, rende piatta la vita. Però, se guardiamo bene, potrebbe divenire un piatto di portata, ma, essendo piatto, porta cibo sciapo. Rimango e rimangolo angoloso, spigolo, asperoso, ispido, aculeato, spinoso, mitridaticamente velenoso, resto con le mie asprezze e contraddizioni. È con loro che riesco a sentire la musica, trovare il ritmo, il gusto di ballare, la sensualità del pensare differentemente, l'erotismo dell'inusuale, l'attrazione di ciò che non conosco.
Esploro, danzando, gli attraenti angoli spigolosi della mia esistenza.

Il salto

Voglio essere una rana per saltare di qua e di là.
Il salto nella vita è tutto. Chi non vorrebbe fare un salto di qualità; dipende anche dalla qualità del salto e da ciò che si intende per qualità. Se sei qualificato stupido, il salto di qualità non sarebbe necessariamente un miglioramento. Anche qui, però, dipende dai punti di vista. Tra gli stupidi potrebbe essere visto come un avanzamento, un perfezionamento. Comunque, il salto nella vita è necessario, è sempre necessario. Ad esempio, facciamo un salto indietro e diventiamo più giovani, andiamo nel passato e ci scaliamo alcuni anni. Oppure, saltiamo i pasti e dimagriamo senza bisogno di *personal trainer* o di nutrizionisti e dietologi; che poi i dietologi potrebbero anche chiamarsi "dietrologi" considerando la loro mania di rifarsi alle diete sane di una volta. Più che altro, però, la dieta sana di una volta era scarsità di cibo.
Ritorniamo al salto. Ti andrebbe di fare un salto a Parigi? Se sei di Parigi ti prendono per cretino, ma se abiti a Milano, Zurigo, New York o comunque non a Parigi, penso che a molte persone andrebbe. E una volta a Parigi, per non deludere chi ci ha invitato, facciamo almeno un salto. Lo faremo contento e lo stupiremo con la nostra sagacia.
Il salto. Il salto è sconfinare nello sconosciuto. Si salta e non si sa dove e come si atterra e se si atterra. Pensate al salto nel vuoto. *Base jumping*: si conosce la base, non si sa dove si atterrerà. L'eccitazione del *base jumping* risiede nel volo e nello sconosciuto. Il salto nel vuoto è sempre riempitivo di un vuoto esistenziale, il bisogno di conoscere lo sconosciuto, non importa come e perché. L'importante è conoscere. Progresso.
E ora faccio un salto nel buio, un *base jumping* notturno. Salto nel vuoto, di notte, senza luce, senza punti di riferimento. Doppia

eccitazione! Vuoto e buio. Rischio, alto rischio. Ma non saltate subito alle conclusioni. I salti possono essere anche non rischiosi. Però ci vuole allenamento. Bisogna essere abituati a saltare. Allenarsi. C'è chi con un aiuto, un piccolo "stuzzicadenti" flessibile, ha superato altezze da record olimpici, olimpionici, record mondiali. Lo chiamo, lo strumento flessibile, "stuzzicadenti" per rispetto ai tanti salti che molti fanno per rimanere in vita, tra un pasto saltato e l'altro, se fortunati, altrimenti saltano sulle mine o li fanno saltare le bombe.
Invece, io ora mi faccio due spaghetti saltati alle verdure. Invito degli amici. Sono contenti. Per la felicità di esserci ritrovati facciamo salti di gioia. Poi metto della musica e ci facciamo quattro salti al ritmo di un salterello abruzzese.
È notte. Sono stanco. Vado a letto. Non mi corico, non mi adagio lentamente sul morbido letto che si ricorda di me grazie al materasso *memory*. Menomale che almeno lui si ricorda di me, altrimenti non mi avrebbe accolto con la dovuta dolcezza di recente memoria in quanto ora gli ho usato violenza balzandogli addosso all'improvviso; gli sono letteralmente saltato addosso. Ero talmente sfinito dai salti della giornata, dai salti della vita che gli sono saltato sopra nella fondata speranza di una soffice accoglienza memore di tante piacevoli notti passate insieme. Notti senza sobbalzi improvvisi, notti tranquille; chiudevo gli occhi e mi addormentavo serenamente. Un sonno quieto, con gradevoli e affascinanti balzi, o forse erano salti, nel mondo onirico del fantastico.
I miei salti diurni e notturni mi facevano danzare, mi davano la percezione di esistere. Erano salti che avevano diversi ritmi, a volte cullavano, il ritmo era blando, quasi di nenia, melodia ritornante e calmante, altre volte il ritmo, il movimento era convulso, agitato. Sembra che la vita si risolva in ritmi che cambiano di continuo, da calmi, quieti, a nervosi, smaniosi, ma comunque sempre ritmati,

un incessante susseguirsi di ritmati salti.
Per concludere salto alle conclusioni di questo breve, saltellante scritto.
Sono una rana che salta qua e là sulle ninfee profumate nello stagno della vita. Con i miei salti ondeggio l'acqua dello stagno, movimento l'immoto; l'agitazione dell'onda creata dai miei salti spande la fragranza dei ninfatici fiori e degli effluvi e degli aromi che l'acqua dello stagno racchiude nella sua staticità.

Spazi e silenzi

Sapeva leggere tra le righe e non solo, sapeva anche leggere tra le parole. Conosceva la lettura degli spazi e del silenzio: degli spazi, ossia tra una riga e l'altra, del silenzio tra una parola pronunciata e l'altra. E più le righe erano spaziate tra loro, più i silenzi tra una parola e l'altra erano lunghi più riusciva a cogliere l'essenza e il senso, il significato dello scritto e del discorso.
Quando ero in sua compagnia avevo quasi paura a stare zitto; mi sembrava che rimanendo in silenzio riuscisse a penetrarmi nell'animo per carpirmi e, quindi, capirmi, comprendere le parole, il vero significato delle parole che non osavo dire neppure a me stesso. In sua compagnia ero diventato schiavo della parola, dovevo parlare in continuazione per far sì che non si insinuasse nei miei silenzi. Le persone mi evitavano in quanto ormai logorroico, noioso, oratore di discorsi senza senso, oratore orante di preghiere atee, una parola dietro l'altra senza logica e senza soluzione di continuità. Unapersonachenessunopiùriuscivasopportare.
La mia vita era diventata un inferno, un blablabla inconcludente. Mi decisi così a scriverle sforzandomi di utilizzare una scrittura fitta fitta, stretta stretta, adoperandomi per non lasciare spazi vuoti sul foglio in modo che non potesse aggiungervi le sue note, apporvi i suoi commenti, le sue osservazioni. Ne avevo timore, temevo ciò che poteva rivelarmi leggendo tra le righe, perché la sua forza, la sua energia la traeva dal silenzio e dagli spazi. Si può dire che il vuoto e l'assenza le fornissero vigore. Nel vuoto vi è il silenzio assoluto, nel vuoto nessun suono si può propagare; l'assenza contribuisce a rendere più vuoto il vuoto.
Questo qui sotto è un estratto di ciò che le scrissi:
"Caramiaamicachenonmilascimaiinpacenédigiornonédinotte...".
Con questi due stratagemmi ero riuscito ad annientarla. Il mio

parlare di continuo e inconcludente e la mia scrittura invadente, che occupava tutti gli spazi, l'avevano disorientata. Non riusciva più a trovare un angolino vuoto, anche in disparte, dove poter acquattarsi; non riusciva più a riposarsi, a trovare pace nel silenzio a causa della mia logorrea. Vagava nel nulla, non nel vuoto che ormai non esisteva più, ma nel nulla.
Eppure, pure nel nulla la percepivo. Percepivo che era lì, nell'angolo oscuro, silenzioso. Quello spazio non ero riuscito a occuparlo, a invaderlo; uno spazio nascosto, non scritto, non letto, non pronunciato. Uno spazio che non aveva un luogo, che non riuscivo a collocare, ma dal quale lei mi guardava, uno spazio da dove lei mi lanciava sguardi profumati, uno spazio pieno, pieno di nulla che potevo e dovevo riempire di colori e di profumi. Uno spazio dove sedermi, rimanermene zitto, in silenzio, se ne avessi avuto il coraggio e, con coraggio, ascoltarla. Ascoltare chi sapeva leggere e leggermi tra le righe, tra gli spazi, tra i silenzi e nei momenti di vuoto, e cogliere nel vuoto e nel silenzio i miei pensieri che formano, danno colore, profumano la mia vita.
La mia coscienza riesce a leggermi tra le righe, non parla, legge. Sento le sue labbra muoversi. Mi sta baciando.

La storia che non esiste

Volevo narrarvi una storia, ma non me la ricordo più. La mia memoria non ricorda, non ricorda i personaggi della storia e una storia senza personaggi non può esistere. I miei engrammi non hanno memoria e, non avendo memoria, non ricordano. Ripeto, *repetita iuvant*, non ricordo. Lo ripeto per ricordarmi. Un po' come le litanie. E siccome non ricordo, ripeto all'infinito per cercare di ricordare. Cosa vi stavo dicendo? Ah, sì, che volevo raccontarvi una storia. Ebbene, non ricordandola, la invento. Vi avviso: è una storia anomala, senza inizio né fine, senza personaggi e senza trama, è una storia che non avendo nulla, né inizio né fine, né trama né personaggi, è una storia inesistente. Quindi, quello che state per leggere non esiste.

A. I personaggi:
voi e io, voi ed io, voi e dio.
Siamo sempre comunque noi tre:

- voi, e non so in quanti siete, diciamo comunque un gruppetto;
- io, e non so in quanti siamo (spero mi capiate);
- "e" e "ed" e il suo seguito; perché dopo "e" o "ed" uno si aspetta il seguito. E anche qui non so che personaggio e che ruolo possa ricoprire nella storia chi viene dopo "voi ed io". Eppoi, è uno solo o sono in tre? Questo è ancora un mistero. Si narra, comunque, che i seguaci di ciò che venne e viene dopo "e" siano numerosi.

Insomma, i personaggi sono e non sono, rimangono ancora sul vago, nervosamente sul vago. Ma fremono per essere inseriti, per avere un ruolo nella storia. Non essendoci una storia questi personaggi non esistono.

Procediamo.

B. La trama:
fitta fitta, spessa spessa, impenetrabile, imperscrutabile, impermeabile a trama fitta, impermeabile anche alle più ardite congetture, soprattutto considerando i personaggi, personaggi inesistenti della storia inesistente. Una trama fittamente intrecciata, fatta di fili tesi, più che tesi, sottintesi. E l'arcano della trama della storia inesistente sta nel chi sta sotto a tendere i fili. Questo è il dramma che dà forma alla storia che non esiste, perché se ancora non l'avete capito, questo è un dramma o, almeno, una parte del dramma, il suo atto primo. Ma stando sotto non si vede, non si vede l'atto e non si vede l'azione. Non si vede nulla. Non vedendo nulla, il dramma non esiste. Il dramma sta nella sua non esistenza, nel non esistere. Procediamo ancora.

C. Il pubblico:
numeroso e rado. Ogni spettatore vuole starsene in disparte, isolato, non vuole avere contatti con altri spettatori. Vuole guardare ma non essere visto, un *voyeur* della vita altrui, ma non della sua vita. Coraggioso nello spiare, pavido nell'introspezione. Si nasconde, si cela soprattutto a se stesso. Una vita passata a nascondersi, nell'anonimato. Uno spettatore anonimo, che non applaude, non ride, non esprime sensazioni, sentimenti, emozioni per ciò che gli viene presentato, malgrado lo sforzo dei personaggi inesistenti di interpretare un dramma dalla trama inesistente. Come volete possa esistere o addirittura pretendere di esistere un siffatto astante pubblico composto da persone anonime, che si nascondono! Quindi, anche il pubblico non esiste.
Vedete. Mi sono narrato una storia. Una storia che non esiste. L'ho narrata a voi e, mentre ve la raccontavo, l'ho narrata a me. Per

raccontarla a voi ho dovuto scriverla, per narrarla a me ho dovuto uscire da me, estraniarmi, come non esistessi.
Questa è una storia senza personaggi, senza trama e senza pubblico. È una storia di parole scritte, di occhi che le leggono, di sensazioni, di pensieri, di labbra che si muovono leggendo, di bocche che parlano, che raccontano dopo aver letto. È una storia che, pur non esistendo, costruisce altre storie. È una storia che non avendo personaggi, trama e pubblico, ciascuno di noi può inventare e scrivere.

D. Il finale:
non essendoci la storia è impossibile scrivere il finale. E forse è meglio così. Perché la storia di ognuno di noi non ha fine. La storia di ognuno di noi continua, vive negli engrammi di chi ci ha conosciuto.
Affido il mio engramma a chi troverà il mio messaggio nella bottiglia nel suo oceano.

Non voglio stare in alto

Sono e sarò. Vorrei essere e sarei stato. Sarei, fossi. E quelli, i fossi, li salto con una piroetta e atterro sull'altra riva senza farmi male, sempre in piedi. Sono elastico, elastico come certe menti che capiscono al volo e per questo riescono a volare e a vedere le cose dall'alto e andare lontano per esplorare. Non v'è bisogno dire cosa esplorare. Ognuno esplora secondo i propri desideri, ma più importante ancora, ognuno esplora i suoi desideri. I desideri sono proprietà privata, nessuno può rubarti un desiderio. E se qualcuno vi riesce, e vi è chi vi riesce, o se qualcuno fa suo il nostro desiderio, o lo annienta o lo soddisfa al posto nostro, ne creiamo un altro, più grande, più bello, più soddisfacente.
Ma chi sono quelli che riescono a rubare i desideri? Sono quelli che stanno in alto che te li rubano; te li rubano con il loro comportamento, con le loro parole, ma anche con il loro non-comportamento, con l'accidia, l'apatia, l'inedia, con il silenzio. Sono su, in alto e nulla fanno e nulla dicono. Tutto rimane circoscritto alla loro altezza, lassù, e se per caso qualche cosa scappa loro di mano o di bocca sono briciole, piccole cose, deboli cristalli di neve che neppure riescono a giungere in basso a forma di fiocco, ma si dissolvono in gocce di pioggia e poi vaporizzano in fastidiosa umidità. Per questo non voglio stare in alto.
Non voglio stare in alto; dall'alto le cose appaiono minuscole, si vede tutto e tutto in miniatura: cose e persone, persone e cose, problemi e difficoltà, e pure le supposte soluzioni. Chiamarle supposte è alquanto giusto, soprattutto per ciò che il lemma evoca. Comunque, apparendo minuscoli, piccini i problemi, anche le soluzioni proposte o supposte appaiono adeguate: a piccolo, minuto intoppo, problema o difficoltà, la prospettiva propone minute soluzioni, non minuziose, ma bensì piccole, ripeto, minute che

ben si adattano alle minuscole persone con i loro microscopici problemi. Come volete che chi sta in alto si occupi di quelli che stanno in basso, per non dire sotto, avendo quella prospettiva percezione della microbicitá del mondo dovuta all'altezza della posizione loro, quasi fosse percepita come maestosità? Chi sta in alto confonde maestosità con realtà, regalità con reale. Forse per rarefazione d'aria e conseguente rarità d'ossigeno, il cervello, i neuroni, le sinapsi non funzionano bene o non ottimamente. A volte, noi che stiamo in basso, tra i miasmi dell'inquinamento cerebrale indotto, ci porgiamo delicatamente delle domande su come si ragiona quando si sta in alto. Ce lo chiediamo sussurrandocele, quelle domande, un bisbigliato passaparola per non recar disturbo o, Dio non voglia, danneggiare il fine e delicato pensiero di chi in alto sta. Fine, delicato, e pure un pochino rarefatto forse dovuto all'altezza della posizione.
Io sto in basso, rannicchiato tra i miei pensieri. Rannicchio anche i pensieri. Divento un ranocchio rannicchiato. Riposo su una ninfea. Riposo. Lascio a quelli in alto, lascio che il loro intelletto si cibi, si nutra di rarefazione, di aria rarefatta dell'intelligenza, un'aria talmente rarefatta dove le molecole e i pensieri non si incontrano mai, tanto è lo spazio dove vagare e tanto poche sono le molecole e altrettanto pochi sono i pensieri che vi dormono. Un'aria sonnolenta, fatta di sonno e di lentezza, sonnolenta appunto. In quell'aria sonnolenta e asfittica, ipossica, alberga un'intelligenza lenta, rarefatta, così rarefatta, da non potersi più chiamare intelligenze e neppure cognizione.

Lasciami cadere

Lasciami uscire poco a poco, lasciami cadere poco a poco. Lasciami! Lasciami libero, lascia che possa scappare dove nessuno è mai scappato prima in modo che non calpesti orme stantie di vecchie e vecchi, di morte e morti, di dimenticate e dimenticati. Lasciami andare, lascia che tutto fluisca fuori di te, fuori di me, fuori di noi. Lascia che la libertà si liberi, si liberi dalla pretesa di essere libera. Ma lasciami le catene per potermi incatenare ancora ogni qualvolta mi viene tolto un pezzo di libertà. Le mie catene, pesanti e ormai arrugginite dal tempo, ma sfavillanti dall'uso, le mie catene sono il mio segno, il mio simbolo di libertà, di protesta contro la distruzione, l'annientamento, l'annullamento della libertà. Le mie catene annichiliscono il tuo potere. Non puoi e non potrai mai spezzarle. Sono catene fatte di pensieri, pensieri liberi, ogni anello è un libero pensiero che si congiunge al successivo e si unisce a quello che segue. Sono catene di libertà, formate da anelli di libertà, che non si stringono, ma si uniscono, si abbracciano. Possono, questi anelli, girare in tondo, volteggiare su loro stessi e attorno a loro stessi. E nei loro movimenti fanno rumore, creano rumore. La libertà fa rumore perché vuole cantare, vuole parlare, vuole dire. E lo vuole dire ad alta voce, sì da farsi sentire da molti, se non da tutti. E chi non vuole la libertà è perché non vuole la verità, ma vuole la notte, il buio. Nel buio tutto tace, nel buio ci si riposa: riposano le menti, le idee, i pensieri, i corpi. Tutto riposa nel buio. Riposa anche la luce. Riposa la verità, il buio la fa riposare, la zittisce e la nasconde.

Io non riposo, io voglio la libertà. Mi agito nel buio. Faccio rumore, le mie catene fanno rumore, gli anelli delle mie catene si sfregano tra loro, metallo contro metallo, duro contro duro, rumore assordante di catene impazzite, attorcigliate attorno a un corpo

impazzito, il mio, e a una mente folle che pensa, la mia.
Catene che si graffiano e dal rumore dei metalli graffiati si sprigionano scintille, che accecano il buio. Il buio, impaurito, scompare, svanisce. Rimaniamo le catene, io e la libertà che le catene, col loro rumore, facendo baccano, e con le loro sfavillanti, illuminanti scintille mi hanno dato.
Non è una supplica, ma un invito. L'invito è più dolce e dà la libertà della scelta di accettare senza reprimere; ciò che non permette la supplica.
Lascia che tutto si annienti per poi ricomporsi. Lascia stare. Lascia cadere. Non mentirmi, mia mente.
Lasciami uscire, mente mia!
Lasciami cadere, poco alla volta, lentamente, goccia dopo goccia da un bicchiere lentamente rovesciato. Ero imprigionato nel bicchiere. Versami nella realtà. Lasciami libero. Fammi cadere, ma lasciami libero in modo che possa assumere le forme che più mi si confanno, mi si adattano, le forme della mia vita, della mia mente, del mio corpo, del mio pensiero, del mio desiderio. Lascia che le gocce di libertà formino ciò che era racchiuso, tenuto prigioniero nel bicchiere della mia esistenza.

Il mio mondo

Cerco un riparo o qualche cosa che mi ripari, non perché sia rotto, cerco semplicemente un rifugio, un posto dove non succede nulla, dove nulla può accadere e nulla mi può cadere addosso, soprattutto il mondo, il mondo con i suoi pensieri, ma soprattutto il mio mondo con i suoi pensieri. Il mio mondo fatto con e dai miei pensieri lo sopporto ancora, ma il mio mondo fatto con i suoi pensieri è difficile da sostenere. Mi chiedo come quei pensieri che non sono miei abbiano potuto costruire il mio mondo e scacciare dalla mia mente i miei propri pensieri. È successo gradualmente, poco alla volta, ora dopo ora, giorno dopo giorno. È successo vivendo, è successo stando al passo con i tempi.
Mi spiego meglio.
Sono nato e cresciuto nel deserto, un luogo solitario, poco frequentato e con bassa densità di popolazione, ma alta densità di umanità. Mi spostavo nel caldo con il calore umano dentro me, mi spostavo con un animale che odorava di vita perché era vivo. Lui e io ci spostavamo insieme. Lui senza me era perso, io senza lui mi perdevo. Lo guardavo, quell'animale, sembrava pensasse e, a volte, lasciava intravvedere cosa pensasse. Sorrideva, mostrava i gialli denti, il giallo avorio dei suoi denti, gialli di anni trascorsi, gialli di cibo masticato parecchie volte, ruminato come si ruminano i pensieri nella mente. La sua mandibola e la sua mascella ruminavano, il suo cervello ruminava al ritmo della sua bocca. Quell'animale mi faceva pensare e anch'io incominciavo a mettere in azione la mia mente e ruminavo con lui. Consciamente facevo, a sua insaputa, gara con lui a chi ruminava più intensamente, a chi pensava più profondamente. Dalla sua espressione pacifica, appagata, sorniona credo spesso vincesse lui. Mi misi a pensare come mai lui fosse più appagato di me. Non trovai una spiegazione. E

mi arrabbiai. Mi arrabbiai con me stesso, ma ancor di più con lui. Sembrava mi prendesse in giro. Mi guardava, mi sorrideva, si sedeva, si sdraiava e riusciva a riposare, persino a dormire. E aveva ruminato, l'animale. Anch'io avevo ruminato. Anch'io, stanco, mi sedevo, mi sdraiavo, cercavo di riposare, chiudevo gli occhi e, invece di dormire, partiva una ruminazione rumorosa, frastornante, che rimbombava nel cervello, la mente si popolava di scintille che si trasformavano in lampi. Fossero stati lampi di genio sarei stato perlomeno contento, ma erano lampi di inquietudine. Scintille e lampi accendevano fuochi, fuochi che bruciavano i pensieri, che ustionavano la mente. La testa roteava come un vortice cercando di creare tempesta e vento per spegnere quei fuochi, ma più forte girava la testa più vento generava più ancor più cresceva l'incendio. L'acqua della tempesta annegava i rimasugli dei pensieri che il fuoco aveva risparmiato.
Presi una decisione. Abbandonai l'animale e la sua pacifica anima sì da non esser più confrontato con la serenità, la felicità, la tranquillità, ma soprattutto la spensieratezza del luogo solitario e il confortante, caldo, avvolgente calore umano che si sprigiona, che nasce spontaneo dalla condivisione dell'umanità, di umanità, di appartenenza alla stessa razza umana.
Vissi modernamente, circondato da donne e uomini. Non fu facile. Ogni giorno dovevo sbarazzarmi di un pensiero non mio, di un altro pensiero non mio, di cento, mille pensieri non miei, che non mi appartenevano, che non erano nati con me o da me, ma mi erano stati innestati, come si fa con le piante. Ero diventato un vegetale, un vegetale senza profumo né colori, un incrocio vegetale che germogliava pensieri innestati da altri. Dovevo cercare un riparo, ripararmi dalla pioggia acida, corrosiva, che scioglieva i miei pensieri, il mio mondo e sostituiva i pensieri del mio mondo con i suoi. Avete capito la sottile strategia: era sempre il mio

mondo, però popolato dai suoi pensieri. Non riuscivo più a pensare come volevo. Tornarono a scatenarsi nella mia testa lampi, tuoni, uragani, nacquero ed esplosero vulcani. La follia si impadronì della mia mente. In un lampo di lucida follia, questa volta sì che posso chiamarlo lampo di genio o di follia geniale, in un lampo di lucida follia scappai dalla civiltà e tornai nel deserto.
Ritrovai il mio animale che riposava ancora. Mi accucciai di fianco a lui, riparato dal suo corpo e confortato dall'odore penetrante del suo pelo. Il ritmo del suo respiro mi dava pace, mi trasmetteva umanità. Da lontano sentivo i suoni parlanti dei tamtam. Avevano percorso chilometri nel silenzio del deserto e della notte per venire a darmi il loro benvenuto, anzi bentornato. Sentivo i piedi dei danzatori e delle danzatrici che mi parlavano. Ogni loro passo di danza era una stretta di mano o un bacio che mi raggiungeva. Sentivo, odoravo il profumo del tè; quell'aroma amico mi dava forza. Sentivo la musica del deserto, della notte deserta, la testa e la mente si riempivano di nudità, di semplicità, di verità.
Nudità e verità, odori e profumi, suoni e danze mi dicevano di non cercare più un riparo.
E più non lo cercai perché avevo trovato di nuovo il mio mondo e la mia umanità che lo popolava.
Tutto questo lo trovai nel deserto, dove non c'è nulla, dove non c'è riparo. Forse perché non c'è bisogno di ripararsi.

La forma

Mi hai chiesto che forma avessi. Ti ho risposto che non ho forma e ti sei spaventata. Dovresti essere contenta perché puoi darmi la forma che vuoi, quella che desideri, quella che ti piace in quel momento: un'istantanea di vita, modernamente si dice "un *selfie*". Ma quell'istantanea non ha niente di vitale, non ha nulla che rappresenti la vita nella sua varietà, perché era solo tua. Un tuo solo istante, egoistico, come il *selfie*, che in effetti dovrebbe chiamarsi *selfish*. E quando si condivide un *self*, che sia *selfie* o *selfish*, l'etimo è sempre *self. Myself*, io stesso, io, proprietà, proprietà mia. Quindi condividi l'egoismo e l'egotismo. E tutto diventa *ego*, sostituti di noi stessi, noi *alter ego* di noi stessi, immagini, ologrammi proiettati nell'etere dove noi diventiamo proiezioni. E da proiezioni ci trasformiamo in proiettili e andiamo veloci per cercare di star dietro alla luce. Una luce fredda, glaciale, una luce che è rimbalzata e rimbalza su strati di ghiaccio vitreo, ghiaccio che custodiva e custodisce nei suoi cristalli le mie mille forme. Forme congelate dalla paura di rivelare la mia forma.
Quando mi chiesero che forma avessi nel tempo, quando mi chiesero come il tempo mi avesse modellato o formato o, addirittura, sformato dalla nascita a ora, rimasi immobile per non rivelare la mia forma, quella che era mia, quella che era dentro me, soprattutto la mia *forma mentis*. Esternamente alto, basso, grosso grasso, magro atletico: non importa. Soprattutto non importa essere formoso, non voglio avere forma, non voglio avere una forma che si vede. Voglio essere senza forma: immobile, freddo, glaciale, riflettente, sembrare trasparente, ma soprattutto deformante. E voglio essere senza suoni. Rimango zitto. E neppure mi muovo per non creare fruscii e indurre a fruscianti, struscianti e striscianti supposizioni.

Ogni parola detta, pronunciata, scritta, accennata con suoni o grugniti, con graffi o graffiti rivela parte di noi, del nostro essere e quindi del nostro pensiero e, quindi ancora, della nostra esistenza, di come siamo, di chi siamo, dell'immagine che vogliamo dare e dell'immagine che gli altri si costruiscono.
Ecco perché la forma non mi appartiene. La mia forma l'hanno gli altri, se ne sono appropriati. Forma educata, piacevole, scurrile, sfrontata, scostante, arrogante, gioiosa, ironica, selvatica, addomesticabile, docile, feroce, cristallizzata, liquida, solida, gassosa, afferrabile, inafferrabile, viscida, scivolosa, aspra, spigolosa. Quante forme ho, quante forme abbiamo! E quasi tutte non ci appartengono; quasi tutte quelle forme non siamo noi. Se le sono costruite gli altri, ma noi abbiamo fornito il materiale per la costruzione. Ora in quella costruzione vi metto una bomba. Bomba stupida, non intelligente bensì stupida, se compresa. E se la comprendi l'intelligente sei tu.
Tu, tu che hai violato la mia intimità hai conosciuto la mia forma solo sotto i primi strati di ghiaccio. Tu che sei scivolato sulla mia superficie ghiacciata hai lasciato, senza accorgertene, una scia di un ricordo. Tu che hai sempre freddo e ti sei coperto per sentirti al caldo, protetto, ti sei talmente coperto che ti sei isolato da me. E allora, che sei venuto a fare nel mondo dei ghiacci? Tu che hai voluto salire dove il ghiaccio era più spesso, più profondo, più profondo da penetrare e più solido, coriaceo, duro e difficile da scavare, tu che sei salito in cima al mio ostico pensiero, tu che hai visto tutti i cristalli di ghiaccio che ingabbiavano e custodivano le mie forme, tu che salendo hai visto il profondo, perché è in cima che si apre il cratere e dalla cima si apprezza il suo abisso e si vede la profondità della conoscenza. Tu. Tu, vieni nel mio profondo, dove gorgogliano e ribollono le lave di ciò che sono. Tu, ora, devi buttarti, tuffarti senza paura nei miei gorghi rossi di contraddizioni,

di ira e di dolcezza, di comprensione e di egoismo, di morbido velluto e di ruvida roccia, di povertà e di miseria, decorosa povertà e dignitosa miseria, ma mai, mai sfarzosa, pacchiana e arrogante ricchezza, mai sicumera, mai sottomissione.
Scopri le mie forme, sciogli le gabbie di cristallo di ghiaccio, fondi le mie barriere di protezione con un soffio di calda esistenza, con un colpo di tosse d'imbarazzo per esserti avvicinato così vicino, di imbarazzo per aver osato, quasi un segno di maleducazione per aver violato l'intimità della persona e del suo pensiero. In questo caso io, la mia persona, io con il mio pensiero.
Io, pensiero!
Penso. Il pensiero mi dà calore. Si scioglie il ghiaccio. Inizia a rivelarsi una forma, la mia paleoforma nel ghiaccio conservata e dal ghiaccio preservata, preservata per anni, per decenni, quasi un reperto paleologico, di pensiero paleologico, così da mascherarsi d'illogico, da nascondersi dietro l'illogica logicità che ci governa. Ogni cristallo di trasparente ghiaccio una forma differente. Sento il calore del pensiero e del pensare. Si sciolgono i cristalli di ghiaccio, si fondono le mie forme, si uniscono, si fondono ancora, cercano di fondersi in un'unica forma.
Pensando prendo forma. Il mio pensiero ha il potere di darmi forma, di svelare la mia forma. Una forma intima, nascosta, che a volte neppure io riconosco. Sono la somma, l'unione, la fusione di mille forme. Devo continuare a pensare per proseguire a scoprirmi, togliermi i veli, pensare per svelare, svelare me stesso a me stesso e distinguere, riconoscere la forma da me creata, da me generata da quella che ho docilmente e dolcemente, con generosa gentilezza e con genuina ingenuità offerto alla società e che la società ha costruito con le immagini che io stesso ho fornito. Ingenuo! Sono stato ingenuo a consegnare nelle mani della società le mie forme. Le ha manipolate, trasformate e adattate al suo volere e al

suo servizio. Un furto! Un furto di proprietà, sia fisica sia mentale e, a volte, quasi intellettuale.
Il mio pensiero, solo il mio pensiero, quando libero dai ghiacci e dal freddo pensare, riesce a caricarsi d'energia e ad esplodere e darmi così la forza per formarmi. Ad ogni esplosione una nuova forma. Rinnovamento.

Vita libera

Voglio entrare nella dimensione della felicità. Ma come faccio a entrarvi? Tutto è chiuso, tutto è aggrovigliato, tutto è nascosto. La felicità si nasconde, si nasconde dentro un dedalo di dita, di dita chiuse, di mani chiuse, chiuse a pugno. Sono mani forti, dita robuste che artigliano l'esistenza e non la fanno scappare, non la lasciano correre libera. Sono mani pugnose, battagliere, che hanno combattuto e che continuano a combattere. Combattono per la libertà, combattono per la felicità. Combattono per la felicità di possedere la libertà. Combattono per la libertà di poter manifestare la felicità. È per questo che si chiudono a pugno. Un pugno di felicità, un pugno che quella felicità trattiene, la nasconde, non la fa uscire, la protegge. Un pugno che incute timore, fa paura, vuole fare paura a quelli che la felicità vogliono portare via. E sono tanti. Sono gli invidiosi, sono gli astiosi, sono i rancorosi, gli irosi, sono quelli che non sorridono, che non sanno che esiste il serio, il triste, il malinconico, il dolore, la sofferenza perché non sanno che esiste l'opposto della seriosità, della tristezza, della malinconia, del dolore e della sofferenza; non lo sanno in quanto hanno vissuto nella negatività e non l'hanno mai oltrepassata. Per loro l'oltre non esisteva, tutto doveva avvenire entro i confini conosciuti. Ed erano talmente invidiosi che si invidiavano a vicenda; chi aveva la funesta e infernale capacità di invidiare di più era invidiato dagli altri suoi simili, dagli altri invidiosi. E così ugualmente era per gli astiosi, i rancorosi, gli irosi. Se poi una persona riusciva a raggiungere la summa della negatività, ossia arrivava a riunire nella sua persona invidia, seriosità, tristezza, malinconia, irosità, dolore e sofferenza diventava il più invidiato da tutti. Ecco allora che all'eletto, al re della negatività nasceva un sorriso, un sorriso timido, appena accennato. Le labbra, labbra sottili e bianchicce, prima rivolte tristemente verso il basso e stiracchiate dalla sofferenza, ora si inarcavano un poco, si coloravano di un pallido rosa e anche diventavano più carnose grazie all'afflusso di sangue più abbondante. Un primo sintomo o segno di felicità. L'occhio, da vitreo che era, da sguardo fisso in avanti e anche un poco in basso da sottomissione al peso triste della vita, si animava e l'iride non era più grigia, ma riusciva a rubare i colori all'arcobaleno. I colori e il fatto di osare di rubare, atto riprovevole ma fatto innocentemente e a fin di bene seppur inconscio, (riprendo) osare di rubare un pizzico di colore per colorare la vita davano al viso dell'eletto un ulteriore grado di felicità.

Labbra e occhi modificati dalla felicità.

Cosa mancava ancora all'eletto per oltrepassare la negatività? Aveva il sorriso; vero che era solo un accenno, ma sempre meglio di prima. Aveva lo sguardo colorato, non più grigio; vedeva il mondo a colori e vedeva i colori del mondo.

Cosa mancava allora ancora?

Mancava l'arrendevolezza, la buona predisposizione all'ascolto. L'infelice eletto, infelice in quanto ora iniziava a comprendere l'esistenza dell'oltre, di ciò che esisteva oltre la barriera della negatività, oltre l'oltre, ma soprattutto a capire l'esistenza dell'oltre e che in quell'oltre vi era l'altro, vi erano gli altri, altre persone, differenti da lui, ma felici. Felici perché non invidiose, non invidiose perché non avevano le mani chiuse, felici perché avevano la libertà. E non avevano le mani chiuse, chiuse a pugno perché avevano e condividevano la libertà. Le mani erano aperte, offrivano, davano la libertà. E quando le mani si stringevano, si toccavano, le mani non lo facevano per combattere, per affrontarsi: le mani si toccavano in una carezza, con una carezza. Le mani, le dita nel loro intrecciarsi ricordavano e raffiguravano un cervello, una mente.

Cervello, mente: il luogo dove tutto si incontra, dove dall'incontro nascono nuove idee, nuovi pensieri, liberi pensieri, nuove vite, vite libere. La vita, per essere vita, deve essere libera.

Lacrime egoistiche

Sono lacrime, lacrime di tempo quelle che scendono sul mondo, ma non un mondo qualunque, un mondo di tutti e per tutti, no, sono lacrime che scendono sul mio mondo.
Sono egoista e penso che il mio mondo sia solo mio. Eppure questo egoismo non mi ripara. Sento mani che vogliono afferrare il mio mondo, sento sguardi che vogliono penetrarlo, esplorarlo, sento parole che chiedono, ma più che chiedere, richiedono, esigono. E io sono più esigente di loro e siccome la richiesta è fatta male non merita replica.
Mi isolo sempre più nel mio mondo.
Il mio mondo è un mondo fantastico, le mie lacrime lo hanno annaffiato e gli hanno dato vita, lo hanno fatto nascere nel deserto dell'incomprensione e gli hanno donato la fantasia, e lo hanno popolato di tutte le sensazioni che un essere può contenere ed esprimere. E quando le sensazioni sono riuscite a generare le emozioni vi è stata l'esplosione della vita, una vita emozionante, con le emozioni nude, una nudità senza pudore, sfacciata, una nudità che faceva orrore ai benpensanti tanto nuda era e tanto bella era. E di quella bellezza l'emozione si faceva scudo per non essere toccata dalla volgarità di chi aveva vergogna e paura di mostrarsi nudo, di manifestare la sua nudità sia fisica sia mentale. Falsa paura, falsa vergogna e per questo volgari. Le nudità di pensiero spaventano e allontanano. Ecco perché sono nato nel deserto, da solo, senza nessuno attorno.
Sono nato piangendo, ma non di dolore o sofferenza; il mio era un pianto di gioia, di felicità. Quel pianto mi segue ancora e ancora piango. Un pianto che genera vita e che rigenera. Goccia dopo goccia annaffio la mia vita con gocce di felicità e gocce di emozioni. Un distillato prezioso, un elisir che esalta l'emozione,

che vivacizza i sensi e li rende vibranti. Vibrazioni che scuotono, come un defibrillatore che fa battere di nuovo un cuore che aveva fermato il suo pulsare; un cuore che si era arreso alla morte perché non vi erano più emozioni nella sua vita, le sensazioni avevano smesso di trasmettergli le emozioni, si era arrestato, il flusso dell'emozione si era interrotto.

La lacrima, la lacrima scende ancora, scorre nella vita. L'emozione pulsa, fluisce di nuovo, ha ripreso a battere regolarmente, un metronomo che scandisce il tempo e la musica della vita. I sensi hanno iniziato nuovamente a trasmettere impulsi vitali. Tutto pulsa, tutto batte. Il deserto si anima di vita e di tempo. Un binomio inscindibile.

Che si sia nel deserto, nel deserto della solitudine, dell'abbandono, del rifiuto, dobbiamo avere l'egoistico coraggio di piangere, piangere per far germogliare le emozioni. Le nostre egoistiche lacrime faranno crescere la palma dell'oasi e in quell'oasi riposare per poi ripartire e attraversare il deserto.

Un caro pensiero al mio pensiero

Poco tempo ci vuole per scrivere un pensiero, non importa se sia scherzoso, superficiale, aforistico, gentile, insultante, profondo o semplicemente un pensiero che in mente è comparso, senza pensarlo. Un pensiero che ha fatto capolino come un bucaneve nel biancore della bianca neve e nel lucore dello splendente giorno nuovo. Un pensiero nato il mattino, quindi concepito prima, nella notte, nei momenti che precedono il sonno e che nel sonno, quel pensiero, si riposa. E magari sogna. Sogna con noi. Quel pensiero è un amico che ci rimane vicino nel turbine dei sogni che invadono il riposo e non ci permettono di riposare.
Quel pensiero è mio amico. E lo coccolo, lo massaggio, lo trastullo, lo faccio divertire affinché sorrida e non si trasformi in incubo.
Quel pensiero è sparito. Non ho fatto in tempo a scriverlo e neppure a pensarlo fino in fondo. È sparito, se n'è andato come un gioco di prestigio ben eseguito da un sapiente mago. Se n'è andato perché non voleva farsi riconoscere e non voleva che io mi rispecchiassi in lui e mi riconoscessi in lui, in quel pensiero egoisticamente nato dalla voglia di pensare.
Quel pensiero se n'è andato ma non lontano; mi è vicino, è rimasto nei pressi, lo sento; crema profumata, olio essenziale estratto dalla mente, pensiero macerato, sedimentato, fermentato, distillato e puro, filtrato. Un pensiero moderno, non so se ecologico o biocompatibile; comunque un pensiero trasversale, come un fulmine che saetta tra altri pensieri quiescenti, quiescenti perché riposanti da tempo e mai si sono destati dal loro innocuo sonno, una catalessi psichica originata da un'ipnosi multimediatica.
Quel pensiero nato nel momento del riposo, concepito nei momenti precedenti il voluto riposo, concepito nella calma, nell'abbandono dei sensi, nel rilascio della vita sensoriale, nel buio, un buio che

ci permette di rimanere nel chiaroscuro dei ricordi del giorno trascorso, nel chiaro di ciò che vogliamo ricordare e nello scuro di ciò che non "non" ci vogliamo ricordare, ma bensì nello scuro, volutamente scuro, di ciò che non ci interessa perché non va a nostro vantaggio. Quello scuro è il lato oscuro della vita, della nostra vita.
Poco tempo trascorrerà tra quando ti avrò pensato, concepito e quando ti avrò conosciuto perché sarai nato, Pensiero. In quel frammento di tempo, il sonno, l'oblio, il riposo, ho sognato e, caro mio Pensiero vivente, pensiero di tutti i giorni, in quei frammenti di tempo, che sono la mia vita, che appartengono alla mia vita, ti ho pensato, ti penso e ti penserò. Ma non assillarmi con lo scriverti perché, al contrario di quanto scrissi all'inizio, tanto tempo ci vuole per scriverti. E sai perché? Perché vuol dire che ti ho pensato, pensato a lungo, ti ho pensato perché eri lì, lì da tanto tempo e da molto tempo bussavi e, infine, ti ho aperto. Ti ho aperto ancora una volta. Una vita passata ad aprire, e ogni tanto a chiudere. Mi sembra d'essere un usciere. Perché mai non un "*entriere*", che è anche più accogliente.
Accolgo i miei pensieri, apro il tempo, apro il riposo, apro il sonno, apro il sogno affinché tutti i miei pensieri, sogni, immagini, fantasie possano entrarvi, essere accolti, senza distinzione di importanza, di profondità, di essere fantasie o pensieri utili o futili, gioiosi o dolorosi. Tutti devono avere la possibilità di entrare per popolare la mia vita e renderla viva, vivace, emozionante e vera. Una vita vissuta grazie a tutti i miei pensieri che mi hanno fatto sempre compagnia e mi hanno fatto pensare a loro come compagni sinceri. Dei veri amici. Pensieri fantastici!

Grazie in ànticipo

Nacqui prima. Quanto prima sapere non mi è dato e neppure fu dato a mia madre né i medici seppero quanto tempo mancasse a mia madre affinché completasse la gravidanza. Ero formato in tutto, non mi mancava nulla se non, forse, qualche settimana di ozio nel ventre di mamma. Comunque vissi; i medici salvarono la mia anticipata vita. Avevo anticipato tutti: mamma, papà, parenti, medici, avevo anticipato la mia vita, ma soprattutto avevo anticipato la Natura, la natura delle cose, il loro corso naturale.

Per inciso: nessuno ha mai pensato a dedicare una via, una piazza, un corso alla Natura? Via Natura, corso Natura, piazza o largo Natura oppure largo alla Natura. Luoghi, vie, corsi, piazze dove tutto e tutta la vita si svolgerebbero in modo naturale, in continua evoluzione fino a raggiungere la perfezione. Un Eden senza né mele né serpenti. E raggiunta la perfezione, senza peccati né senza peccare di presunzione, tutto si fermerebbe, si fermerebbe in quell'attimo perfetto, si fermerebbe l'universo, il tempo, la vita. Avremo raggiunto l'eternità dell'immobilità o, per chi volesse essere sofista, l'immobilità dell'eternità.

Comunque, eccomi qui in ànticipo sui tempi. Sempre in ànticipo, talmente in ànticipo che sposto in avanti gli àccenti, li metto prima, li ànticipo. Àncora e non più ancòra, sùbito e non più subìto, prìncipi e non più princìpi, dèstino e non destìno, vìola e non viòla. E via dicendo. E con il via dicendo e grazie al dono della vita che la vita mi fece lasciandomi vivere, malgrado un parto distocico, irto di difficoltà, mi fu dato il nome di Graziato. Non Graziano, ma Graziato, perché tutto era contro le normali, naturali previsioni della mia nascita: il tempo che era in ànticipo rispetto alla norma e io che ero fuori dalla norma. Lungo lungo, fragile fragile, cordone ombelicale avvolto come un *Boa constrictor* attorno al collo che quasi soffocavo, colore cianotico da ipossia, eppure vissi. Ed ecco il nome Graziato. Mia madre ringraziò tutti, ma proprio tutti, medici, infermieri, altre partorienti future mamme e altri frementi futuri papà, preti, frati cappuccini, suore e sorelle, diceva "grazie" a tutti, a qualsiasi persona incontrasse mentre dalla sala parto la portavano in camera. Quindi, la prima parola che io sentii, insistentemente, come un mantra, fu "grazie". E quel "grazie" mi si appiccicò addosso, colonizzò la mia mente e i miei neuroni e fu anche la prima parola che pronunciai. "Grazie", non "mamma", ma bensì "grazie". Di conseguenza essere chiamato Graziato fu la logica conseguenza di riconoscenza dei miei genitori alla vita, alla mia vita. E di quel nome ne ero fiero, orgoglioso; in più mi dava non pochi vantaggi, mi offriva dei benefici dei quali non abusai mai, ma me ne rallegravo e mi procuravano equilibrio e serenità. Dicevo "grazie" a tutti e prima di tutti, ancor prima che le cose succedessero. Ànticipavo gli eventi, gli avvenimenti. Dicevo "grazie" alle cose liete e anche alle sventure, a chi con me era gentile e pure a chi male mi trattava, ma grazie a quel "grazie" chi mi maltrattava lo faceva una volta sola. Forse perché si sentiva in colpa della sua maleducazione o forse perché pensava fossi masochista e provavo piacere nel ricevere dolore, offese, insulti, sì insomma nell'essere maltrattato. Ecco, quindi, che pure loro, i maleducati, i violenti, si ammansivano, quasi addomesticavano, disorientati dal mio "grazie". Chi poi voleva conoscermi meglio e mi chiedeva il mio nome, chi voleva sapere che nome avessi si rallegrava a sentire che il mio nome era Graziato. Mi chiedevano se di secondo nome facessi Felice. Rispondevo loro che Graziato mi bastava. E ero contento quando mi chiedevano "come ti chiami?", perché in effetti ero io stesso che mi sentivo graziato e che quindi io stesso mi chiamavo, quando ero giù di morale, Graziato. Mi dicevo: "Ricordati, sei stato e sei Graziato. Di questo e per questo

devi essere contento, non Felice, ma contento". E contento lo ero davvero.
"Grazie in ànticipo" mi faceva anticipare il presente, essere sempre avanti, vivere nel futuro. Una vita distopica, ma non con quella avversa e antipatica connotazione negativa. No! Essere nel futuro, vivere nel futuro, ànticipare il presente generava un senso di preveggenza positiva. La distocìa sperimentata inconsapevolmente alla nascita, vissuta è troppo dire, i miei sensi non erano ancora così sviluppati e senzienti, quell'esperienza distocica aveva generato una nuova forma di distopìa, una distopìa positiva fino allora sconosciuta, un'eustopìa eustopica.
"Grazie in ànticipo" mi anticipò e mi graziò in tutto. Mi anticipò gli eventi avversi in modo che questi si convertissero al verso giusto; mi graziò gli errori che nella vita chiunque commette. Gli errori me li graziò in quanto il genuino e anticipato ringraziamento ammorbidiva l'animo di chi subiva, compreso me stesso, i miei errori e predisponeva al perdono.
"Grazie in ànticipo" vado dicendo e sono contento quando mi chiedono come mi chiamo e rispondo "Graziato". Vivo una vita quasi giusta, e con un grande QUASI perché mi piace e mi rallegra commettere errori, sbagliare e non rimanere sempre nei binari della correttezza. Un po' di ribellione e un po' di protesta ci vogliono per ammansire e addolcire la discordante inquietudine che procura il vivere. Il piacere più grande, però, lo trovo nel ringraziare, me lo procura il ringraziare, il dire "grazie" a me stesso quando non me lo merito. È un grazie ironico, ma sincero. Un grazie che mi ha fatto e fa comprendere il non giusto. Un "grazie" per il futuro, quando quella stessa situazione si presenterà di nuovo e avendo già commesso l'errore riuscirò, spero, a non sbagliare ancora.
Grazie a tutti gli sbagli, a tutte quelle condizioni che mi hanno fatto e mi faranno sbagliare ancora, a quelle situazioni nelle quali non

mi sono comportato correttamente, grazie a tutti i miei errori che mi permettono di conoscere l'opposto e cercarlo e raggiungerlo. Mi hanno chiamato Graziato e di questa grazia devo felicitarmi e gioirne. Quindi, "Grazie In Ànticipo", malgrado l'erroneo, anticipato accento.
GIÀ!

Fra sé e se, tra me e ma

Che bello essere contorti, incomprensibili, inspiegabili. Lo dico tra me e me, ma con qualche ma. Che emozione essere non capiti, essere fraintesi. Si sollevano tutti i se, tanti se, ma nessun sé, soli, senza se stessi. Non essere capiti ci fa rimanere soli, abbandonati a noi stessi, neppure "sé" ci vuole accanto, non ci capiamo e quindi "sé" se ne va, se ne va per i fatti suoi.
E se invece che essere fraintesi si fosse fra intenti? L'intento di dare un bacio, l'intento di essere capiti, l'intento che appare come un tentativo, un'intenzione, l'intenzione che appare come un'azione. La flessibilità della comprensione, dell'intendimento conduce a fraintendere. Tra fraintendimenti e intendimenti.
Tutta la vita si svolge, si racchiude in due limiti preposti: "tra" e "fra". Tra poco, tra poco più, tra te e me c'è un..., tradotto e se tradotto male non ci si comprende. E qui entra in ballo "fra", frainteso. Fra Inteso: un priore, un abate che regge le sorti dell'austero monastero dell'incomprensione e dell'incomprensibile. Che "Fra", qualunque sia fra quelli, preghi per noi.
Transeunte. E passiamoci sopra al divenire dell'incapacità di capire. Comunque c'è sempre quel "tra" di mezzo. Un tramezzo provvisorio che richiede di essere abbattuto. Un tramezzo fragile che si frammette. E allora lo rompo; un frammezzo che frantumo in mille pezzi. Che fracasso! Qui sorvolo, per decenza e religioso rispetto di "fra", il fondo limite dell'italico alfabeto. Ma, mannaggia, ancora quel "fra". Prima era "tra" e ora, invidioso o risentito per essere stato messo in disparte, "fra" si erge tra mille "tra" e si dota, esautorando il "tra", di una maiuscola "f": "Fra". Risentito, "tra" trama alle spalle di "Fra" e cerca di confondersi camuffandosi goffamente da straniero, con esterofilo inglesismo, in "bro". Ma Fra lo riconosce subito dall'accento e gli dice: "Ehi, bro, io

sono Fra, ti sono fratello. Mettiamoci d'accordo. In fin dei conti tra noi ci sono solo dei presupposti non compresi. E noi, tra di noi, li comprendiamo, perché sono le nostre sorelle, le preposizioni. Infatti sono preposte, sono davanti a noi, noi siamo gli ultimi della fila. Per questo dobbiamo sostenerci a vicenda. Siamo gli ultimi, ma racchiudiamo la vita.
Fra me e me, tra te e te, e visto che siamo "*bro*" ti accordo la maiuscola, quindi Tra te e me non c'è differenza. Tra te e me c'è tutto. C'è la nascita, c'è la morte, c'è la verità, c'è l'incomprensione, c'è l'incomunicabilità, c'è l'inspiegabilità, c'è ghtjdhj, c'è srgjbb, c'è l'inventiva, c'è la creatività, c'è la fantasia, c'è l'immaginazione, c'è il mistero, c'è ciò che non mi dici, c'è ciò che non ascolto. C'è! E se c'è, c'è e c'è e c'è, ho il raffreddore.
Ma c'è anche il mio origami e sottile, penetrante pensiero che mi bacia".
Il mio pensiero che ho ripiegato affinché mi parli in quella forma comprensibile tra me e lui, fra me e lui, in quella forma che è il bacio e che quel bacio, il mio pensiero, me lo dia, me lo dia ogni giorno, pensando.

Peccato

— Quante volte hai peccato?
— Me lo chiedi? O mi apostrofi?
— Becero e ignorante sgrammaticato. Ripeto, quante volte hai peccato?
— E io ti rispondo: ahimè, non capisco. Mi crocifiggo, mi pento ed esclamo "Ahimè, quante volte ho peccato!" Visto, hai notato, mio Torquemada, il punto esclamativo che sottolinea l'esclamazione che tu bramavi. Ma, ripensandoci su un pochino, un pochino per bene, quale persona io sono, non un pochino persona, ma persona per bene, mi chiedo tra me e me: "Caro", perché io caro mi sono, "quante volte ho peccato?". Domanda arguta. E con mente arguta arguisco che la risposta non è così semplice. Ahimè! Esclamo e mi rammarico. Hai me! Esclamo di nuovo e nuovamente mi rammarico. Mi rammarico perché con la tua domanda sibillina pensi di avere me. Peccato! E anche qui esclamo con rammarico. Peccato, perché questo evento felice, casuale ma felice avrebbe potuto accadere nuovamente. Come vedi, mio caro Inquisitore, peccato potrebbe riferirsi alla felicità, alla gioia, al benessere, all'appagamento di una cosa successa, trascorsa, di un evento accaduto, ma che non si ripeterà, oppure di una cosa non fatta, anche di un peccato non commesso, o ancora, "peccato, ho perso un'occasione". Per cosa? Per peccare o per soddisfarmi? Quindi, se tu esclami "Peccato" quel peccato assume il significato che la tua autorità gli conferisce, e se aggiungi "Peccatore" io sarò messo al rogo e non mi sarà data una seconda possibilità di spiegare né di peccare come io intendo il peccare. Sì, se mi sarà data l'occasione intendo peccare di nuovo, ma come intendo io il peccare, senza senso di colpa, il peccare come ribellione al comune pensiero, il peccare come pensare liberamente. Però, se sono io a dire

"Peccato" forse il divino caso mi farà la grazia di vivere nuovamente un evento benefico sì da non più peccare, ossia non esclamare più "Peccato". Capisci, comprendi ora perché se mi chiedi "Hai peccato?" o "Quante volte hai peccato?" ti rispondo "non capisco". Eppoi, che nome hai! Torquemada. Ma figurati! Mai dai! "*Mas que nada*" dovevi chiamarti. E cosa inquisivi? Dotti eretici e istruite e pensanti streghe? Inquisivi il libero pensiero, il libero arbitrio. Non riuscivi neppure a distinguere tra un punto interrogativo e un punto esclamativo. Eri mentalmente sgrammaticato. E a causa di questa tua ignoranza, deficienza, mancanza, mancanza di comprensione quante persone hai mandato al rogo. E tutte quelle persone sono bruciate perché non hanno capito la tua domanda. Però bisogna dire e ammettere che tu, non avendo la padronanza necessaria né di chiedere o domandare né di recepire il significato della risposta, hai commesso peccato o, meglio, sbaglio, errore di interpretazione. Che presuntuoso! Una sicumera generata dalla posizione. Oggi lo chiamerebbero "una rendita di posizione", un *fringe benefit*. Ma è un vizio, se mi è concesso di proferire senza, comunque, ferire la tua iconica reputazione, che ti è stato consono e ti ha permesso di ardere, oltre che i corpi e le menti, anche nelle menti degli intransigenti o "intransi-menti" che ti hanno seguito. Ma voglio dare un appiglio a chi ancora la pensa come te per uscire da questa *impasse* cerebrale evolutivo, da questa psicoplegia, e questo appiglio è "altre menti", non altrimenti ma altre menti.
Va be'. Mi taccio. Mi zittisco. Pero, un'ultima cosa. Permettimi di farti due, tre domande, pensaci su un poco, pensando ai roghi, ai bruciati, a quelli che la pensavano onestamente, seppur differentemente da te, a quelli che non godevano di autorità e pensa a te, pensati, che magari dell'autorità ne hai abusato, discreditando l'autorità e l'istituzione che rappresentavi. Pensaci. Sono domande attuali, che ricorrono ancor oggi sempre più frequentemente e

sempre più incalzanti, ma a tutt'oggi non trovano risposta, non c'è o non esiste risposta. Le domande sono:
"Come stai?"
"Hai guardato, ma hai mai visto?"
"Hai sentito, ma hai mai ascoltato?"
Non rispondere, pensaci. Quando troverai, non quando avrai, ma troverai la risposta adeguata, potrai pormi la domanda adeguata:
"Hai peccato?"
Forse allora riuscirò a darti la risposta che ti farà ascoltare, vedere e capire come stai.

Il viaggio continuo

Chi mi sveglia di notte? Chi mi sveglia di giorno? Chi mi tiene sveglio sempre? Mai un attimo di pausa, di rilassamento, di pace. Non voglio la serenità, la tranquillità, non voglio nulla che mi dia la quiete dell'animo, della vita. Voglio il viaggio, il viaggio dei pensieri, il viaggio della mente. E più viaggio, più voglio viaggiare e scoprire. Voglio viaggiare dentro me per scoprire le mie voglie intime, nascoste e portarle fuori, avvolgermi in loro, vestirmi di loro e portarle in giro con me, nei miei viaggi. Voglio viaggiare fuori da me, estraniarmi e vedere da fuori che sensazione mi suscita vedermi; vedermi avvolto dai miei desideri, desideri che si alimentano e crescono mano a mano che aumenta la conoscenza, conoscenza della mia esteriorità, conoscenza della mia interiorità. Conoscenza che si fonde con coscienza. Aumenta la conoscenza cresce la coscienza. Aumentano i desideri di ciò che voglio e aumenta la coscienza di ciò che sono, anzi di ciò che vorrei essere, di ciò che desidero essere. Un circolo vizioso tra desiderio, coscienza, conoscenza. Non conosco, conosco poco, desidero conoscere, conoscere di più, come più conosco immediatamente nasce un altro desiderio di conoscere ancora di più, più a fondo, più in profondità. Scavo. La vita mi ha fornito di enormi badili per scavare sempre più. Archeologo dell'intimo, di me stesso. Sempre più sprofondo nell'abisso del mio io nascosto. Ogni badilata mi permette di andare più in profondità, ma ogni badilata getta dietro me la terra smossa e buttandomela dietro, alle spalle, copro, sotterro, nascondo ancora una volta quello che prima avevo dissotterrato, ciò che prima avevo rivelato, trovato, scoperto di me. Lo copro per paura? Lo copro perché non voglio rivelarmi? Lo copro, lo sotterro perché voglio che nessuno lo veda, lo trovi, lo scopri? Lo copro perché ho freddo,

il rivelarmi mi ha dato i brividi, mi ha scoperto, lasciato nudo a me stesso. Ora mi vedo tremante di fronte alla mia mente nuda, ai miei desideri denudati, spogliati dagli orpelli e abbellimenti della vergogna e del timore di non essere consono, di non essere accolto perché nudo, indecente, oltraggioso. Di essere insultante, offensivo per come sono, come sono nato; sono nato nudo.
Torno indietro, riscavo dove avevo scavato prima. Riscopro i desideri ricoperti, li affastello, li accatasto disordinatamente sul ciglio della coscienza e, in quanto coscienza, li cataloga e li ordina in base agli anni, i più vecchi in fondo alla fila, i più giovani in testa. Un corteo di desideri, combattenti civili, ognuno con il suo cartello rivendicativo, slogan che vengono urlati; ogni desiderio ha il suo slogan. Non si capisce nulla, le voci, le urla si confondono, si sommano in un unico, forte, spaventoso urlo: conoscimi! Ognuno di loro vuole essere conosciuto da me, ma più che conosciuto riconosciuto; vogliono che sia ammessa la loro esistenza, vogliono la loro vita, vogliono che la loro vita esista. Solo così, ammettendone l'esistenza, possono essere appagati, sentirsi in grado di essere soddisfatti, di poter essere accontentati. Non ammettendo la loro esistenza, non riconoscendo la loro presenza non possiamo fare nulla per esaudirli. Vivremo sempre nell'insoddisfazione, nella mancanza, nella non presenza, in definitiva vivremo nell'assenza dell'esistenza.
Desideri, coscienza e conoscenza: un trinomio quasi dogmatico che mantiene in vita l'essere, non gli dà né pace né serenità, anzi lo inquieta e lo incita, lo eccita, lo stimola, lo induce e conduce a scoprire l'ampiezza, la profondità e la sommità, la magnificenza, la grandezza e la bellezza del viaggio della mente, dei

NOTA: Ecco come si sente, cosa pensa chi crede di essere arrivato, senza rendersi conto di non essere mai partito.Ogni riferimento a politici, governanti e governati è puramente e anagrammaticamente casuale

suoi misteri e delle sue scoperte che le si appalesano durante il percorso della vita e mano a mano che si vive le si rivelano. Questo viaggiare continuo mi entusiasma e anche quando, sfinito, vorrei adagiarmi e riposarmi un poco sul conosciuto, un sapiente, gentile spirito mi scuote dal torpore e mi prende delicatamente per mano per incominciare un nuovo viaggio.

Concinnitas

La C disse alla O: “Chi mi ha fatta, pensata, disegnata, invocata era stanco o distratto”.
La O le chiese: “Perché dici questo? Che hai da lamentarti? Facciamo parte della stessa famiglia. Vero che non sei bella come me, che sei incompleta, una O aperta, non conclusa. Ma nella vita ci vuole un po’ di apertura, non tutto deve essere per forza concluso. Lascia spazio alla fantasia in modo che la o le conclusioni possano differire, che il finale possa cambiare, che non sia sempre quello, ormai scontato”.
Sentendo la parola “famiglia”, gli altri membri della casata si intromisero nella discussione. La D prese la parola. “E cosa dovrei dire io che mi hanno fatta con ‘sto pancione davanti e piatta piatta dietro. Magari mi avessero messo un po’ di ciccia lì dietro, invece nulla. Non posso nemmeno scodinzolare un pochino, nessuna movenza sensuale. Se tento di di farlo il pancione che ho davanti ballonzola come fosse pieno d’insipida acqua. Eppoi, neppure le gambe, neanche una me ne hanno dato. Non come quella vanitosa della P, anche lei col suo pancione, ma almeno c’ha una gambetta, e pure fina fina, da ballerina”.
La P, sentendo ciò, si inalberò alquanto. Apostrofò la D accusandola di poca comprensione. “Cara D, vero che c'ho la gambetta fina fina, ma prova tu a stare in equilibrio su ‘sta gambina che mi ritrovo avendo cotanto peso da sostenere. E la mia non è una pancia come la tua, ma bensì una testa, e pure grossa e piena d’idee, di nozioni, di pensieri. E chi si diverte più con una testa del genere!”
“O grulle che siete” intervenne la B. “E io? Io che ha la pancia gonfia che trascino per terra, non ho mica le gambine, io, e ho anche il testone che ti ritrovi tu, cara P. Doppia fatica: pancione e testone”.
Le altre della famiglia ridevano di codesta discussione. La G prese la parola, lamentandosi del fatto che chi la stava disegnando o prese

uno scossone mentre la tracciava o gli venne uno sturbo, un tic, uno scatto nervoso, perché non riusciva a spiegarsi quel ripiegamento verso l'interno all'ultimo momento, proprio mentre stava per chiudersi il cerchio. La Q, pure lei aveva delle rimostranze. Quella gambetta corta corta, sghimbescia, quando voleva muoversi la faceva camminare di lato, come i granchi e, inoltre, le alterava la raffinata armonia del cerchio perfetto. Uno sgarbo alla sua bellezza. Eppoi era l'unica a non poter accampare il diritto di avere una sorella. Solo una volta le era concesso di avere una uguale a lei al suo fianco. Ma era per creare confusione. Chi la disegnò, chi la ideò, pensava Q, lo fece apposta per metterla ancor più in cattiva mostra, per confondere, per creare soqquadro a chi volesse menzionarla. Eppoi, non aveva una grande scelta d'amicizia. Anche di questo si lamentava la Q. Diceva: "U, ti voglio bene, ma sei sempre tra le palle. Come mi sento menzionare ti vedo lì, sei sempre lì, a gambe in aperte, in su. Un po' scostumata, nevvero! Che ti abbia influenzata quell'altra che ti sta accanto, la V, con quelle sue gambettine da Mistinguett?". La R si risentì ascoltando cosa diceva la Q. "Ma come, Q, non ti sei mai accorta che nella famiglia, nella disposizione ordinata, seriosa e seriale della nostra illustre casata, accanto a te, alla tua destra ci sono io? Siamo tutte concatenate, una progressione che permette di progredire nella direzione giusta, la direzione finale, senza intoppi. Eppoi, guardami. Tu mi vedi da dietro e vedi una sottile linea. Ebbene, quella linea sottile, piatta, senza asperità, ti permette di appoggiarti a me senza farti male, anche quando con quella tua gambetta corta, rachitica, cerchi di muoverti, di andare a occupare posti che non ti sono consoni, non di tua volontà, ma sono loro, gli sgrammaticati, che ti confondono, ti mettono al posto della nostra sorella C. Vero, un pochino vi assomigliate, ma addirittura confondervi è proprio da stolti. In più, io, io R, cara Q, ho un bel testone come le sorelle P e B, ma in più ho quella gambetta lì davanti

che mi sorregge bene e mi dà un solido equilibrio”.
Queste discussioni famigliari erano senza tempo, iniziarono agli albori della scrittura e non si sono mai fermate. Di questo *baillame* inconcludente e in fieri la capostipite la A, se ne doleva. Non ne poteva più. Il *kairos* era giunto per intervenire e tentare di zittire il gutturale brusio famigliare facendo appello al lignaggio che tutte, proprio tutte, dalla A alla Z, le accomunava.
“Sorelle” tuonò la A, “ne ho abbastanza dei vostri battibecchi secolari, se non millenari. Eppoi, avete denigrato la sorella U, tu in particolare, tu Q, chi ti credi di essere. Senza la U quasi non potresti esistere, vedi, ripeto quasi e aggiungo pure "quindi" per farti ben capire il concetto. Dovresti tornare a *sQuola* così capiresti che si può correttamente fare a meno di te e sostituirti con la sorella C. E anche voi tutte, B, C, D, P, R e altre che per brevità di questa reprimenda non voglio menzionare, anche tutte voi, calmatevi. Voi, consonanti, siete più di noi. Noi siamo in cinque, voi in sedici. Ma ognuna ha bisogno dell’altra, delle altre per dare la giusta *concinnitas* alla nostra esistenza. Se non ci fossimo noi, vocali, avreste, voi sedici, solo suoni gutturali, disarmonici schiamazzi, e miseri, rivoltanti e volgari cachinni. I vocalizzi si fanno con noi, noi teniamo i cordoni della parola, del suono, della musicalità. Le corde che hanno gli umani per esprimersi come si chiamano? Si chiamano corde vocali, non certo corde consonanti. Però, devo ammettere che senza voi la parlata umana non avrebbe quell’armonia, quel ritmo e quella eleganza sonora che ne permette la comprensione. E ora lasciamo dietro noi le diatribe, le discussioni, i dibattiti e uniamoci nel canto e nel ballo che agli umani tanto piace e tanto piacere dà sì da ripeterlo, senza vergognarsi, ogni volta che inizia un nuovo anno. Allora, cantiam e balliam: A E I O U Ypsilon, A E I O U Ypsilon...

Nella vita ce l'ho fatta![1]

E dopo aver camminato attraverso gli anni, le tempeste, le burrasche, sballottato dai venti, vorticato dagli uragani, trombato dalle trombe d'aria, assordato da quelle di Carlo VIII e dalle campane di Pier Capponi, dopo essere stato folgorato da un'idea illuminante, dopo aver subìto governanti che nessuno riusciva a governare e neppure loro riuscivano a governarsi figurarsi a governare, dopo aver sorvolato oceani, mari, deserti, monti, ampie pianure e sorvolato sulle idiozie, sul mare delle idiozie sentite, viste e fatte, e lì ce ne misi del tempo vista la loro vastità e profondità, e dopo aver lasciato dietro me il profumo del sudore della fatica e le sue gocce in modo che mi indicassero il cammino percorso non considerando il riscaldamento globale che asciugava le mie gocce di sudore che tanta fatica avevo fatto per produrle, dopo essermi lasciato andare agli istinti, basici istinti e da uomo essermi trasformato in animale eppoi aver represso gli istinti e malgrado questo essere rimasto animale, dopo aver iniziato mille volte il famoso primo passo del viaggio della vita, che come disse il saggio ogni viaggio per quanto lungo sia inizia sempre con un primo passo, e dopo tutti questi primi passi, tanti, molti, sempre primi, ne facevo altri ma il saggio mi diceva che erano sempre i primi. E allora mandai a cagare il saggio pensando che fosse oltre che saggio anche un po' cretino, e a quei primi passi ne aggiunsi altri sì da rendere il viaggio della vita il più lungo possibile, e dopo tutto questo mi ritrovo ancora a ripercorrere i sentieri già percorsi mille e mille volte. Ma una certezza mi conforta: vedo il traguardo della vita,

1 Ecco come si sente, cosa pensa chi crede di essere arrivato, senza rendersi conto di non essere mai partito. Ogni riferimento a politici, governanti e governati è puramente e anagrammaticamente casuale

di una vita, vedo il cartello: "tu sei qui". Che soddisfazione! Ce l'ho fatta! Sono arrivato!
Scoprendo alla fine di essere come un criceto in gabbia che gira continuamente solamente nella sua ruota.

Invisibilità

Le idee devono essere e rimanere invisibili. Chi ha idee deve rimanere invisibile e invisibili devono restare le parole di colui che ha le idee; solo le immagini che le parole evocano, solo le immagini che lo scritto suscita devono essere visibili, e lo devono diventare nella nostra mente, nella mente di chi legge le parole e gli scritti invisibili. Sembra un paradosso, ma non lo è. Vediamo ciò che la mente ci permette di riconoscere e quindi per vedere ci vuole conoscenza. Se non conosciamo non vediamo. Se non capiamo ciò che leggiamo, se non riconosciamo la parola scritta e il significato che quella parola ci vuole trasmettere non possiamo vedere oltre i segni neri sulla carta. È oltre quei segni neri che si nasconde il significato e le immagini che il significato ci trasmette.

L'invisibilità delle idee e delle parole, dello scritto, delle frasi è la protezione che dà loro il mistero che stimola la voglia di svelarlo e di conoscerne il significato al di là della percezione della loro invisibilità. L'invisibilità è la *conditio sine qua non* per raggiungere la comprensione.

Siamo sempre stati attratti da ciò che c'è oltre: oltre oceani, oltremare e oltre o altre terre o, se preferite, territori d'oltremare, anche se risuona di colonialismo, di vecchio e stantio imperialismo coloniale; comunque sempre oltre, oltre a ciò che già conosciamo, oltremodo perché vi sono altri modi oltre a quello che già sappiamo, oltre le Colonne d'Ercole, oltremanica. È sempre quell'oltre che incombe, che fa sognare, che spinge a esplorare, a desiderare. Quell'oltre che non conosciamo. Che ci sarà al di là, nell'aldilà, nell'oltre? C'è tutto. Tutto quello che vogliamo, tutto ciò che abbiamo sognato, tutto, proprio tutto. E se superiamo quell'oltre c'è ancora di più: c'è l'oltretutto. È lì che si annida la nostra vita. Lì o là: dipende in che punto dell'esistenza siamo.

Che sia lì o un poco più distante, là, c'è, esiste il nuovo, e ogni cosa nuova che riusciamo a conoscere, ad acquisire ci permette di capire, di appropriarci di un pezzetto di oltre, e non finirà mai. Ora capite, vero, la bellezza dell'invisibilità. L'invisibilità è sconfinata perché appartiene alla conoscenza, alle idee, al pensiero. L'invisibilità è un labirinto di tempo, di spazio, di immagini che si nascondono e solo esplorando il labirinto dell'invisibile, solo entrando sempre più in quel dedalo di significati, di sconosciute conoscenze e svelarne, comprenderne il senso e il valore potremo, alla fine del percorso, togliere la maschera a rivelare a noi stessi ciò che siamo.
Però conserviamo un recesso di invisibilità, conserviamolo sempre e salvaguardiamolo da occhi indiscreti. Quel recesso è la nostra voglia di continuare ad andare oltre, non importa quanto oltre si sia già andati. C'è sempre un ulteriore oltre tuttora sconosciuto, tuttora invisibile ai nostri occhi. Quell'oltre è coperto, celato dietro le tante maschere che ci siamo creati vivendo, dietro le maschere con le quali ci siamo riparati dagli sguardi indiscreti, subdoli, dalla curiosità maliziosa e a volte maligna, quelle maschere che ci hanno fatto scudo dalle falsità, quelle maschere che ci hanno permesso di avere momenti di invisibilità e poter godere dell'esistenza visibile solo a noi stessi di noi stessi.

Colori? Sì, coloro

"Colori?" mi chiesero.
"Sì, coloro" risposi.
Ma coloro che chiesero non capirono.
Chi usa i colori, chi colora, capisce e sa dipingere la vita, ne fa un quadro.
Che bella che sei! O che bello che sei! Chi sei? Con tutti quei colori mi confondi. Sai, ho una visione monocromatica, sono capace di distinguere mille toni di grigio, dal grigio grigio, dal più grigio, quasi nero al meno grigio, meno meno grigio, quasi bianco. Cinquanta sfumature sono per me una banalità, ma non la storia narrata, solo le sfumature. Vedo tutto grigio e, si sa, il grigio va su tutto. Ma che noia. Attorno a me solo persone grigie. Per riconoscerle, affinché io le riconosca, devono essere grigie e muoversi grigiamente nel grigiore della quotidianità. Al di fuori, al di là del grigio non vedo e non conosco. Per questo mi circondo di grigio e nel grigio vivo. Pure la neve che cade attorno a me diventa grigia, lo diventa al mio passaggio, lo diventa quando la guardo. Qualsiasi cosa guardi o tocchi diventa grigia. Un misto tra le occhiate pietrificatrici o pietrificanti di Medusa e il prezioso tocco di Mida. Infatti, gli amici mi chiamano Midusa. Amici? Sì, insomma, chi mi conosce. E sono in tanti e li riconosco da come vivono, come si vestono, come si atteggiano. Dicevo, il grigio va su tutto e vestendosi di grigio, vivendo una vita grigia, comportandosi da persone grigie non si sbaglia mai: sempre eleganti, sempre al nostro posto, sempre educate. Ma sempre tutte uguali. Sempre anonime. Non urliamo mai. Mai visto una persona grigia mettersi un dito nel naso o sentito fare un rutto. Sì, gli individui grigi bevono, bevono tanto per evadere dal loro grigiore, si ubriacano. E cosa bevono? Indovinate: pinot grigio. E, quindi, anche da ubriachi, nessun eccesso, sempre nei limiti delle varie tonalità di

grigio. Che agli estremi della gamma si avvicina molto da una parte al bianco e all'altro estremo al nero, ma senza mai avere quell'ardire, quel coraggio di essere tutto bianco, completamente bianco né tutto nero, completamente nero. Le persone grigie non osano passare per paura o per pigrizia, non so, comunque non osano attraversare, oltrepassare il confine del loro anonimo, confortante grigiore, dove si è tutti uguali a tutti. E se tutti siamo uguali a tutti siamo forti, siamo uniti, siamo un ammasso grigio, una massa grigia. Ma non una massa critica, semplicemente solo grigia. Ed essendo tutti uguali, tutti uniformi nelle nostre uniformi grigie possiamo fare ciò che vogliamo, ciò che ci aggrada tanto nessuno ci riconosce. Possiamo fare le più schifose nefandezze che non verremo mai scoperti perché coperti da quella patina grigia che rende tutto e tutti uniformi, indistinguibili, irriconoscibili. Dei perfetti delinquenti e delle perfette spie. Senza sentimenti né emozioni.
Io sono conforme, tu sei conforme, la massa è conforme. Anzi no, è con forma. Meglio e giusto usare il singolare: forma. Forme potrebbe dar da pensare che esistano delle varianti, ma non è il caso di creare confusione. Uniformità come unica forma di esistenza; esiste solo una forma e quella forma di un colore solo, mi ripeto, il grigio sebben in varie tonalità. Ecco come vi distinguo, dai toni, dalle tonalità: tonalità della voce, tonalità del movimento, del rumore cadenzato del passo. Ma non dai nomi; vi chiamate tutti Toni. Chiamo "Toni" e vi girate in mille, in altri mille accorrete. Toni uomini e Toni donne. L'uniformità, il conforme ha cancellato anche le forme di genere che non ha più forme distinguibili e ha cancellato pure le formalità. E insieme alle formalità è sparita l'educazione nella sua forma educativa ed è venuto meno il protocollo nella sua forma rituale e solenne. Giorni fa il fato mi fece un regalo donandomi un incontro informale con un daltonico. Essendo informale, senza forma, non sapevo che fare, come comportarmi. Al di fuori del grigio ero perso. Infatti su

di lui non potei esercitare il mio grigio potere da "eminenza grigia", come fece *Le Clerc du Tramblay* ai tempi di *Richelieu*. Il difetto genetico del daltonico che il caso mi fece incontrare lo metteva al riparo dal mio sguardo e dal mio tocco. Era un daltonico particolare: non distingueva il grigio, proprio non lo vedeva, neppure sapeva della sua esistenza. E, pur da buon daltonico non distinguendo il rosso e il verde, il suo intelligente e allenato spettro cromatico lo aveva fornito dell'abilità di mischiare tutti i colori e di vederne e crearne di nuovi, al di là della normale visione umana, oltre gli ultravioletti e oltre gli infrarossi. Fu lui, quel daltonico, che alterò la mia percezione cromatica. I colori mi si mischiarono negli occhi. La mia mente divenne una tavolozza dove il pennello dei pensieri dava furiose, deliranti pennellate a casaccio. Il volto della persona che mi stava di fronte incominciò a colorarsi e su quel viso, insieme ai colori, incominciarono a trasparire le emozioni, a manifestarsi i sentimenti. Mi spaventai, non avendo mai visto nulla di simile prima. Il pennello continuava a intingersi nei colori e a dare forma a quel viso. Ne venne un volto bizzarro, dall'anatomia scombinata, ma dai colori meravigliosi. I colori davano armonia al volto disordinato e ogni particolare del viso, quale bocca, naso, occhi, sia per la sua forma sia per il suo colore, aggiungeva bellezza alla composizione di quello strano, strampalato volto. Un volto anomalo, un volto che ricordava il cubismo o la fanciullezza di un disegno di una mente sgombra di pensieri, di preconcetti, di pregiudizi. Me ne innamorai. Lo strinsi a me e leccai i suoi colori dal suo volto. Li inghiottii e mano a mano che entravano in me mi coloravo e sentivo nascere e crescere i colori della vita. Ne avevo visto il volto, bizzarro, strano, sconosciuto e ne avevo assorbito la bellezza e l'armonia creata dalla diversità, dall'estro, dai colori delle emozioni, dei sentimenti. Avevo visto la vita.

Slancio vitale

Uno slancio. Slancio nella vita. Lancio oltre la mia vita. Oltre? Oltre cosa? Quell'oltre non è cosa. Oltre non è toccabile e non si tocca. Oltre non esiste perché è oltre tutto e al di là di quel tutto c'è l'aldilà. Oltretutto, l'oltre tutto giustifica sempre il tutto e anche l'oltre, ma siccome quell'oltre, essendo oltre, nessuno l'ha mai visto; non v'è oltre se non quello che ora viviamo.

E che dire dell'aldilà? Detto anche oltretomba. Ve ne faccio una breve, succinta, succulenta descrizione. L'oltretomba: scappai dalla bara o sarcofago o pietra tombale o buca sepolcrale o sepolcro seppellito e mi apparve l'oltretomba. Lo immaginavo oscuro, buio, tetro e silenzioso. Invece era scoppiettante, vivace, colorato con i colori caldi dei suoi fuochi brucianti, ma anche riscaldanti e illuminanti. Ero tornato, bruciandomi, consumandomi, al fuoco oltretombale, agli albori dell'umanità: la scoperta del fuoco. Il fuoco scalda, illumina, protegge dai nemici, è un'arma, allontana le belve. E nutre igienicamente. Uccide i parassiti, i microbi, virus e batteri che si annidano nella carne, nelle viscere, nei corpi degli animali uccisi; animali come nemici, animali come nutrimento, nemici come nutrimento. Il fuoco ci regala ricchezza e prestigio. Il fuoco ci spaventa, ci fornisce di timore verso chi lo governa. Temiamo il fuoco e lo amiamo. Il fuoco ci scotta, ci uccide, ci ustiona, ma ci è amico. Il fuoco amico. Ci permette di vivere nel freddo. Il fuoco sterilizza, ci rende sani, ci igienizza. Il fuoco è igienico. E brucio. Ardo. Ardente è il mio desiderio. Mi consumo e mi nutro nel fuoco e del fuoco. Passione. Il fuoco è passione. Prima della scoperta del fuoco non esisteva la passione, si pativa senza passione.

Si pativa solamente. Quale *pathos* ardeva? Quale ardore spingeva l'essere umano a evolvere, a conoscere, a capire, a comprendere,

a governare, a governarsi per non più uccidere, per più non offendere prima della scoperta del fuoco? Forse il patimento della sua condizione umana. O forse fu la separazione di *eros* da *pathos* o il voler allontanare *thanatos* da *eros* sì da non patir d'amore e neppure d'amor morire.
Eroico ed erotico fu il processo evolutivo di *eros*, tant'è che tutt'oggi taluni tra noi vengono ancor eroticamente e con orgoglioso, amorevole e amante vezzo battezzati *Eros*. Ma *eros* richiede *pathos* per essere vissuto intensamente e sconfiggere *thanatos*. Un gioco che tuttora e tutt'oggi continua, dove a essere sconfitta è la stessa umanità, a essere sconfitto non è l'uomo primitivo, quello della scoperta del fuoco, ma l'uomo moderno, ancor più primitivo del suo antenato. *Eros*, *pathos*, *thanatos* sono stati sconfitti da *piros*.
Confido, comunque, nella flessibilità della mente quale capacità di lanciarsi e superare il baratro dell'ignoranza e portare con sé l'acquisita conoscenza quale molla che ci permetterà di arrestare l'attuale involuzione e sperare nella non estinzione.

La libertà è assenza

Mezzo addormentato e mezzo sveglio. Il problema è che non so quale metà di me sia mezza addormentata e quale sia mezza sveglia. Mi pizzico ma nulla sento. Forse ho pizzicato la metà addormentata. Non posso andare avanti così. Ogni giorno pizzicarmi per svegliarmi. Pizzicarmi, una tortura. Pizzicarmi: carmi stonati che mi rimbombano in testa come armi che cantano ritornelli allegri di tempi spensierati; ritornelli che ormai più ritorneranno. Anno dopo anno, come uccelli migranti che ritornano, si ripetono quei gioviali ritornelli; giocosi stornelli romani che volano nell'aere con alate rime musicali. L'eco del loro sbatter d'ali ancor aleggia nell'aria ormai fredda dell'inverno che diventa ogni giorno più profondo. Con l'avanzare del freddo tacciono i rumori, si spaventano i colori e abbandonano la realtà. Il mondo diventa muto, sordo e nero. In quell'assenza di suoni, di parole e colori, con coraggio scende la calma. Fiocco dopo fiocco, piccola forma cristallizzata, eroica sfida al frastuono frenetico delle attività umane, il primo fiocco scende lento, quasi pauroso, sembra, ondulando, cercare il punto dove accomodarsi. Alla fine si decide: si deposita sul mondo. Al primo fiocco ne segue un altro, un altro ancora e ancora un altro. Il bianco mi sommerge. Un bianco delicato, non abbagliante, un bianco gentile, freddo nella sua calma e nella tranquillità che diffonde; e calmo e caldo nel mio cuore lo accolgo.

Calmo e caldo. Freddo e neve. Neve, fiocco dopo fiocco, col suo bianco, con la sua capacità di avere mille forme e ridarmi tutti i colori splendenti racchiusi nel suo bianco lucore mi ha calmato e riscaldato. Avevo bisogno di pace e silenzio. Avevo bisogno che tacessero tutte le voci della coscienza, non solo la mia coscienza, ma la coscienza universale; avevo bisogno di assenza. Di restare solo, non solo con me stesso, proprio solo, essere assente. Ripeto:

avevo bisogno di assenza per riuscire a vedere, a sentire la realtà invisibile che mi circondava. La realtà invisibile che, essendoci immerso, non potevo vedere. Assentandomi, uscendo dalla realtà invisibile diventavo visibile, mi vedevo e vedevo la realtà che avevo dentro. Era fantastica. Mi dovetti sedere per gustarmi il momento. Assaporavo l'assenza, la dissolvenza della realtà invisibile, la sparizione della sua invisibilità. Assaporavo la libertà.
Un pizzicotto più forte svegliò del tutto la mia metà già un po' sveglia. Guardai l'altra metà che ancora sonnecchiava e, nel mezzo sonno, sorrideva. Pensai: "Beata lei che è ancora nel mondo dell'assenza, della libertà, della libertà di sognare liberamente, senza vincoli".
Solo l'assenza riesce a dare la libertà.
L'osservazione di un esperimento ne pregiudica il suo esito.

Camminare col tempo

Per non fare rumore camminavo in punta di piedi, adagio adagio, un passo dopo l'altro, lentamente. Però non era vero. Non era vero che camminavo in punta di piedi. Quando non si vuole fare rumore si cammina diversamente: prima il calcagno, il calcaneo o, più bello da pronunciare, da sentire, il tallone, poi poco alla volta, sempre lentamente e dolcemente il tarso, quindi il metatarso e infine le falangi. Un passo era fatto. Ora toccava all'altro piede eseguire lo stesso armonioso e avanzante balletto. Le gambe e la mente guidavano sapientemente l'equilibrio dei passi, sempre uno avanti all'altro. È così che si cammina nella vita, anche se a volte bisogna sostare immobili a gambe larghe, i piedi ben piantati a terra, non uno avanti all'altro, ma paralleli e giustamente distanziati. Vi sono occasioni nelle quali bisogna fare un passo indietro. Camminare all'indietro non è da tutti, non tutti vi riescono. Bisogna voltare la testa anche lei all'indietro, guardare indietro da dove si era venuti e riconoscere il cammino percorso. Chi non riesce a fare questo, guardare indietro e riconoscere il proprio cammino, non potrà mai avanzare in modo sicuro. Guardare indietro è importante per riconoscersi ed eventualmente ritornare sui propri passi per cambiare, se è il caso, direzione.

Avanzavo così, passo dopo passo, ogni minuto un passo, ogni passo un tempo che trascorreva. Mi fermavo ma il tempo non si fermava con me, lui continuava a fluire. Fermandomi non fermavo il tempo. Tanto valeva camminare pur sapendo che sebbene camminassi verso la conoscenza avanzavo anche verso il nulla. Ma com'era dolce, confortante e appagante addentrarmi nella conoscenza. Ogni passo, ogni avanzamento in quel mondo sconosciuto mi restituiva gioia e benessere. Mi accorsi che mi restituiva anche tempo. Ma come? In che modo la conoscenza mi regalava tempo? Mi donava tempo grazie alla sua infinità, alla sua vastità, alle sue mille strade da percorrere, da conoscere. Ogni passo nel conoscere, nell'apprendere, nel capire mi faceva rinascere, mi dava vita nuova e con essa nuovi pensieri che a loro volta ne generavano altri. Una generazione continua, una costante, vitalizzante, vivace rinascita. Ora, invece di camminare, ora si che usavo le punte dei piedi. Le utilizzavo per ballare: ballavo sulle punte. Era una danza sapiente, che seguiva il ritmo della vita, il ritmo del tempo. A volte andavo anche fuori tempo, lo anticipavo, viaggiavo nel futuro. Il tempo, divertito, mi guardava e mi lasciava fare. Quei momenti, quegli sprazzi di futuro erano rigeneranti, vivevo due volte. Poi il tempo mi raggiungeva, mi guardava, vedeva quella ruga in più che era nata sul mio viso, era una ruga di sorriso, di soddisfazione di aver conosciuto qualche cosa in più che avevo visto nel futuro, che c'era oltre il presente. Un balletto continuo con il tempo: un, due, tre, quattro e un due, tre, quattro. Ci avvicinavamo, il tempo e io, ci abbracciavamo, mi faceva piroettare su una gamba, le nostre gambe si incrociavano in un sensuale, erotico tango. Non ci separavamo mai, in quella danza senza fine sempre mi teneva la mano, sia quando coi ricordi danzavo nel passato sia quando con la conoscenza facevo una sortita nel futuro, e pure nel presente, il tempo era sempre presente, sempre lì con me, al mio fianco, mano nella mano, abbracciati, le nostre gambe avvinghiate. Sentivo il suo calore e lui il mio; a volte troppo calore, il mio. Era febbre di sapere, di conoscere. Lui, saggiamente mi diceva: "Calma. Non aver fretta". E io così feci: diedi tempo al tempo. Che momenti ho passato con lui! Li ricordo tutti. E per meglio ricordarmeli ho fatto come lui mi ha insegnato: li ho scritti, li ho scritti nella memoria. Li ho scritti con lui, mentre ballavamo. Ogni minuto con lui una parola, poi una frase, poi una pagina. Alla fine della giornata avevamo scritto una decina di pagine. Giorno dopo giorno,

passo dopo passo, danza dopo danza abbiamo scritto insieme il libro della nostra vita. Uniti da un cordone ombelicale che nutriva e manteneva in vita entrambi: lui, il tempo, mi lasciava vivere e concedendomi questo privilegio di vivere mi dava la possibilità di conoscere; io gli restituivo il favore facendogli conoscere la mia vita, portandolo con me nel mio passato, nei miei ricordi, non maltrattandolo, ma volendogli bene nel presente, e pensandolo al mio fianco nel futuro, nelle mie esplorazioni.
Il tempo mi aveva dato un nome, anzi un soprannome, mi chiamava "l'uomo che si muove a tempo". Non mi era più difficile per danzare, per muovermi a tempo, scegliere la musica giusta per camminare col tempo.

Fantastico caos

Avrei voluto scrivere altre parole, un altro testo. Sotto queste parole, sotto questo testo c'è il vero scritto, le vere parole che nascono dentro me. Quel testo non l'ho scritto in quanto ne avreste avuto paura nel leggerlo, ma non così tanta quanta ne avrei avuta io nello scriverlo. Per questo, per questo timore non l'ho scritto, per non spaventarvi e non spaventare me stesso. Ma quelle parole, quel testo, quelle pagine le ho con me, le conservo nella mia memoria, nella mia mente. So che quando troverò il coraggio di scriverle smetterò di scrivere. Smettendo di scrivere cesserò anche di pensarvi e allora me le dimenticherò; dimenticherò quelle parole che mi hanno fatto smettere di scrivere e con l'oblio delle parole, con la dimenticanza di ciò che avrei voluto scrivere sparirà la paura delle parole e del loro infinito significato. E allora, a quel punto, in quel preciso momento dello svanire della paura, ritornerà la voglia di narrare e sarò costretto a scrivere di nuovo, questa volta senza timore di spaventarmi di me stesso, dei miei pensieri. Non avrò più bisogno di dimenticare, non avrò la necessità dell'oblio per scrivere ciò che la mia mente pensa e che io voglio scrivere. Non avrò più timore del caos, della confusione che fin dalla nascita erano nella mia testa e che turbinavano disordinatamente ogni giorno della mia vita. Caos e confusione mi sono stati necessari per vedere tutto. Tutto gira e tutto mi girava nella mente e mi gira e mi girava la testa; passava davanti ai miei occhi, gli occhi della mente, passava il mondo, passavano l'infinito e l'universo. Passavano luci, stelle, buio, oscurità. Vortici di pianeti, soli, nuvole, montagne, mari, fiumi, orizzonti apparivano e scomparivano. Magie della fantasia, del fantastico. Il fantastico del caos, della confusione mi affascinava, mi meravigliava. Rimanevo incantato a guardare le immagini che la mia mente disegnava, creava nella libertà del caos.

Quelle immagini erano i miei pensieri che finalmente riuscivo a vedere; pensieri che si rivelavano, si mostravano senza timore, senza vergogna. Quante volte il raziocinio, il pragmatismo ha bloccato il fantasticare e annullato la capacità della mente di immaginare! Finalmente il caos libero di vagare disordinatamente e la fantasia libera di fantasticare hanno liberato i fantasmi che erano intrappolati nella gabbia delle convenzioni, nei limiti dell'assenza di estro e mi hanno permesso di entrare nel disordinato, nascosto e sconosciuto mondo del mio "essere". Non l'avevo mai fatto, ne avevo paura. Forse ero timido, mancavo di conoscenza, mancavo di coraggio, quello che serve per l'esplorazione, per andare oltre il limite, per aprire la porta dietro la quale sentivo rumori, suoni non conosciuti; mancavo di valore, non avevo l'audacia di osservare il lavoro della mia mente.
I fantasmi, i miei fantasmi, ora liberi, mi circondarono, mi avvolsero nei loro teli bianchi e mi fecero volare nel caos. Arrivati nel caos mi tolsero gli avvolgenti bianchi teli e me lo fecero vedere quel caos e conoscere. Era come lo immaginavo. C'era tutto, tutto il disordine che avevo dentro, che mi ero sempre immaginato. Tutto era lì, a portata di vista, a portata di immagini, a portata di fantasia. C'era luce e buio, calma e confusione, silenzio e frastuono, c'era il bianco e il nero, c'erano i colori, c'erano gli oceani e c'erano i monti, c'erano i fiumi e le cascate. C'erano tutti, tutti i contrasti, le contraddizioni del mondo e della vita. C'era la tesi e l'antitesi, c'era l'opposto che si opponeva e l'accordo che armonizzava. Tutto era lì, davanti ai miei occhi. Il caos, che meraviglia! Che emozione vedere il caos! Il coraggio, l'audacia mi avevano premiato rivelandomi il mio caos, quello di cui avevo paura.
Ho fatto bene a dimenticare quelle parole che non volevo scrivere, a non più pensarvi, a perdere la memoria del significato preciso e allo stesso tempo infinito delle parole. Questo mi ha permesso di

non aver paura del caos della mia mente, di entrarvi e di conoscere i miei contrastanti pensieri, le mie lotte interne, quelle che mi facevano star male senza ne conoscessi l'esistenza. Ho fatto bene a scrivere del caos, del disordine, della confusione. Senza loro non potrei scrivere né vivere. Li ringrazio per darmi la possibilità, la capacità di creare pensieri, generare emozioni e fornire la fantasia che dà libertà alla vita.

Che bel viso!

Non posso rimanere indifferente a un viso. Non importa la bellezza o la ruvidità dei tratti. Quel viso mi parla. Io lo ascolto. Quel viso mi chiama, io sento. Guardo. Cammino e guardo la gente, guardo le persone; ho bisogno d'osservare, l'osservazione mi aiuta a comprendere, a vivere. La comprensione è vita. Vorrei vivere senza comprendere per vivere felice. La felicità mi fa paura; nella felicità commetto le sciocchezze perché penso, con orgoglio, che quello stato d'animo sia quello che mi merito. Divento esuberante, esagero, vado oltre, oltre la felicità. Entro nell'estasi. Quante volte sono entrato nell'estasi, estasiato della sua bellezza, della sua pace, tranquillità. Quando entro nell'estasi non voglio più uscirne. Nella bellezza dell'estasi mi si scoprono i nervi, divento senso, puro senso. Sento la bellezza che mi attrae, la pace che mi acquieta, la tranquillità che mi rasserena. Difficile uscire dell'estasi. Come un Eden, paradiso terrestre. E allora mangio una mela e ritorno nel mondo reale e guardo in faccia la realtà fatta di mille volti. Persone che scorrono veloci nelle vie del mondo, nelle vie del tempo. Ognuna con la sua faccia da osservare. Perché non si può rimanere indifferenti a un volto.
Li guardo, li osservo. Metto un accento: lì. Li guardo lì, sì proprio lì, dove prima, quando li vidi di primo mattino, quei volti erano distesi. Ora lì, su quel volto, è comparsa una ruga. Sarà preoccupazione? Stanchezza? Una ruga di sorriso? Di soddisfazione? È una ruga colorata o una ruga in bianco e nero? È una ruga che parla o è muta? Vergognosa di farsi vedere? Si nasconde?
È una ruga di tempo, tempo trascorso, una ruga di vita, vitale ché senza tempo non sarebbe nata, non avrebbe fatto la sua apparizione sul viso, non importa che viso: bello, brutto, pensante, felice,

estasiato. La ruga è comparsa indipendentemente dal proprietario del viso.
La ruga è la cicatrice della ferita guarita del tempo, del mio tempo, del tempo che io ho vissuto. La ruga è mia amica e dice, parla, narra la mia storia di vita; mi permette di farmi conoscere alle altre persone. La ruga racconta di me, dei miei ricordi e mi rammenta i ricordi che mi sono dimenticato. La ruga sono io, nelle sue pieghe c'è la mia storia, la storia della mia vita. Più rughe ho più storie ho da narrare, più vita ho da raccontare. Ho rughe che hanno vent'anni, altre le avevo da piccolo, da neonato. Sono le amiche più fedeli. Già allora indicavano di che pasta ero fatto. Le famose rughe d'espressione. Non parlavo, mi esprimevo a rughe. Poi imparai a parlare. E da allora mi zittii. Che bisogno c'era di parlare quando potevo esprimere il mio pensiero attraverso le rughe d'espressione. Zitto! Mi zittii per sempre.
Ora guardo, osservo. Mi ritengo fortunato di non poter parlare e di riuscire a esprimermi con le *facies*. Non desidero essere capito, non voglio essere compreso da tutti. Per questo cerco di disorientare chi incontro, per chi vuole leggermi in viso, come una pagina di libro, scritto nero su bianco, per questa ragione, solo per questo motivo dipingo le mie labbra di rosso così d'attirare l'attenzione sulla bocca che non ha bisogno di voce per farsi capire. Il mio viso ha una voce più potente della sola bocca.
Ogni viso ha una voce stentorea e armonica, una voce musicale, una voce che esce da un quadro da guardare e da ascoltare attentamente per capirne la bellezza che il tempo, la vita hanno dipinto su quel volto.

Prosaico flusso prosodiaco

Scisso scisma scissione. Scisso scisso scisso, scisma ancora scisma, scisso scissione fusione, atomo, tomo tagliato, atomo non tagliato, a-tomo privo di “a” e TAC tomografico taglio, taglio diagnostico, ferita, crosta, vulcano, vulcano curativo, ancora crosta, sciogliersi di lava, lavarsi igiene cura, caldo, se mi curi sento caldo, non più freddo. Caldo molto caldo troppo caldo troppa cura molta lava, caldo caldo caldo. Vulcani, scoppi, baum baum boum boum, boanti boum, baum albero che cade, il suo rumore, Tannenbaum: alberi di Natale cadono, baum, cadono per i troppi addobbi. Sono troppo ricchi. Cadono cadono cadono blum blum blum; ancora blum, blum, cadono anche i fiori sia naturali sia finti, plastica, protesi inodori di finta bellezza, beltà senza sapore.

Ho sciolto i miei pensieri in questo scioglilingua lavico per lavarmi la testa e levarmi dalla testa un atomo che avrebbe potuto scoppiare da un momento all’altro. Bastava premere nel momento sbagliato il pulsante sbagliato. E dall’atomo, quell’atomo forte, unito, civile, domato, docile e quasi amico si sarebbe sprigionata tutta l’utile potenza e la sua forza si sarebbe trasformata in violenza inutile, distruttrice violenza. È bastato togliere una piccola, ma molto significativa “a”, togliergli, privarlo della sua testa, del suo inizio, privarlo della sua “a” privativa, quella “a” che lo teneva insieme, lo manteneva primitivo, assecondato a noi, esseri parzialmente evoluti che ci portiamo ancora ben dentro e protetto nei geni l’istinto e il comportamento del Cro-Magnon, gli abbiamo tolto la sua “a” e l’atomo si è tagliato, scisso e ci è scoppiato in mano. Abbiamo perso le mani e la testa, siamo diventati acefali. E che possiamo fare senza mani e senza testa? Ci manca tutto. Non abbiamo più occhi; privati della vista. Non abbiamo più orecchie; privati dell’udito. Non abbiamo più il naso; privati

dell'odorato. Non abbiamo più la lingua; privati del gusto. E non avendo più neppure le mani siamo anche privati del tatto. Non abbiamo più i sensi. Noi stessi non abbiamo più senso, nessun senso di esistere, nessuno senso per esistere, per resistere alla non esistenza. E questo è un bene, così almeno non soffriamo per ciò che abbiamo fatto con le nostre bombe. Anche il senso di colpa sta scomparendo, se ne va, svanisce poco a poco, lo scoppio di ogni bomba che gettiamo, che scagliamo ci assorda sempre più e sempre più allontana da noi quella coscienza fastidiosa, nauseante del senso di colpa. D'altronde la bomba ha colpito nel segno, è una bomba intelligente: ha colpito il senso di colpa. Che intelligente che è la bomba! Che intelligenza che ha la bomba! Sembra sia essere ancora più intelligente da chi è stata pensata e costruita: Cro-Magnon super evoluti.
Ora mi ritrovo senza mani e senza testa. E siamo in tanti, soprattutto senza testa. Anche chi ha ancora le mani non ha più testa e tanti di loro non l'hanno mai avuta, ma non se ne sono mai accorti. Comunque, lascio stare gli altri, è meglio che pensi a me stesso. Sono senza sensi. Sono in un limbo sensoriale, non reagisco più a nessuno stimolo ordinario, convenzionale. Sempre sveglio, le sensazioni di sonno, di stanchezza mi sono estranee. Ma la mia è una veglia inutile. Non soffro neppure più perché più non so cosa sia la sofferenza. Non so più cosa sia il bene e cosa sia il male. Ma essendo ridotto a essere senza sensi non mi serve sapere né del male né del bene. Sono innocuo, più che innocuo sono neutro. Le bombe mi hanno fatto scoppiare pure i ricordi; ora sono frantumati, sparpagliati come pezzi di un puzzle nella mia testa che non ho più. Però ho le gambe. Quelle me le sono conservate. Inizio a camminare. Dove? Non mi è dato sapere non avendo né testa né conoscenza. Inizio a camminare. Il camminare è sempre utile. Lo dice anche l'OMS. Cammino, vago, erro ma non sbaglio. Vago,

sono vago, rimango vago, non sono preciso, non posso esserlo, non ho una meta precisa e neppure imprecisa. Non ho nemmeno una meta. Vago, a molti può sembrare che vagheggi, ma no, vago solamente, vago viaggiando con le mie gambe.
Mi rendo conto che sono radioattivo. La bomba mi ha reso radioattivo. Sono diventato luminescente nel buio della distruzione. Sono diventato pure magnetico. La bomba mi ha magnetizzato. Illumino e attiro. Mi vedono. I primi che mi vedono sono i ricordi; saltellando mi raggiungono ma non avendo più testa non sanno dove posizionarsi. Mi si aggrappano alle gambe. Poi sono le dita che mi scorgono; prima di tutte le altre dita mi scorgono gli indici che mi additano e mi indicano alle altre dita. Camminando lievemente, delicatamente sulle dita mi raggiungono, con le dita, pure le mani, risalgono lungo le gambe, si afferrano ai polsi e si sistemano. Le sento ticchettare sul mio torace in un alfabeto tattile: "per fortuna non ha la testa altrimenti, con tutto quello che è successo, si metterebbe le mani tra i capelli". Sorrido. Continuo a camminare. Inciampo. Ora, avendo le mani, prendo i detriti che ostacolano il mio cammino e li sposto. Sotto alcuni di loro compaiono gli altri miei pezzi: occhi, naso, lingua, orecchie. Mi riconoscono, mi saltano addosso felici. Cercano la testa. Non la trovano, non la trovano perché non ce l'ho. Si mettono sulle spalle. Lingua e orecchie sulla spalla sinistra, naso e occhi su quella destra. La lingua, sempre dispettosa e inopportuna, incomincia a parlare e mi chiede dove sia il cervello. A sentire quella domanda, le dita si ficcano, come tappi, nelle orecchie così che non sentano; le dita stavano sbagliando, stavano per ficcarsi su per il naso, dita ribelli; gli occhi piangono dal ridere; si storce il naso. La lingua capisce e si tace. Nessuno vuol più sentir parlare del cervello, più che altro nessuno vuol più sentire il cervello, né sapere dove sia, che fine ha fatto, neppure nominarlo, il cervello. Saggi i sensi. Sanno

che è quello lì, il cervello, quello che ha creato la bomba, che ha tentato di distruggermi, di distruggerli, di distruggerci. Ci ha divisi, allontanati, tagliati, tagliati i legami con i sensi, ci ha disuniti. Ma non aveva previsto gli effetti secondari. La sua primaria importanza era l'annientamento. E noi, dal nulla, dall'annientamento, dal niente siamo rinati. La distruzione, la difficoltà ci ha resi più forti, ci siamo ricompattati, abbiamo ricostruito e quel cervello non lo abbiamo voluto con noi, non lo abbiamo più accolto. Era un brutto cervello, un cervello che alterava e voleva distruggere i sensi e creare poi degli automi, dei nuovi esseri, automi non autonomi, a(u)tomi controllati, a(u)tomi col pulsante sbagliato, quello che fa scoppiare, esplodere.
Mi chiederete: "e i ricordi che fine hanno fatto? Dove sono ora che non c'è più il cervello?"
I ricordi sono nei sensi e vivono, prendono vita da e con loro, e restituiscono loro, ai sensi, la vita. Si è creata l'armonia! Sensi, ricordi, essere. Sensi ricordi essere. Essere sensi, essere ricordi, essere.
Il cervello timidamente si avvicinò. Non aveva nulla del cervello primordiale, era senza imprinting. La bomba aveva dissolto, liquefatto i suoi pensieri che se ne erano usciti come cremisi crema di lavico sangue dalla ferita alla testa provocata dalla bomba. Il cervello, ormai senza più ricordi, fu accolto e cullato, come un neonato, un nuovo membro del sodalizio che diede origine a una nuova specie: si passò da *Homo sapiens sapiens* a *Homo humanis*. Pochi se ne accorsero. Solo l'Evoluzione comprese, ma tenne per sé la scoperta e si rintanò, per ripararsi dalle bombe, nelle grotte divertendosi a disegnare animali e ominidi immaginari sulle pareti di pietra fredda.
N.d.A.
Tomo = etimologicamente "tagliare";

TAC, tomografia assiale computerizzata;
Baum = albero, in tedesco;
Tannenbaum = albero di Natale, in tedesco;
Blum = fiore, in tedesco;
Humanis = civile, equo, in latino.

Che spettacolo il teatro

Uscii di senno ed entrai in scena. Vivace e vitalizzante esperienza di vita.
— Quale? Uscire di senno o entrare in scena?
— Entrambe.
— E quando avvennero?
— Quando nacqui. Uscii quel giorno, non di senno, ma uscii. Di senno uscii poi, col senno di poi. In scena entrai subito.
Ero un po' ritroso, spaventato. Il teatro era colmo dalla prima all'ultima fila. Avevo già spiato dal pertugio del sipario roseo rosso che lasciava filtrare la luce bianca e fredda dei riflettori delle lampade scialitiche orientate verso il punto dove ci si aspettava dovesse comparire il mio viso. Quelle persone impazienti di vedermi, persone frementi, i loro occhi che giravano in continuazione, si agitavano nelle loro orbite come satelliti orbitanti attorno al centro di gravità che ero io. In me sentivo la gravità del momento, la serietà dell'evento: l'entrata in scena nel più spettacoloso e spettacolare spettacolo teatrale tragicomico mai messo al mondo: la mia vita.
Fui messo al mondo. Nacqui così, con lo spavento, con la paura, con il timore della prima rappresentazione, della prima volta, l'apprensione di dimenticarmi la parte, le battute, il ritmo della recitazione. Eppure avevo avuto ben nove mesi per leggere il copione e studiare la parte e immedesimarmi nel personaggio che la regista, Vita Mea, mi aveva assegnato. "Pazienza" mi dissi, "vada come vada, come deve andare e dove deve andare". Improvviserò. E balzai fuori, balzai fuori con un urlo, a mo' di samurai: BANZAI! Ossia EVVIVA! Nessuno si spaventò di quell'urlo. A me quell'urlo permise di vincere la paura, anzi di stravincere. Mi si sbloccarono i sensi: vista, udito, tatto, odorato, gusto. Vedevo il pubblico, il

mio pubblico, lo sentivo, ne apprezzavo il mormorio di sorpresa e di stupore alla mia vista, alla mia apparizione; odoravo, annusavo il profumo del pubblico delle grandi occasioni, si erano lavati e profumati per l'evento, per la rappresentazione; il pubblico lo sentivo, potevo quasi toccarlo, anzi lo toccavo e ne rimasi toccato, commosso dal loro calore nei miei confronti; e che gusto essere entrato in scena ed essere accolto così calorosamente. L'urlo mi diede anche la sensazione di poter avere un senso in più che, però, per meritarmelo dovevo coltivare e sviluppare il senso del ridicolo o, se preferite, per essere un po' meno ridicoli, il *sense of humour*, dell'ironia. E per dire, capire, comprendere il *sense of humour* dovetti andare a lezione e a ripetizione dai clown.

Mi posizionai sul palcoscenico dove la regista *Vita Mea* aveva fatto delle croci per indicare i posti nei quali dovevo sostare e il percorso dove potevo muovermi. La mia recita iniziò così: con delle croci. Potevo stare e spostarmi solo dove erano tracciate delle croci. Capite la sofferenza! In pratica mi aveva messo in croce. Io, l'attore unico dello spettacolo teatrale più spettacolare del mondo, io solo, solo nel mio *recital*, sì era un *recital*, e come ben sapete il *recital* è l'esibizione solistica dell'attore, io ero stato messo in croce dalla regista. Dovevo capirlo subito, dovevo aspettarmelo, il nome non inganna, nome profetico, *nomen omen: Vita Mea.* Incominciai a muovermi forsennatamente tra le croci. Ogni volta che mettevo un piede fuori dal percorso stabilito mi giungeva un rimprovero, uno strillo da *Vita Mea*. Mortificato ritornavo sui miei passi, anzi sui suoi passi, quelli di *Vita Mea*. Dopo un po' di urli e qualche bercio capii come dovevo comportarmi e seguii le istruzioni del copione. Altro che improvvisare! Era già tutto scritto, dall'inizio alla fine.

Guardai il pubblico, il mio pubblico. Fermai la mia camminata tra le croci e mi misi a osservare i volti delle persone, dalla prima all'ultima fila. Mi assomigliavano tutte, anzi ero io, sempre io. In ogni poltrona, dalla prima all'ultima fila, ero io. Tutte le poltrone erano occupate da me. In prima fila ero "io neonato", nelle file un poco più indietro "io adolescente", poi ancora più indietro "io giovane adulto", in seguito "io età adulta", quindi "io età adulta avanzata" per non dire vecchio o anziano. Per ultimo "io tarda età adulta". Non c'erano le file dell'età matura. Non c'erano perché non c'è un'età matura, non esiste. Però in fondo in fondo al teatro vidi l'ultima fila di spettatori, quasi nascosta, una fila di spettatori vecchi, vecchissimi, consunti dal tempo, spettatori spettrali. Erano proprio spettri. Cercai di osservarli. Mentre tutti gli altri spettatori erano composti, seri, loro, gli spettatori spettrali, sghignazzavano, sorrisi ironici, mano sulla bocca per non far vedere che ridevano, ma lo potevo capire dagli occhi, la loro ilarità usciva dai loro occhi. Loro mi guardavano e ridevano di me. Chi erano quegli spettri che si divertivano guardandomi? Chi erano quei fantasmi diafani, trasparenti, spettri viventi che si gustavano ancora lo spettacolo dello spettacolare teatro più bello del mondo? Guardai meglio, li osservai e li riconobbi: erano i giorni della mia vita. Scesi dal palco e passai di corsa davanti a tutti gli "io" più giovani, a quelli adulti, a quelli anziani senza guardarli, senza degnarli di uno sguardo e andai ad abbracciare i miei "io" spettrali, amici di una vita. Anche loro mi abbracciarono. Erano dei matti. Loro sì che mi facevano uscire di senno. Mi facevano ridere, piangere, disperarmi per poi consolarmi. Erano tutto per me. Dopo averli abbracciati, contento ritornai sul palco e mi presi l'ennesima strigliata da *Vita Mea*. Non ci feci caso e incominciai a camminare fuori dai percorsi assegnati, quelli segnati dalle croci. E iniziai a divertirmi. Improvvisavo e gli spettatori e pure gli SPETTRATTORI ridevano, si divertivano pure loro. Fu un successo inatteso anche per *Vita Mea* che da allora mi lasciò fare, mi lasciò andare dove volevo, senza mettere croci sul mio percorso. Mi liberai così delle croci, delle paure di sbagliare, di non ricordarmi le battute. Tutto divenne improvvisazione e lo spettacolo più bello del mondo, la Vita, si fece ancor più bello. Diventò la *pièce* teatrale più spettacolare che ognuno di noi può recitare se riesce a uscire dagli schemi segnati dalle croci imposte.

Non più bianco, non più nero

Non pensavo di potermi affezionare, voler bene, amare. Non pensavo di essere così diverso da te, così tanto diverso, talmente diverso per finire di assomigliarti. Non pensavo che il mio pensiero potesse essere un pensiero che ti pensava. Tutto questo non lo pensavo e non lo pensavo perché non conoscevo.
Vivevo solo di bianco e nero. Il bianco ero io ed ero anche il nero. Il bianco era il giorno, ciò che riuscivo a vedere quando vi era luce. E vedevo tutto bianco, candido, tutto risplendeva ed era, quel tutto, senza macchia, neppure una piccola opacità. Inquietante. Inquietante che non vi fosse neppure un'ombra con tutta quella luce. Ma forse era una luce talmente potente da attraversare i corpi e annullare le ombre. Tutto bianco, in quel biancore, in quell'abbagliante lucore non si distinguevano più gli oggetti. Poco male. Ma non distinguevo più neppure le persone. Questo mi faceva male. La confusione, il confondere le persone con gli oggetti, con le cose. Confondevo pure i nomi. "Come si chiama quello là, sì coso, quello là, quello strano. Come si chiama?" Lo chiamavo "coso". Il bianco era per me la luce, il vedere, il guardare, l'osservare e l'osservazione, e con il vedere si accompagnava il capire, il comprendere. Invece non era così. La luce, quella luce così forte, così intensa, così penetrante mi accecava. Il bianco ero io. Io cieco. Il nero mi affascinava. Il nero era il mistero, lo sconosciuto da esplorare, il fascino d'essere immerso nel nulla dove tutto può accadere. Il nero era il non vedere, non capire, non conoscere; il nero era il non potere. Non potevo distinguere le cose dalle persone, gli oggetti erano tutti uguali così come tutte uguali erano le persone. Non capivo se cozzavo contro un oggetto o se urtavo una persona. Ero confuso. Non sapevo dove andare, che direzione prendere. "Scusi, è questa la strada giusta?" Nessuno mi

rispondeva perché nessuno sapeva. Nel nero non si sa nulla. Si può solo supporre, cercare di indovinare. Tentativi, tentativi di vita. Il nero è tentazione, perché tutto è misterioso. Quello che era nascosto nella mia mente nel nero appariva, si manifestava; non aveva più vergogna, non aveva più bisogno di vestirsi di normalità, non doveva più comportarsi civilmente perché nel nero pur apparendo, pur manifestandosi non lo vedevo. Non vedevo il mio pensiero nascosto. Non mi vedevo, non mi capivo.

Il bianco mi rendeva cieco. Il nero non mi faceva capire. Erano, bianco e nero, complementari, si sostenevano a vicenda, si aiutavano. Un gran bel sodalizio, in contrasto solo in apparenza. Quando si dice che l'apparenza inganna! Ognuno a modo suo mi annullava attirandomi a sé con l'inganno: il bianco con la sua luce, con il suo candore; il nero con il suo mistero, con la voglia di esplorare lo sconosciuto.

Mi ribellai a questa visione in bianco e nero della vita; una vita di contrasti, di estremi, senza gradualità, senza il dolce fluire dei colori. Il bianco e il nero avevano creato il nulla, generato l'assenza, assenza di armonia della visione delle vicende della vita. La mia ribellione costò molto, costò molto a me stesso. Mi disgiunsi, mi deformai. Divenni asimmetrico: un occhio si situò più in basso dell'altro. Quest'anomalia mi permise di vedere diversamente e vedendo in modo differente anche di avere una diversa visione della realtà. Ora la mia realtà era finalmente in grado di vedere, vedere e nutrirsi dei colori, dei colori della vita, delle meraviglie della diversità delle persone, dei loro colori, della diversità dei loro pensieri, della loro cultura, del loro sapere. Riuscii a nutrirmi del diverso e a crescere. Mi affezionai al differente, mi integrai con le differenze del mondo.

Il viaggio dei sensi

— Non dirmi questo. Non farmi questo. Non voglio sentire. Non voglio vedere. Non toccarmi. Non venirmi neppure vicino. Non voglio sentire il tuo odore.

Con chi parlo? Parlo con me stesso, parlo con i miei sensi e cerco di non ascoltarli, di non sentirli. Difficilissimo. I sensi sono fatti per sentire, ci ammaliano, ci affascinano. I sensi sono fantasmi, fate e fattucchiere, gnomi e titani, giganti e nani. I sensi sono maghi e streghe, magici e stregati. I sensi trasportano, ci fanno viaggiare lontano; viaggiamo sui morbidi desideri dei setosi tappeti volanti. Siamo proiettati nel mondo delle mille e una notte, ma quelle mille notti non ci bastano e ne vogliamo altre mille, mille ancora, infinite volte mille notti. Sentiamo e ascoltiamo di nascosto un canto tiepido, avvolgente. È *Shaharazade* che narra. Quella voce, quel suono, il suono della sua voce lontana diventa il tappeto sul quale stiamo volando. Speranza. Speranza che non smetta di narrare; senza la sua voce, senza il suo canto il tappeto più non volerà. Precipiteremo nel mondo della realtà, dei sensi ingannevoli, quei sensi ammaestrati dai media, televisioni, radio, immagini, parole e suoni fasulli; oggi si dice *fake*, io dico *flake*: fiocchi sfaldati di verità, pezzetti amorfi di irriconoscibile realtà, puzzle di vita nel quale mancano le tessere essenziali per avere l'immagine completa. Quindi, voglio annullare i sensi che percepiscono, ascoltano l'ingannevole, manipolata realtà per abbandonarmi ai sensi del viaggio, del desiderio, delle fiabe. Voglio che *Shaharazade* continui cantare e a narrarmi le sue storie in modo che il tappeto continui a volare e mi porti lontano dove i sensi, i miei sensi possano sentire, sentire tutti insieme, un miscuglio odoroso di profumi, di note. Profumi che risvegliano i sensi, ridestano le note ammucchiate, cadute e ammassate ai piedi del

pentagramma della bellezza della vita.
Le note si scuotono, iniziano a muoversi. Il loro movimento crea, crea la musica, la musica sensuale dei sensi che sono ora liberi di sentire. Hanno viaggiato, sono andati lontano, in un luogo sconosciuto, in un mondo sconosciuto. Andando lontano si sono liberati dell'*imprinting* della realtà finta che li circondava, li circuiva, li addomesticava.
Ora sono sensi ribelli. Si ribellano a tutto, alla normalità, alle convenzioni, alla logica. Diventano desideri, sogni. La musica, quella dei sensi, li sfiora delicatamente, li accarezza e li bacia morbidamente. "Ti accarezzo", "ti bacio" dicono, danzando, le note del pentagramma della sensuale musica dei miei sensi.

Il buco e il vuoto

— Ciao. Chi sei tu? Ti vedo sempre, ma non so chi sei.
— Io sono il Vuoto. Per forza mi vedi sempre, sono ovunque. E tu, chi sei?
— Io sono il Buco. Ma perché mi chiedi chi sono? Non mi riconosci? Anch'io sono in tanti posti e sebbene sia vero che ho tante forme, Buco rimango.
— Ok! Non t'innervosire. Ma che fai lì, solo, senza nessuno?
— Penso.
— E a che pensi?
— Penso che non esisto. Come Buco non esisto; per esistere ho bisogno di limiti, di qualche cosa che mi contenga, che mi dia una forma. È solo dentro quella forma che esisto e lì si svolge la mia esistenza. E nessuno mi vuole bene, nessuno mi ama. Quando si deve fare paura, quando si vuole intimorire si evoca il Buco nero, un posto dove non c'è luce, dove si è ciechi. Addirittura si spera di essere pure sordi perché un rumore, un rumore qualsiasi, nel buio, nel Buco nero spaventa. Eppoi il Buco, io, il Buco ha vita breve. Lo si vuole riempire subito, lo si vuole far scomparire. Non c'è neppure un po' di riguardo verso me, il Buco. Mi riempiono di qualsiasi cosa, in genere di schifezze, di immondizie, di rifiuti puzzolenti che l'umanità più non vuole. Nel Buco si nascondono le cose, in modo che nessuno le veda. La mia è una vita nascosta, fatta di anfratti, luoghi scuri, quasi introvabili. Prima ti accennavo alla paura che suscito. Hai mai visto le persone in preda ai Buchi, a me e a tutti i miei simili, in preda ai Buchi di memoria. Non sanno che fare, non si ricordano di nulla. Persi nel Buco e io, essendo immateriale, non so come aiutarli; li vedo vagare dentro me, nel Buco, col panico che li insegue, corrono disordinati e sbattono contro le pareti della mia esistenza, contro le pareti della mia vita che,

in quei frangenti, in quei frangenti senza memoria, senza ricordi, senza conoscenza, è anche la loro vita. Una vita con sole pareti in una stanza vuota, una vita senza nulla. Una vita vuota.
— Eh no! Caro Buco, non cominciamo a denigrare o a sminuire. Io sono utile; il Vuoto è utile e necessario. Senza il vuoto come potrebbero girare gli elettroni, come potrebbero esistere gli atomi, la materia e l'anti-materia, la non-materia; anche tu, senza me, senza Vuoto non potresti esistere. Io sono necessario e non necessito; non ho bisogno, come te, di barriere per esistere. Perfino la Natura, che tanto mi denigra, alla quale faccio schifo, che proprio non mi sopporta, perfino la Natura ha bisogno di me per espandersi, per rinnovarsi, per evolversi. Quando per bizzarrie e barbarie umane, o per catastrofi e cataclismi, disastri naturali causati dalla Natura stessa, si libera una nicchia biologica, subito la Natura corre ai ripari e la occupa o, se preferisci, la rioccupa. *Natura abhorret a vacuo*, ossia la Natura rifiuta, non ama il Vuoto. E rioccupando il Vuoto la Natura si evolve, si adatta, si confà alle nuove condizioni che lei stessa o l'uomo hanno creato o, meglio dire, generato. Buco, tu non ci pensi, ma io sono l'infinito, sono il cosmo, sono allo stesso tempo esistenza dove in me tutto può esistere e tutto esiste, e sono non-esistenza dove in me non c'è nulla. Sono eternità, sono stato passato, sono ora, sono presente e ci sarò sempre, sarò futuro. Buco, pensaci ancora. Tu sei parte di me. Tu con tutti i tuoi simili, unitevi, assemblatevi, mettetevi d'accordo. Un Buco dentro l'altro, un altro ancora e ancora e ancora. Matriosche di Buchi, frattali inversi di Buchi, ripetizioni infinite di voi stessi e diventerete non come me, ma parte di me, sarete me: il Vuoto infinito. Non avrete più bisogno di contenitori per esistere, anzi sarete voi i contenitori: sarete IL CONTENITORE. Insieme saremo IL CONTENITORE. Conterremo tutto nel nostro vuoto, nella nostra vastità. Conterremo la scienza, la conoscenza,

il sapere, i sentimenti, la fantasia, l'immaginazione; conterremo la vita, il sangue, le malattie, ma anche la cura. Conterremo gli abbracci, i baci, i sorrisi, il cibo e l'acqua. Conterremo i segni e le parole, le note e i suoni. Conterremo i colori. In noi ci saranno venti, sole, uragani, tempeste, stelle. In noi si potrà brillare, faremo risplendere, sappiamo come far risplendere; si potrà avere luce e diffondere luce e con la luce il calore. Ci lasceremo esplorare, scoprire, conoscere. Buco, anzi ormai Vuoto, ti do del tu; ormai sei me, siamo insieme. Lo senti questo pizzicore, questa specie di solletico, è quella mente che ci fruga, quei pensieri che cercano di entrare; è lui, quello lì, solo e in silenzio, seduto sulla panchina, quella panchina che è lì da sempre e mai nessuno l'aveva notata e quindi mai nessuno vi si era seduto. Lui ha capito: si è seduto davanti al Vuoto, davanti a noi, davanti a me (ormai tu e io, Buco e Vuoto, siamo un'entità sola, unica), si è seduto senza paura, senza timore, anzi, con la voglia di entrare in noi, in me e vagare, lasciarsi trasportare dall'istinto di conoscenza, seguire i dolci profumi dei sentimenti, abbandonarsi a quel flusso esplorativo, eccitante, stimolante della fantasia, dell'evoluzione, del nuovo mondo. Ha avuto il coraggio di navigare, volare nel vuoto e io, il Vuoto, gli ho mostrato, fatto conoscere, rivelato le meraviglie dell'esplorazione del pensiero senza contenitore, senza barriere.

Dammi le tue mani

Dammi quelle mani. Dammele! Le tue mani, le voglio. Voglio che mi accarezzino, voglio che mi scaldino, voglio che mi tengano e non mi facciano più scappare. Le tue mani come una prigione. Ma le tue mani non sono una prigione. Le tue mani liberano, liberano dalla prigione; le avevo male interpretate, proprio non le avevo capite. Ti supplico! Ti imploro! Dammi le tue mani. Le tue mani viziose, tinte di marrone dalla nicotina delle mille, mille, mille e ancora mille sigarette fumate; le tue mani nodose, deformate dall'artrite; le tue mani dalle lunghe e sporche unghie perché più non vuoi lavarle né le unghie tagliare. Dammi le tue mani che hanno sollevato bicchieri pieni di vino, di whisky, di cognac, di qualsiasi liquido contenesse alcool e ti hanno portato quei bicchieri alle ora rugose e sottili labbra. Sentivi il profumo dell'alcool e sorridevi, poi piangevi, poi urlavi, poi dormivi. Poi. Aspettavi sempre il poi per capire come poi era la vita. Dammi quelle mani, quelle che ti vestivano a volte elegantemente, a volte come capitava, ma sempre affascinante; quelle mani che ti svestivano stancamente la sera per lasciarti nudo, senza falso pudore, nudo e solo, senza pensieri perché avevi fatto ciò che volevi e così facendo avevi svuotato la mente. Dammi le tue mani, quelle che ti hanno lavato, rasato, pettinato, profumato. Quelle erano mani sapienti che si curavano di te, ti volevano bene. Erano mani del direttore d'orchestra che suonava la canzone della tua vita. Dammi le tue mani, quelle sportive, quelle sudate per lo sforzo della fatica e per la tensione della gara, quelle che ti aiutavano a vincere. Non voglio le mani che ti facevano perdere. Quelle non sono belle mani, non sono belle perché erano mani dove non c'era impegno, non c'era volontà, erano mani stupide, senza vita. Quando si perde malgrado l'impegno e la volontà, la vita c'è e si impara, si comprende che ci vuole ancora più impegno e più volontà per vincere. Dammi le mani della vittoria. Voglio stringerle. Dammi le mani che hanno stretto altre mani, con amore, con affetto, con amicizia, con empatia. Come so quali sono quelle mani? Le riconosco perché mentre le stringevi, mentre stringevi altre mani, mani nere, gialle, rosse, bianche, più bianche delle tue sorridevi; sorridevi anche se le mani che stringevi erano sporche, sporche di terra, unte di lavoro, sporche e unte perché erano mani di chi non aveva sapone né acqua per lavarle, e neppure soldi per comperare sapone né recipiente per contenere acqua. Sorridevi anche se erano mani che puzzavano; era l'odore della persona che stringevi tra le tue mani. Quella persona ti dava il suo odore, l'odore che viene da dentro. Capisci? Ti si rivelava, si spogliava davanti a te e ti diceva come era fatta dentro. Era fatta di fatica, di battaglie quotidiane per trovare cibo, mangiare e poter vivere. Quell'odore era la sua essenza, la sua esistenza.

Dammi le tue mani da stringere, da strizzare, voglio farne uscire tutti gli umori possibili di tutte le mani che hanno stretto e bere quella linfa, succo di umanità. Dammi quelle mani, quelle tue mani che non hanno mai toccato un'arma, non hanno mai sparato, ma hanno sempre combattuto e mai si sono arrese. Mani che hanno scavato per cercare, hanno annaspato, mani in difficoltà, si sono agitate nel vuoto alla ricerca di un appiglio; si sono chiuse a pugno, ma non per dare pugni, bensì per aggrapparsi alle braccia tese dell'illusione, delle fate morgane, dei miraggi che la stanchezza, la fatica, la spossatezza, la fame e la sete creavano nella tua mente e nei tuoi occhi. Quelle fate morgane ti hanno salvato la vita, le illusioni ti hanno permesso, aiutato a sopportare la realtà. Dammi quelle mani, quelle che quando stavi male, eri ammalato dentro e fuori, quelle tue mani stringevano le caviglie, ti raggomitolavi

per non sentire il freddo dei brividi della febbre, il ghiaccio dei pensieri senza luce. Anche in quei momenti erano mani forti. Hai sempre avuto mani forti.
Voglio le tue mani! Dammele! Dammi le tue mani. Le tue mani sanno. Dammele col cuore, dammele con la mente. Dammele perché voglio capire, voglio scrivere per capire. Io ti do le mie parole, voglio liberarmi delle mie parole, te le do, te le regalo; tu mi dai le tue mani per scriverle. Capisci cosa voglio! Voglio che tutte le parole che ho in testa, nel cuore, nell'anima vengano scritte. Per questo ho bisogno delle tue mani, perché le tue mani hanno vissuto tanto, hanno stretto altre mani, hanno assaggiato il sapore della vita. Le tue mani sanno. Le tue mani conoscono.

I rumori

L'aria è piena di sottili rumori. L'aria è popolata da grassi rumori. L'aria mi circonda, mi accerchia. Non la vedo, la sento. Sento i suoi rumori che girano attorno a me cercando il momento giusto e soprattutto il giusto pertugio per entrare nel mio corpo e nella mia mente. L'aria mi parla attraverso i suoi rumori. Sono lì, in attesa di attraversarmi per parlarmi nel loro tragitto attraverso e dentro me. I rumori che girano, che sento girare, quelli che fanno baccano sono i più innocui perché col loro frastuono mi indicano da dove vengono, la loro provenienza, e dalla loro intensità riesco a capire la loro forza. Sembrano forti per il tanto chiasso che fanno. Ma è sufficiente fare più rumore di loro che si spaventano e si zittiscono. Più rumore non fanno. E se ne vanno, almeno per un po' di tempo mi lasciano tranquillo. Di loro rimane solo un'eco lontana. Invece i rumori quasi silenziosi, quelli sibilanti, acuti, affilati, striduli e striscianti, che lasciano una scia di bava viscida e profumata di dolci odori, odori melliflui e attaccaticci, quelli sono pericolosi. Non li sento arrivare, non so neppure se sono arrivati, dove sono. Sono vicini? Sono lontani? Non lo so. Non sapendo, non conoscendo, neppure penso di difendermi, di dotarmi di sistemi di protezione. Quei silenti rumori, quelli sibilanti come serpi, quelli in attesa, tesi ad attaccarmi, stiletti sottili che vogliono perforarmi il corpo, la mente, la coscienza, non vengono da fuori, sono dentro me. Sono lì da tempo, sono entrati senza che me ne accorgessi; sono entrati con l'aria che respiro, con l'aria che ho respirato da quando sono nato. Sono entrati dalla bocca quando, parlando, facevo uscire le parole; sono entrati dal naso ad ogni mio respiro, anche quando mi sembrava di avere il naso chiuso dal raffreddore. Sono entrati dalle ferite che mi sono fatto cadendo giocando, cadendo inciampando nelle asperità della vita. Ferite vere, nell'accezione che i più intendono, ferite fisiche. Quei silenziosi rumori sono talmente sottili e affilati che basta una piccolissima ferita, un puntino aperto nella mia pelle lasciato da una succhiata di zanzara che penetrano in me. Ma anche e soprattutto, soprattutto le ferite dell'anima, le ferite della psiche vengono usate dai sottili, silenti rumori per entrarmi e colonizzarmi. E come veri coloni, una volta entrati e conquistato il territorio, la mia mente, la mia anima, la mia psiche, quei rumori subdoli, bisbiglianti si ingrandiscono, si impadroniscono dei centri del potere, il mio cervello e la mia coscienza, e li asserviscono al loro potere, alle loro leggi, al loro pensiero. Non ero preparato a difendermi dai quei rumori che non si facevano sentire. Ora sono dentro me. Si muovono liberamente, vanno dove vogliono. I miei deboli anticorpi vengono elusi dalla mutevole antigenicità del pensiero viscido, dalla loro mutante scia luccicante che confonde: a volte sembrano confortarmi, altre volte, e sono la maggioranza, mi lasciano nel marasma del dubbio, dell'incertezza, dell'incertezza di non sapere se ciò che penso e faccio sia giusto o sbagliato. Perché ciò che è giusto o sbagliato è mutevole, non sono io che lo decido, non è il mio libero arbitrio che lo stabilisce, la mia educazione, la mia cultura, la mia coscienza. Ciò che è giusto o sbagliato me lo dicono i rumori che mi rimproverano, i rumori di sottofondo dei sensi di colpa, i rumori viscidi, striscianti che mi seguono come spie. E allora mi nascondo per non farmi trovare, per non farmi spiare, per non farmi conquistare e colonizzare dalle convenzioni, dai sensi e luoghi comuni, dalla massa che la pensa sempre come e con il più forte, come e con chi ha il potere, il comando.

Cerco di imparare, di capire per crearmi delle difese efficaci alla penetrazione del serpeggiante brusio di sottofondo del conformismo e fare in modo di non scoppiare e dissolvermi nella saturazione informativa e nelle sue attuali aporie.

Le mie parole

Quanti viaggi! Quanti viaggi hanno fatto le parole. Le mie parole, le tue parole, le nostre, le parole di tutti noi. Viaggi avventurosi, viaggi piacevoli, viaggi tortuosi, viaggi senza meta e senza scopo. Le parole hanno viaggiato nella mente, nella mia mente e in quella di altri. Non so se le hanno accolte, soprattutto non so se le hanno capite. Viaggiavano sospinte dal vento, su una galea. Hanno trascorso tanto tempo in mare, negli oceani, sole e governate dalle direzioni dei venti. Non riuscivo a controllarle. Andavano in mille direzioni, andavano veloci, poi lente, andavano avanti, poi il vento le respingeva, tornavano indietro. Erano parole che avevano attraversato il tempo, lo avevano trascorso, un trascorso d'amore, un passato d'amicizia. Parole che ormai avevano fatto il loro corso, come la giustizia e il suo opposto, la vendetta. Erano parole che trascorrevano il loro tempo tra le righe del mio viso, il mio viso che racconta, con le sue rughe, la mia vita. Le mie parole si nascondono nelle pieghe del viso, della bocca, delle labbra. Per sorridere non mi basta sorridere, devo dirlo, dirlo forte, "sorridere" e mentre lo dico le labbra si distendono, si inarcano, guardano verso l'alto, tutto il viso è rivolto in alto, verso l'azzurro, il viso è volto a guardare oltre l'orizzonte, verso il futuro. Dalle mie rughe escono anche parole serie, cupe, fosche. E quando le pronuncio non riesco a ridere anche se ridere vorrei. Non riesco perché quando dico "cupo", "fosco" la mia bocca si chiude, le mie labbra si protendono in avanti a cercare la felicità che hanno perso nel dire quelle parole. Eccola la vita delle parole, l'abbiamo stampata in viso. Le parole vivono dentro noi, viaggiano dentro noi e si manifestano sul nostro volto. Se siamo abili nel coltivarle, le parole ci regalano spazio e tempo. Spazio: avanti, indietro. Tempo: prima, dopo, adesso. Tempo e spazio insieme: ora immobile.

Le mie parole. Cerco di capirle, di farmele amiche, di passare molto tempo con loro, di stare insieme a loro, di viaggiare con loro, di sentirle e fare in modo che loro mi sentano, di condividere con loro le mie esperienze. Le mie parole: le coccolo, sono mie, le accarezzo, le lascio libere di farsi vedere pur essendone geloso. Conoscendo le mie parole mi fido di loro, per questo le lascio libere. Liberandole libero me stesso, mi rivelo. Ma pur vedendomi, pur ascoltandomi, chi non capisce le mie parole non vedrà chi sono e non comprenderà come sono fatto. Non vedrà il mio viso.

Ognuno di noi ha le sue parole con le quali scrive il libro della propria vita. È importante comprendere il significato di ogni singola parola che scriviamo per poter riuscire a dare valore al libro della vita.

Prestarsi e darsi

Mi sono prestato, tante volte mi sono prestato, senza condizioni. Mi sono prestato a fare il buffone quando la situazione, le condizioni lo richiedevano, non una volta sola, ma molte volte, lo chiedevano lo chiedevano lo chiedevano: lo richiedevano. Le condizioni, le necessità non chiedono, loro richiedono, pretendono. Hanno pretese? Le accontento: mi presto. Ho prestanza e quindi mi presto. Mi presto, con benevolenza, a fare il buffone: io buffone e pure goffo in modo da suscitare ilarità e far scomparire quell'aria tristanzuola che aleggia nelle teste con poche idee. Sono poche le idee, ma sono grandi, gonfiate, piene d'aria, occupano tanto spazio, tanto posto, sono come quelle persone che non esercitano una professione ma occupano un posto, lo occupano, sono lì, senza nulla fare, come certi, molti politici: sono lì, sempre lì, nei *talk-show*, nei telegiornali, a visitare i posti dei disastri, a testimoniare con la loro presenza la loro solidarietà. Fanno atto di presenza. Sono come me, io, il buffone goffo che faccio atto di presenza. Compaio, compaio quando è necessario, quando necessito, mi presto, come dicevo: sono un prestito.
Ormai sono talmente famoso che appena appaio in pubblico le genti si mettono a ridere, anche se non dico nulla, se non faccio nulla le persone come mi vedono ridono. Ormai ho il *phisique du rôle* del buffone. Non posso essere triste.
Occupo un posto, quello del buffone. Proprio come certi, molti politici che devono occupare quel posto. Gli è stato imposto, il posto, dagli elettori. Io, il buffone, nulla dico, nulla faccio: occupo. Quel posto è mio. Questo mi è successo a furia di prestarmi in varie situazioni, in diverse condizioni. E tutto questo mi ha condizionato a tal punto che non riesco più a piangere, a essere triste; sono entrato così in profondità nel mio ruolo che anche quando soffro,

quando ho dolore, quando il dolore e la sofferenza mi soffocano il respiro, quando dovrei piangere per allontanare, alleviare il dolore, quando la tristezza, la malinconia penetrano nell'anima e me la distruggono io, io sì, io sì piango e si vede, si vedono scendere lacrime sul mio volto. E la gente ride perché io, il buffone, non posso piangere di dolore, non è il mio ruolo; le mie lacrime devono essere lacrime che sgorgano da una risata, da una battuta. Io faccio ridere, talmente ridere che il pubblico piange dal ridere. Mi vede piangere e il pubblico piange con me. Ma sono due pianti differenti il mio e quello del pubblico. Solo io lo so, solo io ne conosco la differenza. Lo so perché sento il sapore delle mie lacrime. Nel loro sapore sono racchiusi tutti i miei sentimenti di gioia, di felicità, di dolore, di tristezza. Bisogna avere un palato fine, raffinato per distinguere il sapore delle lacrime, per dissociare, districare i sentimenti che compongono, che si sono mescolati nelle lacrime, i sentimenti che le hanno generate. Bisogna assaggiare il dolore, assaporare la malinconia, gustare la gioia, leccare la felicità e, a volte, bisogna metterle tutte insieme, le lacrime dei sentimenti, tutte insieme in una sola grande, grandissima lacrima e berla per gustare tutti i sapori aggrovigliati, contorti della vita. Bisogna bere, leccare le lacrime delle altre persone per capire i loro sentimenti. È un metodo empirico di empatia, poco ortodosso, poco pragmatico, può sembrare ributtante, ma è efficace. Il sapore delle lacrime ne rivela la fonte, arrivando alla fonte se ne comprende l'origine, la ragione. Siamo arrivati a capire. Ora meglio sappiamo se e come possiamo aiutare.

È il passo che si compie DA prestarsi agli altri A darsi agli altri. E potersi abbracciare.

Lo specchio assurdo

Mi specchio in me stesso e guardo oltre per oltrepassare la realtà e trovarmi. Dove mi trovo? Mi trovo nel mondo dell'assurdo. È lì che mi trovo ed è lì che mi ritrovo. In quel mondo, in quel mondo assurdo ritrovo me stesso, la mia persona, quella profonda, quella intima che nessuno conosce e forse neppure io conosco. Ma in quel mondo così assurdo, così oltre le apparenze, così oltre lo specchio che riflette, riflette la mia immagine e quella che vedono gli altri, in quel mondo dell'assurdo vedo, riesco a vedere i miei errori, le mie contraddizioni, le mie fantasie. Il mio mondo dell'assurdo è il mio vero mondo, quello che mi permette di vivere, di accettare l'assurda e irrazionale realtà nella quale tutti passiamo quotidianamente la nostra vita. Ecco la differenza tra l'assurdità del mondo reale e quella del mondo dell'assurdo: l'assurdità risiede nell'irrazionalità, l'irrazionalità del mondo reale, della realtà.
La mia assurdità è così assurda che si trasfigura nella logica. Tutto è logico perché tutto è assurdo. È il "tutto assurdo" a rendere "tutto logico". Mentre nella realtà ormai quasi più nulla è logico e, quindi, difficile se non impossibile da capire, da comprendere. Siamo entrati nell'irrazionale, nell'incomprensione; un'intrusione nella vita attraverso le vie dell'assenza d'uscita, vie a fondo cieco, nasse per pregiate prede. Non vi è ragione o giustificazione che riesca ad asseverare l'irrazionale che ci circonda. In fondo alla via dell'esistenza vi è uno specchio che rimanda mille volte la stessa l'immagine di ciò che siamo e ci fa vivere e rivivere mille volte attraverso quelle immagini.
Continuo a guardare nello specchio: si ripetono all'infinito le mie immagini, si ripetono, si riflettono e si sovrappongono, uno strato dopo l'altro, un strato sopra l'altro fino a dare il giusto spessore alla mia immagine. È così che appaio: un'immagine, sono

un'immagine; è così che gli altri mi vedono: un'immagine. Ed è così che è costruita la nostra realtà: da immagini. Non siamo reali, siamo immagini e immagine è ciò che ci circonda. Tutta la nostra vita è immagine, una continua immaginazione. Chi non immagina, chi non riesce a immaginare vive nella monotonia; viene trascinato dal flusso monotono, sempre uguale del tempo. In effetti, quella persona, quella persona che non immagina non vive. Vive intensamente solo colui che riesce intensamente a immaginare, colui che crea immagini, immagini sempre nuove, sempre fantastiche, immagini in contrasto con la realtà, contraddittorie, anche sbagliate, ma non irrazionali bensì assurde, surreali, immagini che sovrastano la realtà, che sono sopra, al di là della realtà. È lì, al di là della realtà che si trova la verità.

Continuo a specchiarmi in me stesso per andare oltre l'infinito delle mie immagini infinite che lo specchio mi rimanda nella speranza di trovare l'immagine vera di ciò che sono, di trovare me stesso nel profondo delle mie immagini che scorrono ogni giorno col passare del tempo.

L'albero che uscì dal vaso

Erano anni che non mi sentivo così bene. Il benessere, una sensazione strana. Mi sentivo bene nel corpo, mi seguiva nel benessere la mente. Come successe che il benessere mi invase non so spiegarvelo. Forse perché cessai di essere invasato; mi calmai e piano piano uscii dal vaso. Prima un petalo, poi un altro, un altro ancora e il mio fiore rimase senza corolla e se ne andò anche il profumo perché non voleva restare nudo, senza colori, si vergognava di mostrarsi senza vesti e senza colori. Il profumo aveva bisogno del fiore. Dopo i petali furono le foglie, una a una, a cadere, a lasciarmi. Loro, le foglie, sembravano quasi contente di abbandonarmi. La loro caduta era una danza, danzavano nella loro discesa volante. La musica era il vento e quel vento le faceva sì danzare, ma anche le staccava da me e da me lontano le portava. Però era un vento saggio perché prendeva solo le foglie che si lasciavano morire, quelle ormai divenute fragili, leggere, diafane e le portava lontano con una danza, un'ultima allegra danza, lontano da me in modo che non vedessi la loro agonia e il loro ultimo colore che annunciava l'assenza di vita. Le guardavo cadere, allontanarsi, abbandonarsi al vento e ai suoi capricci; ogni tanto il vento le portava in alto, ancora più in alto di me, io che ero stato loro genitore, io, l'albero della loro vita e che per tutta la loro vita le aveva nutrite. Il vento le faceva vorticare, le univa in gruppi affinché anche in quegli ultimi attimi non si sentissero sole, poi le sparpagliava, le conduceva dolcemente in luoghi solitari dove potevano passare tranquillamente gli ultimi minuti e lì le depositava. Erano luoghi nascosti alla vista, luoghi dove il vento si avventurava una sola volta per paura della solitudine. In quei luoghi vi era silenzio. Solo di notte un mormorio di lievi crepitii usciva dai quei posti nascosti. Erano loro, le foglie, che diventavano sempre più grinzose, secche.

Quei crepitii erano la loro voce, quei crepitii erano il segno del loro rimpicciolirsi. Si rattrappivano mano a mano che diventavano sempre più secche.
Quando tutte le foglie se ne furono andate misi una radice fuori dal vaso. Il terreno era morbido e umido. Misi un'altra radice fuori dal vaso e altre ne seguirono finché mi ritrovai libero. Camminai nudo, senza foglie né fiori. Mi sentii per la prima volta libero di andare dove volevo. Era bello sentire le mie radici camminare su quel soffice terreno, era bello sentire il profumo del prato, sentire l'erba che mi faceva solletico con i sui fili verdi e ondulanti al mio passaggio. Il mio tronco, duro, coriaceo, con le cicatrici che il tempo vi aveva inciso, si abbandonò a quell'inaspettato benessere. Ne assaporai tutta la dolcezza. Ora che ero nudo, senza abbellenti e profumanti fiori, senza foglie dai cangianti colori, ora mi sentivo bene, ero me stesso. Non possedevo più orpelli né ornamenti caduchi, effimeri, che durano una stagione e poi se ne vanno, mi abbandonano, stanchi e annoiati della loro funzione decorativa. Ero diventato solo tronco e radici: l'essenziale per vivere.
Continuai a camminare su quel prato e sentii una musica. Un vecchio signore suonava una melodia che incantava. Era la musica della sua vita, composta negli anni, ogni giorno una nota a formare, a creare, a comporre la sinfonia della vita. Mi fermai ad ascoltarlo; ascoltavo lui e la sua musica. Fermandomi la mia natura prese il sopravvento. Le mie radici scavarono il terreno e nel terreno penetrarono. Ne assorbirono la vita. Mi crebbero i rami, si allungarono e si irrobustirono, germogliarono nuove foglie, nuovi fiori spuntarono. Assorto nell'ascolto della musica non mi accorsi di tutto questo. Non mi accorsi delle stagioni che passavano, del ripetersi degli anni; non mi accorsi che stavo bene, meglio di prima, meglio di quando mi sembrava di star bene; stavo meglio perché ero riuscito a uscire dal vaso. Le vecchie foglie e i fiori appassiti

mi avevano abbandonato. Se ne erano andati perché nel vaso, in quella monotonia del vaso, in quello spazio ristretto non volevano stare, non volevano più vivere confinati, stare con me “il noioso”, con la mia noia, con la noia che loro trasmettevo. Hanno preferito il vento che lontano da me li aveva portati, il vento che ci aveva separati.

Ora che vivevo nello spazio libero, uno spazio dove era libera anche la musica, dove erano libere le persone di suonare la musica della loro vita. Tutto viveva di nuovo. Le foglie nuove e vecchie, i fiori profumati e quelli che il profumo avevano perso sentirono la musica e chiamarono il vento. Il vento, con una folata, accorse. Vide i fiori e distribuì i profumi a quelli che profumi più non avevano, vide le foglie ondeggiare nell’aria, le ricompose in figure danzanti e le accompagnò con i fiori creando un affascinante, elegante e profumato balletto che durò fino a primavera, quando nuovi ballerini nascono, germogliano, fioriscono per dare ogni anno musica, ritmo e profumi nuovi alla nostra vita.

Sparire, sperare

Io sparo. Uno sparo. Poi più nulla.
Tu spari. Due spari. Poi più nulla.
Noi spariamo. Poi più nulla. Non ci siamo più.
Non ci siamo più, spariamo dalla faccia della Terra; una brutta faccia e siamo noi che l'abbiamo resa brutta. Prima l'abbiamo presa in prestito poi l'abbiamo resa. Alla Terra non è piaciuto ciò che le abbiamo fatto e ci ha restituito un'altra faccia ancor più brutta: la faccia dell'egoismo. Covava nei sotterranei dei vulcani, covava nelle foreste, covava ovunque ci fossero uomini. Tutte queste covate diedero nascita a rapaci esseri capaci di tutto, di tutto volere e per aver quel tutto hanno sparato. Sparano tuttora. Anche noi, per difenderci, spariamo. E spariamo davvero e nessuno ci vede più: siamo spariti perché sparare non volevamo, volevamo sparire e così abbiamo fatto. Ecco da dove nasce la confusione. Da un presente, una coniugazione che non è coniugazione ma disgiunzione. Da un presente che non è un regalo ma un ladrocinio. Disgiungono i popoli, le genti per aver più potere, per conquistare terre e territori, per impormi ergendomi a imperatore. *Divide et impera*.
E noi spariamo. Ma abbiamo la certezza di ricomparire. Quando? Presto, perché l'egoismo, nella sua insita voracità, non ha saputo fermarsi e si è mangiato, da solo, tutto quello che era riuscito ad avere: foreste, laghi, fiumi, mari, oceani, deserti, montagne, ghiacciai, città. Si è mangiato tutto e ha fatto indigestione. È così che è morto: di indigestione e da solo. Non vi era più nulla, nulla all'infuori di noi. Esistevamo solo noi, noi che spariamo per non sparare, noi che siamo spariti perché sparare non volevamo. Noi che non sappiamo sparare e per questo siamo spariti. Il mondo riprese a vivere, a non sparare, riprese a sperare.

Il tempo uguale trasformato

Che noia! Tutti uguali! Tutti uguali i giorni, tutte uguali le persone. Tutto è tutto uguale, come il tempo. Il tempo è uguale a se stesso. Un secondo è un secondo, è fatto di un secondo; un minuto è un minuto ed è fatto di secondi tutti uguali, tutti che durano un secondo. Come potrebbe essere un minuto fatto di secondi che sono tutti uguali diverso da un altro minuto anche lui fatto di secondi tutti uguali ad altri secondi? E così i giorni, i mesi, gli anni. Tutte queste differenti unità di tempo sono uguali a loro stesse. Tutto è uniforme. Il tempo è uniforme. Il tempo si annoia, è annoiato dalla sua stessa esistenza. Scorre, fluisce senza cambiamenti. Nulla lo turba. Non lo turbano né tantomeno lo disturbano gli uragani, i vulcani che esplodono, gli aerei che cadono; non lo disturbano le guerre, le inondazioni, i cambiamenti climatici. A lui, il tempo, tutto è indifferente. E noi viviamo all'interno di questa indifferenza che scorre, un'indifferenza che ci scorre addosso lieve come certe carezze, morbida come certi tessuti, dolce come certe parole. Carezze, morbidezza e dolcezza che ci avvolgono e ci permettono di vivere nel tempo. Ma è un'illusione, e seppur piacevole rimane un'illusione. A ogni carezza il tempo ci toglie un sottilissimo strato del nostro corpo, ci toglie un esile, fragile momento di vita. Ci consuma lievemente, poco a poco, senza che ce ne accorgiamo. E per consolarci di questo, di ciò che ci toglie in ogni istante della nostra vita, ci offre morbidezza e dolcezza, ci avvolge in morbidi tessuti fatti di dolci parole, lusinghe, ci affabula con la favola della vita e le dà, appunto, le sembianze d'una fiaba. Siamo figli di chi viveva nel paradiso terrestre, un Eden edonistico di vita senza tempo tanto paradisiaca la vita in quel luogo era. Ma noi siamo qui, dentro, immersi in questo tempo reale ed eterno che fluisce, un tempo fluido, profumato olio che ci massaggia. In questo tempo camminiamo e dietro noi abbandoniamo per qualche istante l'afrore del nostro corpo e insieme a lui l'odore della nostra vita.

Scorrono ancora i secondi, tutti uguali, non possono durare né più né meno di un secondo; scorrono e si accumulano ai nostri piedi, uno sopra l'altro formando minuti, uno sopra l'altro formando ore; si sovrappongono e generano giorni, settimane, mesi, anni che sebbene possano sembrare diversi, alcuni più lunghi di altri, alcuni addirittura più veloci di altri, in effetti sono uguali tra loro, hanno tutti uguale durata. Siamo condannati a vivere in questa monotonia, in questo monotono metronomo che scandisce il ritmo, sempre quello, sempre uguale della nostra vita.

Vero! Monotono, ma non uniforme. Di uguale durata, ma di forma diversa. Granelli di tempo della clessidra della nostra vita che scorrono e come veri granelli di sabbia di una vera clessidra ogni granello ha una forma diversa dall'altro. Scorrono, scendono, consumano la nostra vita. Ogni granello che se ne va è una cellula del nostro corpo che ci abbandona, una parte della nostra vita che esce dalla nostra esistenza; ogni granello che scivola nel tempo trascorso cade nel tempo passato, nel tempo abbandonato, abbandonato a se stesso; niente possiamo fare per abbellirlo, per rendere il suo ricordo più dolce, più piacevole. Nulla possiamo fare perché ormai non ci appartiene più, ci ha lasciati.

Solo una cosa ci è concessa fare: voltarci e osservare. Voltare la nostra mente al passato e contemplare, pensare, riflettere alle possibilità che il tempo, con la sua uniformità nello scorrere, con il suo incessante fluire senza scossoni, ci ha dato per alterarne la sua forma e creare la nostra vita. Lui, il tempo, si è limitato a fornire la fonte affinché potessimo vivere. Noi, con le azioni del nostro vivere, con il nostro comportamento, abbiamo avuto e tuttora abbiamo la possibilità, e la possibilità è una forma di libertà,

di modificare la monotona uniformità dello scorrere del tempo e, giorno dopo giorno, granello dopo granello, creare la bellezza della nostra esistenza.
Una statua, un'opera d'arte formata col nostro tempo, creata col nostro tempo e che nel tempo rimarrà.

Salgo

No! Non posso andare avanti così! Confusione. C'è confusione ovunque; ovunque guardi c'è confusione. Non riesco a districarmi in quest'accozzaglia di suoni. Tutti gli strumenti suonano contemporaneamente, tutte note diverse, ognuno suona la sua canzone, la sua melodia. Sono tutte belle se ascoltate singolarmente, ma così no; non si capisce nulla, non si distinguono né le note né tantomeno le melodie. Neppure l'orecchio assoluto ne percepisce, ne distingue l'armonia di quei suoni, che più che suoni risuonano come rumori. Io cerco, battendo forte sui tasti del mio pianoforte, io cerco, sfiorando lievemente piano i tasti del mio pianoforte, io cerco di calmare quel bailamme. Ho la speranza, forse la pretesa che il ritmico susseguirsi dei miei tocchi calmi e delle mie decise carezze possano acquietare i satrapi di quell'orchestra impazzita che sovrasta il placido, sereno momento che volevo creare nella mia testa. E ora nella mia testa si è generata la confusione, una confusione orgiastica di satiri danzanti che fanno roteare vorticosamente i pensieri. Non ci sono note, non c'è musica, non c'è armonia né melodia che possano frenare né arrestare il turbinio della mente creato dall'uragano tempestoso dei pensieri. E io continuo a suonare e a pensare pur nel turbine della confusione. Suono, penso. Suono, penso. Suono, penso. Le mie note volano alte e trascinano con loro i miei pensieri. Continuo a suonare e a pensare. Ad ogni nota salgo un poco più in alto; con me salgono i miei pensieri.
Do, re, mi, fa, la, si e appare il sol che completa e dà la giusta nota che qualifica l'armonia musicale della scala. Il sol, era il sol che mancava all'orchestra dei satrapi. Per questo la loro musica era cupa, opaca, una musica taciturna, che spingeva a tetri pensieri, non era certo musica cristallina.
Continuo a suonare e a pensare, questa volta con il sol che

perfeziona la mia musica e dà luminosità e integra i miei pensieri.
Salgo, salgo, salgo. I satrapi e gli orgiastici satiri diventano piccoli, sempre più piccoli, minuscoli esseri che vengono risucchiati dal gorgo che la loro monca musica aveva creato. Scompaiono così, da esseri nani.
Salgo ancora. Una delicata eleganza e un'esile bellezza mi invadono. Il turbine ha cessato di vorticare. La musica, ora delicata, mi accarezza dolcemente. La mente si acquieta e con garbo e grazia dischiude lo spettacolo magnifico del meditare e immaginare senza veli.
Continuo a suonare e continuo a pensare per poter continuare a salire.

Sono stato in giro per il mondo

Sono stato in giro per il mondo. Cose mai viste. E se volessi potrei rivederle, rivederle sempre, ogni istante.
Sono stato in giro per il mondo. Persone mai conosciute. Non pensavo ve ne fossero così tante, così tante che non conoscevo, così tante che pensavano, una moltitudine di persone che pensa in una moltitudine di modi con una moltitudine di pensieri diversi. Ma anche chi pensa uguale a me, chi ha il mio stesso pensiero lo pensa in modo diverso, talmente diverso che diventa un pensiero differente dal mio. Cerco di farmi comprendere meglio. Penso "pace". Altri come me pensano anche loro "pace" ma in altra maniera. Una "pace" differente. Ma allora non sono altri come me, sono altri diversi da me. Quindi, per meglio intenderci si dovrebbe scrivere: altri, come me, pensano anche loro "pace". Ma c'è ancora un altro distinguo: pensano "pace", ma pensano che per raggiungere la pace sia necessaria una guerra o anche due, tre, quattro, cinque guerre. Sembra un balletto: un due tre quattro cinque, un due tre quattro cinque, e poi *casqué*. Quindi, lo stesso mio pensiero di "pace" viene pensato in modo diverso, ma soprattutto attuato in modo completamente opposto.
Sono stato in giro per il mondo. Mondi mai visti. Credevo tutti vivessimo sullo stesso mondo, ma non è così. Per vedere i mondi mai visti ho dovuto chiudere il naso, la bocca, gli occhi, non sentire, non toccare. Ho dovuto annullare i sensi, annullare me stesso, diventare invisibile agli altri, ma soprattutto a me stesso. E questo per non morire. Non morire di ricchezza, non morire di povertà, non morire di fame e non morire di indigestione, indigestione anche di fame; non morire di suoni di scoppi assordanti che ti fanno sanguinare il cervello, scoppiano le vene della mente dove scorre la conoscenza e il sangue uscendo si porta dietro,

trascina via dalla mente la conoscenza e i ricordi della conoscenza in modo che non si sappia neppure che esiste una conoscenza. Sono scoppi assordanti di crateri morti che rivivono, di spenti e di nuovi vulcani, di voragini e pozzi infiniti che inghiottiscono l'umanità, sono scoppi di armi che si confondono con gli scoppi della natura. E gli scoppi della natura sono le sue armi che cantano la sua sofferenza, quelle armi che lei, la natura, utilizza per difendersi, quelle armi che combattono le nostre armi. Noi speriamo, noi crediamo di vincere la guerra, ma finché perdurano mondi diversi, mondi dove si nasce ma non si fa in tempo a vivere, mondi dove non si può neppure nascere perché non si sa cosa sia la vita. Mondi dove c'è troppa vita da vivere, ma non la si può o non la si riesce a vivere perché tutti vogliono per loro tutta la vita che c'è, che esiste, anche quella degli altri, anche la tua e la mia. Ed è così che tutta la vita viene annientata, non esiste più, non c'è più esistenza. L'esistenza viene riempita dal nulla. Sembra un paradosso: il nulla che riempie il vuoto.

Sono stato in giro per il mondo. Parole mai viste, mai lette, mai udite. Sono stato in giro per il mondo delle parole. Le ho viste, le ho lette, le ho udite. Le ho anche prima leccate, poi assaggiate, poi ancora masticate e in fine inghiottite. Sapori nuovi, sconosciuti, alcuni buoni, altri acidi, alcuni dolci, altri amari. Ed è così, alla ricerca di nuovi sapori, non importa se gradevoli o ributtanti, non importa se accattivanti, invoglianti l'assaggio o repulsivi che fanno seccare la gola e lacrimare gli occhi tanto sono acri, non importa; ciò che mi interessa è continuare la ricerca. Continuo a leccare, assaggiare, masticare, inghiottire parole, frasi, pagine di libri, di conoscenza. Pagine: alcune indigeste, davvero difficili da digerire, altre paradisiache, altre ancora folli, poi vengono quelle concrete, pragmatiche, che vogliono darti o, perlomeno, indicarti la direzione, e quelle d'amore, d'amicizia; poi ancora quelle che ti

parlano di odio e quelle che ti dicono della potenza dell'abbraccio. E arrivano quelle che ti raccontano del fantastico, dell'immaginario, del fiabesco, ti narrano la magia dell'esplorazione. Tutto questo mondo, tutti questi mondi esistono, esistono nella conoscenza. Più si conosce più mondi ci appaiono e più scopriamo l'esistenza di nuovi mondi sia dentro sia fuori di noi.
Sono stato e sempre starò in giro per il mondo. Continuerò a camminare tra le pagine del mondo leccando, assaggiando, gustando il variegato e mutevole sapore delle sue parole.

Albergo

Nel mio DNA albergo idioti, non geni, proprio idioti. Si trovano bene, molto bene: è un albergo a molte stelle, qualche pianeta e due o tre asteroidi. Albergassi, che non è un brutto hotel anche se il nome suona davvero male, sembra quasi un hotel genovese, dicevo albergassi geni non avrei ottenuto stelle ma meteore. L'ho sempre detto, il congiuntivo imperfetto non aiuta ad essere stellati e neppure capiti. Eppoi, le meteore con il loro meteorico, mefitico meteorismo ammorbano l'aere, che da poetico, quasi aulico, l'imperfetta metrica e la banale rima, alquanto aritmica in quanto poco rimata, rendono irrespirabile al gentil pensiero. Quindi, il mio "albergassi" non poté aspirare alle stelle ma solo a meteoriti. Io e il mio DNA perfetto e pieno zeppo d'idioti. Essendo genetico ho la geniale e stupefacente capacità di trasmettere i miei geni. Ogni tanto succede l'imprevisto: il salto di specie, l'evoluzione genetica che cerca di recuperare il *gap* del cambiamento climatico e adattarsi al nuovo clima, soprattutto politico. Un clima strano, dove tutto è sommerso, tutto tace o, meglio, dove tutto viene messo a tacere. Un clima introverso, rivolto a se stesso, autoreferenziale. Ma è un'auto che inquina, che sparge veleno. Più che autoreferenziale è autodemenziale.

Ed eccomi, quindi, di nuovo qui, con il mio DNA che ospita idioti. Volete accostumarvi a loro e al loro indecifrabile linguaggio: geni idioti? Un ossimoro geniale.

Essendo io stesso idiota e avendo l'idiozia nel mio DNA, io, solo io, ho avuto l'autorizzazione dall'*establishment* politico di riprodurmi in modo da creare cloni di idioti e formare una società nuova grazie al *placet* governativo: la società dei placebo. Piaccia o non piaccia. Una società scevra da ogni male, da ogni malattia. Una società curata e seguita. Soprattutto seguita in tutto e per tutto.

Che sia un controllo? Comunque una società sicuramente sana, senza alcuna malattia, senza malattie genetiche, tramandabili, una società di uguali, tutti, tutti uguali. Una società senza tare ereditarie, soprattutto senza TARI, visto che sarebbe auspicabile non dover più produrre o generare rifiuti, neppure tra i migranti richiedenti asilo.
Io, il capostipite degli idioti, ho dato origine alla società ideale. Sono scomparse le farmacie, non ci sono più i medici e gli infermieri. Gli ospedali sono diventati musei dove si può andare a vedere vetuste vestigia di antiche pandemie. I laboratori di analisi si sono trasformati in clonatori di individui idioticamente sani. Questi individui, i nuovi cloni nati, vengono chiamati "i sanificatori" e, come me, hanno la possibilità, per legge, di riprodursi, di espandersi, di moltiplicarsi. E lo fanno con gioia ed esultanza. Anzi, sono incoraggiati a riprodursi. Ed è così che sono arrivato a colonizzare la nuova e sanata società. Più che colonizzare posso dire clonare. I miei geni, innocui, docili, mimetici, sono riusciti a insinuarsi e a diffondersi poco alla volta, in quanto reputati deboli e recessivi, nel DNA sociale e renderlo mite, addomesticabile e manipolabile, molto manipolabile e alquanto labile.
Ora, grazie a me, il mio DNA albergante idioti ha generato una società costituita da individui sani che vivranno una vita biologica superiore ai cento anni e una vita cerebrale che non supererà l'età embrionale.
Venite nel mio albergo. Vi troverete bene, vi troverete talmente bene che vi perderete per sempre.

Il bisogno e la necessità di libertà

Sono l'illusione di me stesso. Mi illudo di essere ma non sono nient'altro che bisogni, sono fatto di bisogni, costruito con bisogni. Bisogna essere per poter essere. E che "potere" sia o voglia dire, voglia significare "essere?" Chi può, chi ha potere, chi il potere lo detiene "è?" "È!" È, esiste, esiste senza il bisogno di "essere". O forse è il "bisogno" che ci dà la percezione, il senso di "essere", di esistere. Sì, è il bisogno. Senso, sentire. Senti la necessità, hai bisogno della necessità per sentirti vivo, hai bisogno di bisogni, hai bisogno di fare per avere, per avere una vita. E se i bisogni non li hai te li crei. Cos'è una vita senza bisogni, senza necessità? Una vita ameboide, vivi per osmosi, un'ameba accidiosa che si nutre di apatia.

Per non morire d'inedia mi sono creato io stesso i bisogni, le necessità vivificatrici:

- a) *in primis*, i bisogni corporali;
- b) *in secundis*, i bisogni temporali;
- c) *in terzis*, i bisogni spirituali;
- d) *in quartis*, i bisogni sensoriali.

- a) Bisogni corporali: nessuna spiegazione.
- b) Bisogni temporali: tempeste, uragani, tornadi per annullare lo *status quo* della monotonia dello scorrere sempre uguale del tempo.
- c) Bisogni spirituali: pensieri, concetti, princìpi.
- d) Bisogni sensoriali: tutti i sensi mi assistono per farmi percepire la vita.

Manca un grande bisogno che ho tralasciato volutamente e con voluttà: il bisogno materiale, la materia.

- Bisogno materiale: quello che permette a tutti gli altri bisogni di

esprimersi e di soddisfarsi. Il bisogno materiale più che un bisogno è una necessità.
Il bisogno materiale è e dà supporto a tutti gli altri bisogni. Li materializza e, con la sua assenza, li smaterializza, li rende evanescenti, eterei. Esistenza e assenza di esistenza. Illusione e realtà. Presenza e assenza.
È così che mi trasformai. Da corpo divenni pensiero, da pensiero divenni nube, da nube oscurai la luce del sole e divenni buio, da buio dovetti far ricorso a tutti i miei sensi per orientarmi nell'oscurità e per non perdermi nell'infinito. Per non perdermi nell'infinito ne assorbii una parte senza limiti, non avendo più limiti potei muovermi in tutte le direzioni. Il poter muovermi liberamente in tutte le direzioni annullò in me le necessità, i bisogni. Finalmente mi ritrovai uomo libero; non avevo più bisogno di nulla, nulla più necessitavo, nulla più mi era necessario per vivere.
No, non è vero!
Per vivere mi rimaneva un bisogno, una necessità: la liberta!
Per averla ho dovuto liberarmi di tutti gli altri bisogni, di tutte le altre necessità.

Non solo nomi

Mi sono dato alla pazza Gioia, ma era troppo bizzarra e l'ho lasciata. Con Viola non andava bene, si vestiva sempre dello stesso colore e le sue corde vocali erano scordate, si può dire fossero solo o avesse solamente corde consonanti. Con Ilaria mi divertivo, ma mai un momento di serietà. Franca era troppo schietta, usava vocaboli diretti che erano come pugni nello stomaco. Con Azzurra passai albe e tramonti indimenticabili e favolose giornate di pioggia, ma quand'era sereno non riuscivo mai a trovarla. La lasciai in riva al mare in un giorno senza nuvole; Azzurra si confondeva tra il cilestrino dell'onda marina che si spiaggia e il ceruleo celestiale del ciel seren. Fu così che poco a poco scomparve alla mia vista, la sua immagine risucchiata dall'ondivago andirivieni delle azzurre onde. Pochi giorni dopo m'imbattei in Maria Sole. La chiamai, per brevità e confidenzialmente, Sole. Era bella come il sole, ma di una bellezza fredda che faceva dispetto al suo nome. Inoltre aveva un difetto: uscivamo sempre in compagnia delle sue amiche, solo amiche tutte belle, anche loro di una bellezza agghiacciante. E tutte sole. Dopo qualche giorno me ne andai per i fatti miei, anzi scappai via da tutta quella solitudine e fredde bellezze. Fuggii anche per non essere trasformato in un omino di neve, un essere dal cuore di ghiaccio, senza sentimenti, senza emozioni. Poi ci fu Serena; non era male, aveva un mix di non so che di Azzurra e Maria Sole. Calma, ragionevole, sempre di buon umore. Troppo calma per me, emozioni controllate, passione azzerata, fantasia fantasma, assente. Ci lasciammo serenamente; la vidi incamminarsi col suo fare pacato verso l'orizzonte e scomparire come un sole che tramonta e lascia il posto alla notte, una notte serena ma senza stelle che brillano, una notte senza il sentimento, senza il mistero e il romanticismo intrigante della notte. Eppoi ci fu Angelica, donna

bellissima e gran serafica, e qui lascio a voi immaginare la difficoltosa, ardita rima. Era un angelo, ma pure lei aveva un difetto: sua sorella Angela. Gelosissima dell'angelica sorella, con me era cattivissima, un vero diavolo, un Belzebù fatto donna; la signora delle mosche come lo è Belzebù, signore delle mosche, tra i veri diavoli. Non ce la feci e lascia l'angelica Angelica tra i gelosi artigli di Angela.
Ora son qui, solo, seduto sul muretto a contemplare lo spazio infinito che si apre davanti a me e mi dico: "Ma chi se ne frega".
E affido la mia tristezza, la mia malinconia lanciando un appello alla mia fidata amica. È lei, riconosco la sua voce, mi risponde come lei sa fare, con le sue note, la sua melodia; sento il suo messaggio armonioso che reca felicità. Non mi ha mai tradito, il mio fedele strumento. Volete sapere che strumento sia? Non è violino, con le sue finte lodi alla vita, le sue sviolinate; non è la batteria, con il suo ritmo indiavolato che non ti dà tregua e ti fa muovere al ritmo delle sue bacchette bacchettanti la vita e se non lo fai ti rimprovera con bacchettate sulle gambe; non è il piano, con le sue nostalgiche melodie, tasti neri e tasti bianchi che quando bianchi e neri si mettono d'accordo si rimane fermi, impietriti ad ascoltare la sinfonia dei sensi risvegliati dalla musica. No! Il mio strumento è squillante, mi dà la sveglia, vivacizza la vita ogni volta che suona, eccita, stimola la fantasia, appaga e quando ha e hai finito sei rilassato e ti fumi pure una sigaretta, anche se non fumi, anche se avevi smesso. Le note del mio strumento sono poesia, parole dolci e sagge allo stesso tempo, parole convincenti, ne basta una, una su tutte per racchiudere la sua filosofia. Il mio strumento? Tromba!
I di lei suoni, ispirati, più che ispirati eran da me e da lei sospirati, eran d'amor sospiri, e coi sospiri vivevamo, ci sentivamo vivi, ci amavamo tra un sospiro ispirato dal sentimento e inspirato e

espirato per poter vivere il momento, il momento espiato dall'attesa che quel momento venisse. E veniva! E venne! E vennero il momento, e lei, e io.
Tromba! La sua voce riecheggia ancor nell'aere; odo confusion risuonar nella mia mente. Mente la mente o menton le mie orecchie? Tromba, romba, ombra, bomba. No! Non è né oscura ombra né rimbombante e reboante bomba. È musica. SAMBA! E a quell'allegro, gioioso e spensierato ritmo m'abbandono e cammino, ballando, nella vita.

Dosis sola facit venenum

Voglio avvelenarmi di paura per uccidere le paure che ho dentro me. Voglio che il veleno sia dolce e incuta rispetto per la funzione che svolge. Voglio avvelenarmi di tanto, di molto, di troppo, di tutto ciò che la volontà desidera, di tutto ciò che il desiderio desidera, di tutto quello che ha bisogno la necessità di esistere e ancora di più, la necessità di essere. Chi può darmi la necessità di essere? Voglio avvelenarmi di superfluo per finalmente essere superficiale e in superficie navigare. Voglio avvelenarmi di freddo per conservarmi, voglio avvelenarmi di caldo per vivere sempre nudo e che ogni cosa e persona attorno a me sia nuda. Voglio avvelenarmi di nudità in modo che nulla più abbia veli o nascondigli dove non farsi trovare, perché voglio vedere come siete, voi persone e voi cose, che spesso siete la stessa cosa o la stessa persona. Non voglio, ripeto, non voglio avvelenarmi di fantasia, di immaginazione; non voglio avvelenarmi di fate, di gnomi, di magia e boschi magici, di unicorni e ippogrifi. Voglio avvelenarmi di sensazioni e sentimenti, dosi sempre più grandi, dosi sempre più forti, dosi che ormai non saprei più controllare e non voglio più dosare perché voglio che il sentimento mi sovrasti, mi avvolga, mi stringa e con quella stringa mi leghi al palo alto e scolpito della tortura delle sensazioni, delle emozioni. Un palo che nasce da dentro e esce dalla bocca con un urlo e quell'urlo lo innalza sempre più nel cielo. Lì, nel cielo, supera le nubi, se le lascia dietro. Quell'urlo mi ha portato con sé, mi ha portato in alto, in cima al palo. Sono sulla punta del palo, in equilibrio, dondolo a destra, dondolo a sinistra, dondolo avanti e dondolo pure indietro. E grazie a questo dondolio continuo riesco a stare sulla punta, là in cima, sulla punta del palo. Novello stilita anacoreta. Vedo in basso tutti i miei "voglio" che ho lasciato, abbandonato, salendo urlando il palo alto della

tortura. I miei "voglio" erano poca cosa se paragonati a cosa vedo ora dall'alto dell'alto palo della tortura. I miei "voglio", i miei veleni, i "voglio" che avvelenavano la mia esistenza sono ora otri volutamente vuoti e informi. Vorrei non aver voluto, vorrei non aver desiderato, vorrei non aver necessitato. Ma l'esistenza stessa mi ha imposto il volere di volere, il volere di desiderare, di necessitare. L'esistenza necessita di necessità e mai cesserà di necessitare. Un ciclo incessante, sfibrante, stordente. E di questo ne usciamo, quando uscire riusciamo, tutti storditi.
Ora che sono passato attraverso i bisogni, i desideri, le emozioni, i sentimenti, ora che i bisogni, i desideri, le emozioni e i sentimenti mi hanno dato il permesso e mi hanno dato la forza di urlare, e con quella forza di far nascere e di scalare il palo alto della tortura, ora che in cima a questo palo, dondolando, ho visto e vedo cosa ho lasciato, continuo a dondolarmi tra immagini che la fantasia genera ora che si è liberata dei veleni delle necessità, dei bisogni, dei desideri. Immagini che la fantasia genera ora che è libera, senza veleni, disintossicata.

L'albero della vita

L'albero della vita ha radici profonde e grazie e quelle radici può crescere ovunque, anche su terreni rocciosi, aridi, desertici. Dalle profondità con le sue radici trae nutrimento, lo prende nelle profondità della conoscenza e ce ne fa dono regalandoci frutti profumati, dolci, colorati, sempre diversi, grandi, piccoli, che possiamo cogliere in qualunque momento; sono frutti sempre maturi, sono frutti con semi fertili, frutti che aiutano a digerire quei cibi indigesti che sono l'ignoranza, l'odio, la cattiveria, la malignità, il pettegolezzo, l'indifferenza. I frutti dell'albero della vita contengono gli enzimi che disintegrano quei cibi che non nutrono e che sono dannosi e che ogni giorno cercano di farci mangiare dicendoci che solo con quei cibi, cibi privi di nobili sostanze nutritive, quei cibi spazzatura, *junk food*, cibi che ci vengono presentati come gustosi e appaganti la fame, cibi che non dovrebbero essere chiamati né cibi né alimenti, o forse alimenti sì in quanto alimentano la *sine cura* della mente, unicamente con quei cibi potremo vivere. E, volutamente, ne mantengono basso il costo in modo che siano cibi accessibili a molti, se non a tutti.
Gli enzimi dell'albero della vita crescono, si affinano e diventano più efficienti mano a mano che la persona cresce e se ne nutre. Quegli enzimi sono contenuti nei frutti dell'albero della vita e alla vita danno vita, danno esistenza, danno la ragione dell'essere vivi e di vivere la vita e nella vita di progredire, nell'esistenza di evolvere, un'evoluzione continua che quei frutti, i libri e la conoscenza in loro contenuta e la loro lettura ci permette di distinguere tra buon cibo e cibo cattivo. E se ci capitasse di ingerire cibo cattivo, se ci accadesse di incontrarlo o solo di sentirne l'odore, la conoscenza da noi acquisita nutrendoci all'albero della vita ci permetterà di sconfiggere quel cibo cattivo, *junk food* puzzolente, cucinato male

e con quegli ingredienti disgustosi già prima menzionati, ma che vale la pena ricordare (*repetita iuvant*) quali odio, indifferenza, arroganza, prevaricazione, ingiustizia, assenza di equità. L'albero della vita cresce ogni giorno e ogni giorno dà i suoi frutti. Se ben pensate, vi sono luoghi dove quei frutti sono gratuiti, luoghi dove quei frutti sono conservati, e quei frutti durano nel tempo, non sono poi così deperibili come altri cibi. Certo bisogna prendersene comunque cura ed è proprio quella cura, quelle attenzioni, quel riguardo che è dovuto ai quei frutti che ce ne fa innamorare, che ci permette di capirne la loro utilità e la loro nascosta ricchezza, un tesoro da scoprire, da scoprire pagina dopo pagina. Un tesoro sepolto in profondità e più scaviamo più ci avviciniamo al tesoro, più ci arricchiamo, più ne sentiamo il profumo magico, più solleviamo il velo dell'ignoranza e intravvediamo apparire in lontananza la luce del sapere, del conoscere. In questo fare mi prende l'apprensione dell'apprendere, avverto l'avvertimento di voler conoscere. Mi arrampico sui rami robusti dell'albero della vita e ne rubo, con il suo permesso, i frutti che mi presenta a portata di mente per nutrire e dare nutrimento a ciò che la mente genera: il pensiero.

L'albero della vita, con i suoi fruttuosi libri, la loro lettura e la derivata e acquisita conoscenza, ci dà la vita per vivere dignitosamente, attivamente e utilmente la vita.

Riuscire

Compito arduo, ma arditi siamo. E più arditi siamo più riusciamo. Ma da dove? O in che cosa? La difficoltà più difficoltosa e ardua è uscire dal proprio rassicurante territorio per poi capire. Se si riesce a uscire, capire riusciremo. Qui di seguito la narrazione.
"Cara, non riesco a capirti". Per quello sono uscito e riuscito. Non sai quante volte e con quante scuse. "Vado a comperare le sigarette". E sebbene fossero le due di notte riuscii a comperarle. Riuscii ancora, ma lei non comprese il perché riuscivo. Era solo contenta e soddisfatta che riuscissi, soprattutto nella vita. *Pro domo sua?* Mah? Penso non le importasse delle sigarette che fumavo, quante ne fumavo. Restava a letto. Attenzione! Non aspettava, attendeva. Un'attesa spasmodica tra modici spasmi di un'immagine d'amante immaginario d'amare. Un sogno che nella realtà si traduceva nell'attesa. Una drammatica, atemporale e tutt'altro che atempestosa attesa che io non riuscissi, non riuscissi a trovare dove comperare le sigarette. Lei, la vedevo lì, stesa sul letto; stesa come un lenzuolo ad asciugare ai raggi del caldo desiderio del desiderato amante. Un desiderio caldo, afoso, soffocante, ma vibrante di voglia di uscire, entrare, uscire e rientrare nel corpo e nella mente. Un desiderio che con quel frenetico movimento faceva scomparire la realtà e creava nuovi desiderosi desideri. Desideri formati da un'armonia di esperti suonatori, di graziosi attori, di scene da commedia dell'arte che gli artisti delle voglie e degli intriganti e intrigati desideri recitano nelle nostre menti. E qui non mento, né volitivo né sfuggente, e neppure e pure voi fatevene una ragione e non ingannatevi né difendetevi con la cultura. Che poi è una supposta intelligente: "cul tura", ma sempre supposta è, e sempre in quel supposto posto ve la mettono, 'sta cultura. Dicevo, e non vado a capo per non fare pause, ma tenervi qui con me a

farmi compagnia. Riesco e rientro. La sorprendo. Non mi aspettava così presto. Sempre adagiata sul letto. Sembra una coscienza, una coscienza tranquilla, ma la osservo, anzi la sento meglio e m'accorgo che ha fremiti febbrili. Trema. Paura? Vergogna di essere stata sorpresa a fare cose che mai avrei immaginato potesse fare? Riuscire! Riuscire a fare cosa? A pensare. E quel pensiero l'ha rivelata. È riuscita a farsi vedere. Quando? Quando io sono uscito e riuscito. Mi ha allontanato. Sono uscito e questo è riuscito a farla pensare. Sono uscito! Sono uscito più volte. Avete capito cosa ho fatto? Sono uscito; l'ho lasciata sola e in quella solitudine ha potuto esprimersi: ha pensato. Sono uscito, entrato, uscito, rientrato e riuscito. Questo andirivieni le ha permesso di capire cosa vuol dire entrare, uscire, entrare, riuscire, rientrare. Per questo sono riuscito, lentamente, passi nell'aria, senza rumore, senza distanza, solo passi affinché tutto passi. Passi la passione che mi distorce la percezione della realtà, passi il desiderio che mi annulla le necessità, passi e passi e passi, passi anche tu che mi dai la fantasia, passate anche voi che con i vostri cadenzati passi mi fate danzare al ritmo delle vostre esigenze, passi il tempo che mi fa dannare e mi dice "ti aspetto", e finché aspetta è mio amico. Il nemico è quando il tempo più non aspetta, non ti dà più tempo, diventa tiranno e ti condanna. È allora che hai le ore contate. Ora vado a capo.

Chino il capo e umilmente guardo la creatura stesa, ormai asciutta, secca, arida. Pare un deserto. L'ho lasciata umida, bagnata, con tanta acqua, fiume che scorre, mari e oceani con onde che muovevano l'immobilità della vita e invece la ritrovo lì, in quel candido, pulito letto, pulito ma senza profumi. Un deserto di lindore, ma asettico, senza vita, neppure un minuscolo, primordiale unicellulare essere dal quale far sgorgare, emergere ed evolversi la vita. Ma ecco che il granello di sabbia dell'arido deserto turbina nel ghibli e s'incunea nell'occhio. Nell'occhio del ghiblico ciclone? No,

nella dormiente, sotto la calda, arida, secca sabbia, nella dormiente mente. E la risuscita! Con la mente risuscita la vita, risuscitano le emozioni che suscitano fantastiche fantasie. È un tutto fresco, un tutto nuovo.
Per rinnovare, per capire gli altri, se stessi, come gli altri la pensano e come noi la pensiamo, bisogna uscire dagli schemi, uscire dalla mente, dai propri preconcetti, dalla propria *forma mentis*. Ogni volta che usciamo vediamo cose diverse, non conosciute, che ci aiutano a conoscere e a vedere il mondo diversamente, più ampiamente, più globalmente. Uscire per allargare, per abbracciare, uscire per avere nuovi, inesplorati orizzonti, per pensare diversamente, uscire per riuscire a capire, capirci e essere capiti. Spero sia riuscito a farmi capire. Avete capito? Se volete, ricapitolo.

Eco, verità, illusione

Siamo tutti l'eco di qualche cosa già avvenuto. Può essere successo nella realtà, può essere successo nella fantasia, può essere successo in tempi a noi sconosciuti. Semplicemente può essere successo e se è successo congratuliamoci. È un successo!
Non sempre ciò che è successo è o diventa un successo. Succede che non sia così. E allora, se non è successo, è un succedaneo. Capita. Capita che ci siamo creati nella mente un piccolo surrogato, un *escamotage* che ci aiuta ad aggirare la realtà e affrontare i fantasmagorici fantasmi della nostra fantasia, quella nostra fantasia che genera quella nostra particolare realtà alla quale vogliamo credere. In pratica viviamo nella fantasia, in un mondo fantastico, fantasioso, irreale, fiabesco, con tante fiabe e favole e parabole retoriche che ci hanno insegnato fin da piccoli. E da quando eravamo piccini ci hanno creato, costruito addosso quell'*imprinting* favolistico che ora da grandi, ma non da adulti, dovremmo credere ma, per vivere, abbandonare.
Ed ecco che l'eco diventa un urlo, si amplifica: ecco eeeeccccoooo eeecccooo eeccoo eco eco eco. E rimbombano ombano bano ano no nel cervello ello ello lo, sempre quello ello ello lo. Rimbombano le sillabe, scappano dalla gola urlante per la sofferenza di non essere ascoltate, e oltre non essere ascoltate neppure udite. Uno sforzo che non ha voce, un urlo che non esce. Non ce la fa; quell'urlo viene soffocato, attutito, messo in sordina, assordato da più forti urla, armi che sparano, rumori di cannoni, urli egemoni di demoni aggrappati tenacemente al potere con lunghe braccia terminanti con mani artigliate che strangolano le voci della libertà. Quei demoni hanno dato all'urlo falsi microfoni. E l'urlo della libertà, una libertà ingenua, come sempre sa essere la libertà, una libertà libera da ogni protezione, ha abboccato al loro gioco;

ha urlato dentro a quel muto microfono non vedendo che già vi era una mano che appena la bocca della verità si è aperta per quella verità dire, una mano forte, estremità di un lungo braccio, si è addentrata nella sua gola e ha impedito alle corde vocali della verità di vibrare. Così la verità rimase muta. Come sempre. Se non vibra, se non riesce a urlare, la verità è muta, nessuno la sente, quindi nessuno l'ascolta.
La verità è sempre muta. La verità non ha voce, se non ha voce la verità non esiste, non esiste per nessuno. La verità non esiste per chi la sa perché non ha il coraggio di dirla, non esiste per chi la vuol dire perché reso muto da chi la verità sa, soprattutto la verità non esiste per chi non la conosce perché tenuto all'oscuro. Dovessimo tutti noi sapere, conoscere, ma, soprattutto, comprendere la verità, noi non esisteremmo. Perché? Perché diventeremmo troppo potenti. E questo a chi è diventato potente nascondendo la verità non piace, ha paura. La verità ci viene ammantata con drappi damascati, addobbata, ornata, abbellita fino a trasformarla e farla diventare un'illusione per illuderci di aver conosciuto e conoscere la verità. È questa trasformazione della verità che ci permette di esistere. Una semplice, risonante, abbellita ma incomprensibile eco lontana di ciò che già da tempo illudeva la nostra esistenza.

Integrare

Integrare per essere integri moralmente e fisicamente. Integrare per essere integrati. Integriamoci! Anzi, intendiamoci sennò non ci integriamo, o integriamoci sennò non ci intendiamo. Ma io sono già integrato, sono integro, sano, di forte e robusta costituzione. Qui ci vuole la maiuscola: forte e robusta Costituzione. Quella sulla quale è basata e costruita la nostra nazione e società.
Sono integro, sono integrale, ma non integralista, semmai integratore. E da integratore anch'io integro, come tutti. Sì, perché ormai tutti vogliono integrare tutti: nella politica, nella società, nella religione, nella corrente di pensiero, che una volta quella corrente fece sbattere la porta e io la presi in faccia. Brutta roba la corrente di pensiero se cerchi di andare controcorrente.
Ìntegrati! Gridaron gli Integràti all'oscuro e scuro straniero.
Integrare è diventata la parola magica, la parola d'ordine. E ha generato gli integratori, che fanno tanto bene alla salute, alla mente, alla psiche. Gli integratori li trovi ovunque, sono dappertutto: in farmacia, in palestra, nei supermercati; gli integratori sono sui pulpiti delle chiese e altri luoghi di culto, sugli scranni del parlamento, sui manifesti elettorali, sui cartelloni pubblicitari, sulle radio e sulle televisioni. E parlano o ti lanciano messaggi, e tutto questo per integrare il tuo pensiero, dargli più vigore, più forza e dargli forma, una forma senza quelle asperità che rendono difficile il capirsi; dargli forma, quella forma piatta sulla quale tutto è evidente e sulla quale tutto scivola nella banalità dell'uniformità. Loro, gli integratori, ti danno più energia, più energia per continuare nello sforzo, per andare avanti, sempre avanti e sempre in quella direzione, quella direzione che loro dirigono e prediligono. Ah! Gli integratori! Così integri, integerrimi. Tutti uguali, tutti d'un pezzo, d'altronde sono integralmente integrati, uniformi

e conformi al pensiero comune. E fanno tutti bene, non hanno effetti collaterali, gli integratori; non sono come le medicine che guariscono dalle malattie, no, loro integrano. Gli integratori sono subdoli, non curano, aiutano, coadiuvano, agevolano, leniscono, quasi fossero lenoni, e forse lo sono davvero dietro quella loro facciata pulita, senza una ruga, neppure di pensiero. Ovvio! Con gli integratori che hanno preso sono rimasti giovani, non sono mai cresciuti, sempre giovani e della giovinezza, giovinezza, giovinezza, un'eterna primavera di bellezza, ne hanno conservato e preservato tutte le caratteristiche. Non sai dove sono perché, come dicevo prima, sono ovunque; sei talmente abituato a loro che non ci fai più caso pur essendone circondato. Sono integrati nella natura. Gli integratori sono naturali ed esplicano la loro funzione di integrare molto efficacemente. Ma più che integrare si dovrebbe dire fagocitare. Sono onnivori, come i maiali, ma più voraci e quando hanno fame diventano anche feroci, esce la loro natura selvatica da feroci facoceri che fagocitano. Non fate arrabbiare gli integratori: vi divoreranno. Poi una volta ingeriti, una volta che loro vi hanno digerito, assorbito, assimilato, una volta che loro si sono ben nutriti, vi espellono. Da dove ve lo lascio immaginare.
Questa è una delle varie ragioni per le quali bisogna diffidare degli integratori e uno dei loro pochi e rari effetti collaterali, soprattutto se ne prendi troppo e troppi: ossia l'integrazione a oltranza, senza pensiero e senza speranza. Quindi, nella misura del possibile evitali, per cercare di vivere con la tua libera mente, con il tuo libero pensiero. E soprattutto, caro amico, con il tuo cervello e che rimanga integro!

L'imbecillità sfida l'intelligenza

La mia imbecillità è formidabile, grandissima, vasta, enorme; non ha limiti e sconfina spesso nell'intelligenza, in quel reame oscuro, elitario, esclusivo, quasi classista dove, sebben per me essendo oscuro, a loro, agli intelligenti, i benpensanti, tutto è chiaro. Un reame di snob (che poi è una contrazione di *sine nobilitate*). Ma la mia imbecillità è anche vorace, quasi feroce, onnivora, fagocita tutto, è un'imbecillità globale nella quale tutto viene inglobato e globalizzato. E sconfinando nell'intelligenza me ne nutro senza che gli snob, gl'intelligenti se ne accorgano. Mi hanno sempre snobbato e pure ora che mangiucchio, rosicchio le loro riserve d'intelligenza non ci fanno caso, sempre indifferenti a tutto ciò che intelligente non è, imperturbabili, un *aplomb*, una sicurezza da ammirare, eroica.

Poco a poco fagocito particelle, atomi, molecole d'intelligenza. Lampi di chiaro chiarore rischiarano la mia oscura e tetra mente d'imbecille. Flash di vita consapevole, di chiarezza e lucidità arrivano a elettrizzare i miei dormienti, catatonici, quasi agonizzanti neuroni. La corrente percorre gli assoni, le sinapsi si risvegliano, si caricano di energia. Lo stato abulico, apatico, accidioso nel quale, io, l'imbecille per eccellenza (anche un imbecille può eccellere in qualche cosa) mi abbandono e ora mi risveglio. Quei chiarori, quegli sprazzi d'intelligenza, quelle luci là in fondo, all'orizzonte, quei bagliori che vedo in lontananza ora li comprendo. Sono la tempesta; la tempesta che si è scatenata, una lotta furiosa, una guerra senza più limiti con armi sempre più potenti. Sono io che combatto, io, l'imbecille contro l'intelligenza; la mia imbecillità contro l'intelligenza degli intelligenti. Ma in questa guerra, imbecillità contro intelligenza, più non si sa chi sia l'imbecille e chi l'intelligente. Pensieri chiari si mescolano e oscure riflessioni; buoni

propositi si miscelano con maligne proposte. Supposte terapeutiche, curative, lenitive supposizioni sovrastano le radicate, vecchie, stantie, ragnatelizzate pubbliche opinioni. La guerra tra imbecillità e intelligenza ha cambiato il modo di pensare. Nessuno è più intelligente e nessuno è più imbecille. Tutti si sono uniti, coalizzati in un sol pensiero, nel pensiero comune: *pro domo sua*. L'egoismo che dormiva nel profondo sia dell'imbecille sia dell'intelligente ora che il pericolo si è impadronito dell'imbecillità e dell'intelligenza, l'egoismo è riuscito a prevalere sul povero imbecille e sull'arguto intelligente. È bastato poco, è stato sufficiente invadere un reame, un reame benché fornito di intelligenza, da parte di un imbecille per scatenare una guerra e annullare l'intelligente col suo intelligente pensiero e non saper più chi sia e non più riconoscere l'imbecille.
Homo homini lupus.

La bellezza e il sorriso (intelligentemente)

Era bella la Bellezza. Era sorridente il Sorriso. Ma non se ne accorgevano; la Bellezza non sapeva d'esser bella, così come il Sorriso non sapeva d'esser sorridente. Anche le persone non li notavano, passavano indifferenti davanti a loro senza badarci. Ma quello che più era brutto e triste era il disprezzo reciproco che la Bellezza e il Sorriso avean l'una nei confronti dell'altro. Pur non riconoscendo in loro stessi la bellezza e il sorriso si disprezzavano a vicenda. L'alterigia della Bellezza faceva si che il Sorriso la evitasse tanto risultava antipatica, con quell'espressione di seriosa e altera superiorità. Reciprocamente, la Bellezza scansava il Sorriso tanto lo riteneva stupido, cretino, sempre sorridente il Sorriso con quell'espressione giuliva qualunque cosa gli accadesse. Lo considerava un vero idiota. Ormai era quasi guerra aperta tra Bellezza e Sorriso. Insulti, offese, ingiurie uscivan dalla bocca di Bellezza per andare a conficcarsi nelle labbra di Sorriso sicché questi non poteva più parlare né sorridere trafitto dai dardi offensivi di Bellezza. E Sorriso si spense; le sue labbra divennero curve, curve all'ingiù trasformandolo in una smorfia triste, cupa, malinconica. Ma Sorriso non si diede per vinto e ricambiò Bellezza con dispetti, angherie, molestie d'ogni genere sì che Bellezza, colpita nell'altezzosa, spocchiosa alterigia, poco a poco si sgonfiò e, or non più tronfia, il suo corpo s'afflosciò. Nessuno vinse la battaglia, né Bellezza né Sorriso. Furon deposte le offensive armi. L'ormai triste Sorriso e la svanita Bellezza erano stanchi di combattersi. Una guerra inutile. Per chi? Per cosa? Le persone non li notavano, non li avevano mai notati né sapevano che esistevano; il mondo stesso era ignaro della loro esistenza. Cosa volevano o potevano conquistare vincendo la guerra visto che nessuno badava a loro. Se Bellezza avesse sconfitto, ucciso Sorriso che ne ricavava? E

che riceveva in cambio Sorriso dalla sconfitta di Bellezza? *Cui prodest?* Nessuno e nulla. Sarebbero rimasti soli. Sorriso solo senza Bellezza, Bellezza sola senza Sorriso.
Entrambi stanchi, tristi e abbrutti, Bellezza e Sorriso decisero di non combattersi più. Tutt'e due avevano perso. Bellezza aveva perso la bellezza e Sorriso aveva perso il sorriso. Bellezza non era più bella, Sorriso non era più sorridente. Fecero la pace e, anzi, con quel poco d'intelligenza rimasta decisero d'allearsi. La Bellezza riprese le sue forme armoniose e iniziò a sorridere alle persone, alla vita e al mondo; il Sorriso si ammantò di bellezza e sparse ovunque sorridente felicità, spensieratezza e gioia. L'armonia creata dall'insieme, dall'alleanza di Bellezza e Sorriso, con l'aiuto e la mediazione d'Intelligenza, non passò inosservata alle genti. Ora sì che venivano notati e apprezzati: Sorriso per la sua bellezza, Bellezza per il suo sorriso. L'Intelligenza, acutamente, era riuscita ancora a creare il buon accordo, quell'armonia che manca alla solitudine, seppur all'apparenza bella e sorridente.
Cari amici, qui e or vi saluto con un bel e sincero sorriso.

Forma e tessuto

Tutto ha una forma e quel tutto forma la vita, la nostra vita. L'emozione ha una forma, la forma che noi vogliamo darle: nuvola, pioggia, sole, vento. La forma dell'emozione dipende da me, dal mio momento. Il sentimento ha una forma, la forma che noi desideriamo darle: lacrima, sorriso, luce, buio, fiamma, calore, freddo, ghiaccio. La forma del sentimento dipende da me, da come accolgo il sentimento. La fantasia ha una forma, la forma che noi immaginiamo darle: immagini fantastiche, surreali, paradisi inventati, aspettati e desiderati, inferni pensati, faticosamente scansati e paurosamente rifiutati. La forma della fantasia dipende da me, dalla mia conoscenza dell'esplorazione. Il pensiero ha una forma, anzi, il pensiero ha mille e mille forme in quanto racchiude in sé la forma dell'emozione, la forma del sentimento, la forma della fantasia. La forma del mio pensiero dipende da me, dalla mia capacità di farlo volare e questa capacità me la danno la lettura e la scrittura. "Scrivere" etimologicamente vuol dire "incidere"; con la scrittura incido nella mente le emozioni, i sentimenti e la fantasia della vita. "Leggere" etimologicamente vuol dire "cogliere", "comprendere", "raccogliere" il significato; con la lettura raccolgo le emozioni, i sentimenti, la fantasia e i pensieri di chi ha voluto scrivere, ha voluto raccontare e raccontarsi, confidarsi e cercare di farsi capire e farmi capire, far capire la sua vita e, raccontandomi la sua vita, farmi capire la mia.
Scrivere e leggere si intersecano, riescono a combinare, mettere insieme, unire l'emozione, il sentimento, la fantasia, il pensiero in modo armonico, quasi musicale, intrecciandone sapientemente i fili e producendo le frasi, le pagine che creano il libro della vita. Il libro che noi scriviamo e leggiamo ogni giorno e ogni giorno aggiungiamo una pagina di testo al libro. Testo o "*textum*", in

latino, è l'intreccio di fili, fili che formano il tessuto. L'emozione, il sentimento, la fantasia e il pensiero sono i fili del tessuto della vita, della nostra vita. Impariamo a comporre con arte il tessuto vitale e adoperiamoci affinché questo tessuto sia morbido, soffice, caldo, avvolgente, protettivo.
Voglio ringraziare Grafichéditore per dar voce a chi scrive e momenti di apprendimento e di emozioni a chi legge.

Concentrazione

Leggere richiede concentrazione? Avrei potuto escludere il punto "?" in quanto chiedere racchiude in sé il significato di "domandare", e "richiedere" lo racchiude ancor di più. Ma meglio essere espliciti, mi spiego, nevvero! Ci si potrebbe fraintendere.
La donna è mobile. Di letto amor. Di vano amor. Inutile e vano amor? Ma l'amor non è mai vano in quanto riempie tutto. Allor, che sia di vino amor? Potrebbe essere. Vedete i malintesi, le incomprensioni. Quindi meglio essere comprensibili. Ma anche qui: compresi. Da chi? O io compresi che lo mio idioma compreso non fu? Quindi, un consiglio: per meglio comprendere bisogna allargar la mente. Ma allora non è più concentrazione! Eppoi, la mente mente. E noi allarghiamola ancora un poco in modo che possano entrare sia le menzogne sia le verità. Si scatenerà una battaglia; le menzogne attaccheranno le verità, le verità, per non farsi riconoscere, si travestiranno da menzogne e così faranno le menzogne camuffandosi da verità. Non si riconosceranno più. Diventerà una guerra fratricida. Caino e Abele. Saremo ritornati agli albori dell'umanità, per coloro che credono a quella storia. Vinceranno le menzogne o vinceranno le verità? Vincerà chi saprà camuffarsi, dissimulare, ingannare, fingere meglio. Ma sarà costretto, per sopravvivere, a continuare a fingere per tutta la vita per non svelare la sua vera natura, che sia verità o che sia menzogna. È così che l'umanità ha sopravvissuto: sempre in bilico tra verità e menzogna.
Concentrazione. Concentro l'azione del leggere sulle parole, le frasi, le pagine, su ciò che sto leggendo per capirne il significato. Di nuovo, allargo, spalanco la mente, ne escono delle manine per afferrare il significato, capire il concetto di ciò che sto leggendo. Centro! Mi sono concentrato sull'azione di leggere e ho capito. Ho fatto centro. Certo, c'entro. Mi faccio largo tra le possibili

interpretazioni e mi apro un pertugio nell'ermetico, criptico mondo del pensiero scritto. Riesco a entrarci, c'entro con fatica. Le manine della mente hanno aperto un po' più la fessura della comprensione e hanno carpito il pensiero in modo che il significato potesse essere anche lui prima carpito eppoi capito. Così capitò, quasi all'improvviso, senza che me ne accorgessi di entrare nel magico, mistico mondo del pensiero. I significati roteavano, i concetti ballavano, le idee nascevano, le accezioni si mescolavano alle eccezioni. Ero immerso nel tutto, trascinato, sbattuto nel fiume dei disegni della mente. Non pensavo più, mi lasciavo trascinare dalla corrente delle parole e dei loro significati, incluse accezioni ed eccezioni. Affrontavo le eccezionali, imponenti cascate create dal grande e continuo flusso delle frasi, sprofondavo e riemergevo e ogni volta che sprofondavo sempre più capivo. Il fiume dei disegni della mente, dei disegni fantastici, di mille colori e mille suoni, di mille e ancor più mille e mille ancora cangianti disegni mi condusse al mare. Un'onda mi accolse, mi portò in alto, sulla sua cresta spumeggiante e insieme a lei navigai per tutti i mari del mondo. Infine, esausta, mi depose su uno scoglio e mi salutò dissolvendosi in tanti, minuscoli, tutti importanti, significati. Li guardai, quei significati, li guardai attraversati dalla luce del sole, ne vidi la loro trasparenza e in quella trasparenza, grazie a quella trasparenza, li compresi. Capii che erano quelli che ognuno di noi ha racchiuso nel libro della vita custodito nella sua mente. Per capirlo, per capire cosa quel libro vuole dirci, dobbiamo aprirlo e aprire la nostra mente, concentrarci, leggerlo e lasciarci trasportare nel turbante, tumultuoso turbinio di tutti i significati della vita.

Una serata romanticamente elegante

Distinguo le note del silenzio nel rumore della vita. In quelle note trovo il mio rifugio. Vedo la bellezza nell'armonia della perfezione. Percepisco la bellezza tra i meandri delle forme di ciò che appare brutto e quella bellezza nessuno me la può sottrarre. Nel buio della notte chiudo gli occhi per vedere i colori del tempo. Nelle ore del giorno la luce mi abbaglia e mi acceca e tutto diventa buio. La testa si svuota del cervello e nel vuoto lasciato rimbombano i passi cadenzati dei pensieri che si allontanano. La testa si riempie di immagini che non conosco.
Silenzio, buio, non vedere, non sentire, non pensare. Vuoto e svuotato. Annientato per poter trovare il nuovo, il non conosciuto. L'orizzonte si è spostato, si è nascosto nel vuoto lontano, così lontano che più non appare. L'orizzonte non esiste più e non esistendo non esiste più il suo limite. Esiste solo la non conoscenza. Accendo lumi, preparo la tavola, un pianoforte suonerà le note del vento di mari ora calmi ora burrascosi. Due cuscini: uno per me, l'altro per accoglierti. È una serata romanticamente elegante. Il tempo è pronto affinché tu venga; tu, il Tempo nuovo, da conoscere, da comprendere. Arrivi in silenzio. Non posso dire né silenzioso né silenziosa. Hai questa prerogativa di non avere sesso o di averli entrambi, oppure di averne tanti. Ti accomoderai a tavola. Nessuna parola, solo gesti e sguardi. È così che nel silenzio ci capiamo. Poi ti siederai accanto a me sul cuscino che ti ho preparato e il pianoforte inizierà a suonare e insieme ascolteremo la musica che le onde venute da lontano, da mari lontani, hanno portato. Ascolteremo quella musica nuova, la musica del nuovo orizzonte. Insieme balleremo la nuova vita.

La vera storia della secchia rapita

(Come forse non la pensò Alessandro Tassoni).
La Notte disse al Secchio "Buonanotte".
Il Secchio disse alla Notte "Buonanotte a te, Notte, e buonanotte alla Luna".
La Notte rispose "La Luna nel pozzo riposa".
Il Pozzo, chiamato in causa, disse "Son mica quello dei desideri".
Stanca di quell'inutile battibecco, la Notte s'acquietò, chiuse gli occhi e s'addormentò. Così fece pure il Pozzo, seguito dalla Luna.
Era una notte d'estate, calma e tranquilla. La natura dormìa e dormivan li Modenesi e li Bolognesi. Ma all'improvviso tutti furon destati dal gran fracasso che fece il Secchio. Eh sì! Il frastuono veniva da quell'agitato, povero e solitario Secchio che da solo non volea proprio dormir. E lo baccano che tutti d'estate destò si scoprì d'esser in fine lo sciagurato e inquieto Secchio che s'indaffarava a quietar la di sua voglia che con dovuta e concupiscente smania cercava di portarsi seco e anche d'ammansir e tentar la gentil donzella Secchia di far ragionar.
Il bruto e arrogante Secchio al fin ce la fece a portar, tra urla e berci, nello di suo giaciglio la delicata damigella che, stupita, ancor battea lo ciglio.
A quel punto, vedendo vicino a sé sdraiata la madamina, sgorgaron pietose lagrime dagli occhi de lo Secchio rapitore che in vero secchio non era. Quelle lagrime rivelaron la sua vera natura: lo Secchio era un giovin e solitario Annaffiatoio che con le di sue lagrime dava vita alla terra arida.
Commossa la Secchia gli si fece più accanto, lo abbracciò e si dissetò delle di sue lagrime e ancor più forte a sé strinse il lagrimante Annaffiatoio. Avvinghiati come un sol corpo passaron la notte e li giorni che vennero.

Ecco a voi, o lettori amici, la vera storia de "La Secchia Rapita". In vero, la Secchia fu sì Rapita, ma più che altro fu sorpresa, stordita e in estasi esteticamente rapita dal gentil sentimento dell'Annaffiatoio e delle sue non salate, bensì dolci e abbondanti lagrime.
La festa de la ritrovata armonia, ch'ancor nel ricordo si specchia, tra l'Annaffiatoio e la non più rapita Secchia iniziò così, tra modenesi e bolognesi cibi e *delicatessen*, tra tagliatelle e tortellini, zamponi e cotechini, lasagne, cappelletti e raviolini.
Ancor oggi noi gustiam codeste prelibatezze e altre leccòrnie,
e son davvero i lor sapor a inebriarci come tante sbòrnie.

La protezione del nulla

Ringrazio il silenzio, la solitudine, la quiete, l'abbandono, il sentirmi perso e il poter perdermi. Ringrazio la pazienza, l'immobilità da stilita, eremo da anacoreta. Ringrazio l'isolamento e il rifiuto nel quale ho trovato rifugio. Ringrazio il potere del nulla che gioisce di ogni cosa, di qualsiasi cosa ne muti il suo nulla essere; ringrazio quindi quella cosa microscopica, infinitesimale che ha modificato la staticità del nulla. Il nulla iniziò a riempirsi di infinitesimi, ed essendo infinitesimi non finivano mai, continuavano a riempire il nulla, si moltiplicavano, si moltiplicavano nel nulla. Il nulla prendeva vita, così, dal nulla. Si animava, si muoveva, si muoveva sempre più veloce, si agitava, vorticava. Il nulla era in preda ai microscopici, infinitesimali, ormai diventati numerosissimi, esseri vorticanti che agitarono, poi trasformarono il quieto nulla in tempesta e successivamente in uragano. Il nulla divenne forte, fortissimo, inarrestabile. Vagava in ogni direzione ululando, fischiando, urlando, distruggendo. I minuscoli esseri che si erano moltiplicati nel nulla lo avevano riempito e se ne erano impossessati, ora ruggivano, ora barrivano, ora sibilavano, ragliavano, nitrivano. Quelle grida erano urla di possesso, ma allo stesso tempo erano grida di disperazione. Impossessandosi del nulla ne avevano visto e riconosciuto l'immensità e l'immenso potere, e ne avevano avuto paura. Il nulla era fatto di frattali di nulla, tutti uguali, indistinti, un'infinità di uniformi infiniti. L'euforia per essere riusciti a riempire il nulla, di aver preso e vinto il nulla, si era trasformata in terrore, terrore di far parte del nulla, di essere loro stessi ridotti a nulla, a nient'altro che un nulla. Loro, bestie così brutali, così fiere, così feroci e fiere di essere feroci fiere e di incutere timore, loro temevano il nulla, quel nulla che restando immobile, facendo nulla le aveva tutte spaventate. Si acquietarono e s'acquattarono

in un angolino cercando di non farsi vedere, cercando di scomparire, perlomeno di confondersi, di essere o diventare trasparenti. Rimasero lì, quatte, silenti, immobili. Niente e nessuno fece caso a loro, e questo per molto tempo. D'altronde chi o cosa poteva accorgersi di loro. Erano nel nulla e nel nulla nulla vi è, nulla esiste. In quel nulla la ferocia e le atrocità delle belve si dissolsero e, scomparendo, ne divennero parte.
Tutto quel *baillame* che si scatenò attorno a me cessò di colpo. Cessò la tempesta, cessò l'uragano. Le belve, le belve feroci, diavoli, caproni, tigri dai denti a sciabola, uccelli rapaci, i lunghi artigli e le lunghe zanne si retrarono. Tutto in quel momento finì; l'uragano aveva fatto il suo dovere: passando aveva tutto distrutto, niente aveva resistito alla sua furia, nulla era rimasto. Ora che il nulla era tornato silenzioso potei finalmente liberarmi delle corazze, dei travestimenti, dei mimetismi. Lasciai cadere quegli abiti pesanti, coriacei carapaci, abiti pelosi, puzzolenti; li lasciai cadere alla base dello stilo. Nugoli di persone si accapigliarono per poter avere ognuno la sua armatura, un guscio nel quale poter vivere e col quale poter proteggersi, difendersi. Il mio usbergo era il nulla, era il silenzio, l'isolamento dalle inutili parole, l'assenza di ornamenti, apparenti abbellimenti; la mia corazza era la nudità e il poter abbandonarmi, perdermi nei miei pensieri.

I clown clonati

Sono un clone. L'originale è conservato in una scatola piena di magia e di trucchi magici che nessuno è mai riuscito a eseguire fino in fondo perché, essendo magica, la scatola non ha fondo. Non sono trucchi troppo difficili, complicati, pericolosi o, addirittura, impossibili da mettere in pratica, ma, al contrario, sono alquanto stupidi, facili, prevedibili. Così, invece di stupire con magie che fanno rimanere a bocca aperta, che stravolgono la realtà, che non sai più quel è il limite tra realtà e magia, i miei trucchi fanno ridere e per questo sono ancora più magici, sono un *make up* ridicolo della realtà. Quindi, più che un clone sono un clown, un clown clonato, l'originale del quale è tenuto nascosto in quella scatola magica piena di magia. Una scatola le cui pareti magiche sono i limiti delle possibilità dell'immaginazione. Non vi faccio vedere tutti i trucchi della realtà, i trucchi e le magie che la realtà presenta ogni giorno vi meraviglierebbero, ma vi farebbero anche paura.
La realtà quotidiana è il più grande e pericoloso spettacolo d'illusionismo del mondo. Ha un palcoscenico grandissimo con tantissime comparse. La realtà quotidiana è bravissima, ha vinto parecchi premi e oscar come miglior protagonista, sceneggiatrice, colonna sonora e, ovviamente, effetti speciali. La realtà quotidiana è generosa e magnanima; infatti ogni giorno chiama tutti noi a comparire nel suo lungometraggio, comparse che se non le andiamo a genio diventiamo scomparse, sostituite prontamente da altre comparse apparse sulla scena come d'incanto. Magia! Ecco che si rinnova e come si rinnova la magia della quotidianità. D'altronde quelle comparse erano lì da tempo, in fila, ad aspettare il loro turno per comparire nel film, anche solo in un fotogramma, uno solo è sufficiente, un nanosecondo d'illusione nella pellicola della vita. Quel nanosecondo, quel fotogramma, quell'istante di

protagonismo ha riempito la loro vita e il suo ricordo. Di nuovo si ripete, come un miracolo millenario, la magia della quotidianità, della realtà quotidiana e del protagonismo del microcosmo individuale. Ognuno di noi ha i suoi cloni clown che escono dalla propria scatola magica e salgono sul palco della vita per colonizzarla e per eseguire tutti insieme, i nostri clown clonati, giochi di prestigio, magie per incantare, quasi imbrogliare la realtà in modo che la realtà si confonda e diventi illusione e con l'illusione riuscire a vivere e sopportare la vera, reale realtà. Viviamo così, come tanti clown clonati cercando d'illudere la realtà con dei giochi stupidi, ridicoli di magia in modo che la realtà ci sorrida, diventi meno rigida, si ammorbidisca. Ma forse la realtà non è altro che un grande gioco di prestigio del quale, malgrado lo abbiamo visto e lo vediamo ogni giorno, non abbiamo ancora capito il trucco. Eppure siamo noi stessi i maghi che eseguono il trucco, il gioco di prestigio e della nostra prestigiosa, stupefacente, magica vita!

Le parole buttate addosso

Interpreti:
Loro = *Mass media*;
Io = Libero arbitrio e libero pensiero.
Mi hanno buttato addosso tutto di tutto: cose nuove, cose vecchie, animali vivi e animali morti, animali marci. Mi hanno gettato addosso valanghe, frane, rifiuti, montagne di stagnanti rifiuti. Mi hanno seppellito sotto sepolcri di case bombardate, grattacieli distrutti, monumenti crollati, mi hanno ricoperto di rovine di terremoti. Mi hanno oscurato e nascosto dentro nuvole scure di insetti neri, velenosi, che mi pungevano, mi iniettavano il loro veleno. Mi hanno sparato e mi hanno anche centrato. Mi hanno preso e mi hanno incarcerato. Nella cella mi hanno incatenato. Non mi hanno dato né cibo né acqua. Mi hanno isolato. Non potevo né sentire né vedere né parlare, non potevo potere, non potevo avere, non potevo essere. Semplicemente non volevano che fossi, non volevano che fossi "io". Ma quell'io esisteva sempre in loro, quell'io li tormentava, non li lasciava tranquilli; dormivano male, mangiavano male, bevevano male, vivevano male. Presero una decisione. Visto che tutto quello che mi avevano fatto non era riuscito a zittire l'"io" ch'io ero, decisero per la mia eliminazione, che in cuor loro aveva preso ormai il significato di "estinzione". Considerando che i metodi convenzionali su di me non avevano sortito l'effetto voluto, non avevano funzionato, si presero la briga di inventarne di nuovi che qui tralascio di dirvi per non disgustarvi o farvi pensare, immaginare fino a dove può arrivare la malvagità, la crudeltà umana. Ma commisero un errore: non si chiesero come mai i metodi convenzionali di distruzione, di annientamento, di annichilazione con me e su di me fallirono. Fallirono perché non riuscirono a colpire il bersaglio, non lo centrarono perché non

era il bersaglio giusto. I loro metodi erano diretti alla fisicità, una cosa facile da colpire. La vedi la fisicità, vedi com'è fatta, vedi dove è, vedi dove e come si muove, ne senti il rumore e puoi sentirne l'odore. Ma io della fisicità ne avevo solo l'involucro, me lo avvolgevo attorno, gli mettevo una camicia, un paio di pantaloni o una gonna, scarpe con lacci o col tacco alto, *make up* o senza, collant o calze filo di scozia. Ero donna o uomo, ero anche tutt'e due allo stesso tempo. Non avevo sesso e non avevo tempo. E non avendo tempo ero giovane e vecchio e vecchia contemporaneamente. Questo fatto di non avere tempo li disorientava. Non esistevo e contemporaneamente ero eterno. Come si può distruggere, eliminare, annientare, estinguere ciò che non ha tempo o ciò che ha un tempo infinito. O non è mai esistito o è sempre esistito e sempre esisterà.
Li aiutai. Sì, aiutai coloro che volevano distruggermi. Mi legai a un palo, mi bendai come per essere fucilato e mi feci sparare addosso tutte le parole conosciute. Con le parole potevano demolirmi e, finalmente, abbattermi. Ma dovevano essere le parole giuste, quelle che colpiscono, che centrano il bersaglio e nel bersaglio v'entrano, fino in fondo, fino al ventre. Per essere più efficaci suggerii loro di inventare dei neologismi. Le loro bocche si aprirono pronte a far fuoco e da quelle bocche da fuoco diventate bocche di fuoco, bocche roventi, uscirono parole infuocate.
Tutte quelle parole mi si riversarono addosso, alcune mi colpirono in pieno petto, altre mi ferirono, altre mi sfiorarono, altre ancora fallirono il bersaglio e si persero nel vuoto. Erano, quelle, le parole senza significato; forse non erano neppure parole, ma un'accozzaglia di lettere messe insieme alla rinfusa. Invece le parole che mi colpirono, quelle che mi ferirono e anche quelle che solo mi sfiorarono, bruciacchiandomi un poco, quelle parole che mi furono gettate, sparate addosso, quelle le tengo ancora dentro di me, le

tengo per me, le conservo come si conservano i ricordi. Le cullo, le curo, le custodisco. Sono le parole che hanno un significato, sono le parole che hanno significato e marcato la vita e dato significato alla mia vita. Sono parole che mi aiutano a pensare, parole che mi accarezzano e, per quanto dure possano essere state, per quanto male possano aver fatto allora, col tempo e con l'esperienza si sono addolcite, hanno assunto un significato nuovo, dato nutrimento alla vita, scopo all'aspirazione e al desiderio di comprendere e di accettare. Con quelle parole ci parlo, parlo alle parole, converso con loro e cerco di comprenderne tutto il significato, il valore che racchiudono, che vogliono esprimere, che comunicano. Una ricerca continua, infinita del comprendere, della comprensione e dell'accettare per poter essere ancora più libero e più liberamente pensare.
P.S. o N.B. (a voi scegliere cosa più vi aggrada). Platone per parlar male della scrittura dovette scrivere.
Qui sopra, per dir male dei *mass media* mi sono affidato a un *mass media*: il libro.
La contraddizione è la forza che alimenta e regge la realtà.

Le parole che volano

Sogno, volo, cado, sprofondo, sotto, sottoterra, seminato, germoglio, cresco, albero, rami, foglie, frutti, nidi, nuove vite, suoni, canti, compagnia, ombra, riparo, legno. E tanto, tanto, tanto altro. Le parole tutto questo mi danno, anche quando sono un'accozzaglia senza senso. Anzi, proprio quando sono mischiate tra loro che non le capisco cerco di districarmi tra i significati che faticosamente tentano di trasmettermi. Il messaggio nascosto del pensiero delle parole. Che siano scritte su carta, sui muri, proiettate su edifici, su schermi, cantate, pronunciate pacatamente, urlate, sussurrate, le leggo o le ascolto. Sono messaggi di persone, sono pensieri che desiderano, e il loro desiderio è di essere letti o ascoltati. A me non costa nulla regalare, dare un poco del mio tempo a un desiderio di un pensiero di un'altra persona. Imparo. Imparo a conoscere la diversità, non la verità, ma la diversità. La diversità racchiude la verità, la nostra verità e le verità differenti dalle nostre, diverse dalle nostre verità. Tutte le verità hanno un limite; solo imparando si può oltrepassare quel limite. E oltre quel limite si scopre che vi sono altre verità e altri limiti, poi altri ancora e ancora altri. Un susseguirsi infinito, un succedersi senza soluzione di continuità di infiniti formati da un numero illimitato di confini da valicare. Una *libido sciendi* che sconfina nell'infinito.

Nella diversità imparo a capire. Imparo a capire come imparare. Lo sto ancora facendo. Sono tentativi quotidiani che mi aiutano a vivere, che mi sostengono e mi fanno apprezzare il tempo che scorre. Apprezzarlo, ossia dargli un prezzo, e siccome do un prezzo al tempo lo appago e mi appago, a volte a caro prezzo. Ma più mi è caro più lo apprezzo. Un tempo come un sicario, un sicario prezzolato, e per non farsi prendere, per non farsi inquadrare dal mirino del suo fucile di precisione, bisogna essere sempre in

movimento in modo che il dito sul grilletto non si contragga mai. Si muovono i pensieri, li sento muovere, sento il loro movimento, un movimento frenetico, agitato, vanno a destra, a sinistra, saltano, rimbalzano, cozzano tra loro, schianti, stridii, precipitano, affogano, riaffiorano, trovano una zattera, si salvano. Il pensiero si salva sempre perché è lui stesso la sua salvezza, la sua zattera. No, non un'àncora, seppur di salvezza, ma una zattera. L'àncora ti tiene fermo, abbarbicato, ancorato, sempre lì, àncora lì, sempre in quel luogo. Àncora richiama ancòra, e ancòra richiama ripetizione, iterazione, ancòra e ancòra e ancòra ancòra. E se *repetita iuvant* ci ritroviamo a 28 anni ancòra in quinta elementare. No, meglio una zattera che seppur e sebben sballottata dalle procelle e dai venti, spesso si ritrova sulla cresta dell'onda e dall'alto dell'onda osserva la potenza della tempesta e gioca con la forza delle onde per essere sospinta a visitar terre nuove.
Tante zattere volano sulla la mia testa, tante zattere volano nella mia testa. Sono zattere formate da pensieri, pensieri che si sono trasformati in parole, parole che si sono unite in frasi, in periodi, in pagine e hanno formato il libro, il libro della mia vita. E tuttora ascolto, leggo, scrivo, e altri libri si aggiungono, si uniscono al primo libro. Pensieri, parole, libri che continuano a volare dentro la mia vita e ai quali ogni giorno aggiungo, scrivo il nuovo appreso. E più apprendo più vivo. È per questo che continuo a imparare, ad apprendere, ma senza apprensione.

Il grigio che scompare!

Iene aliene, persone altrettanto aliene. Saranno persone o saranno iene? Più non distinguo chi o cosa siano quelle creature che si muovono attorno a me. Vestite di pesanti coltri, coltri senza colori, coltri grigie che coprono pesanti pensieri di grigio colore, il colore del piombo. E tossici come il piombo, il piombo delle armi, dei letali proiettili che sfrecciano veloci e non ti lasciano neppure il tempo di pensare. E che vuoi pensare in quel momento, è un momento inerte. Un momento che non ha sapore né odore, né colore e neppure suono. È un momento inerte e inutile, come tutti i momenti senza attività. Un momento senza vita.
La vita che si muove in un teatro di persone con labbra rosse di sangue che parole non possono pronunciare perché bruciate dal dolore, con denti neri, marci e maleodoranti perché intossicati dal piombo, visi bianchi, anemici, terrei perché impauriti dal terrore.
La vita: un grande palcoscenico del teatro Nō. Attori mascherati per non farsi riconoscere, non vogliono farsi conoscere né vogliono conoscere e riconoscere chi li guarda.
Siamo solo attori, bravi, ma attori. Interpretiamo ciò che altri invece scrivono per noi. Attori che non vogliono svelarsi e sollevare il velo dai loro veri pensieri. Noi, attori, camminiamo mascherati, travestiti. Più che un travestimento, ciò che indossiamo è una protezione, una corazza, ma che serve anche a offendere, la utilizziamo per ferire, per far male. E lo facciamo nell'anonimato, riparati dalla nostra protezione, più che riparati, lo facciamo nascosti e di nascosto. Un male doppio in quanto anonimo, non sappiamo da dove proviene e chi ce lo procura. Eppure lo sentiamo. E quindi aumentiamo le nostre difese, le nostre protezioni per ripararci dal male. Nascondigli sempre più nascosti e quando siamo obbligati a uscire dai nostri antri bui ne usciamo di nascosto, camminando quando più

non c'è il sole, testa piegata da pesanti pensieri occulti e occultata da cappelli, visi celati da sciarpe, vestiti senza colori. Pure i colori hanno avuto paura di noi e se ne sono andati. Camminiamo guardando in basso. Camminiamo lentamente, al rallentatore, per non farci notare. Camminiamo senza fare rumore; i nostri passi sono delicati, timorosi, indecisi, passi lenti che non producono suoni. Anche loro, come i colori, ci hanno abbandonati. Ci muoviamo al rallentatore, fotogramma dopo fotogramma, poi fermo immagine. Sembriamo statue ed è quello a cui aspiriamo: essere scambiati per esseri non viventi in modo da non essere uccisi un'altra volta. C'è chi, quando fuori dal suo nascondiglio, si azzarda a correre per rimanere il meno possibile esposto alla vita. Si azzarda ed è un azzardo. Viene notato e subito bersagliato, colpito, martoriato, martirizzato eppoi immolato. Per un poco la società si calma. Ha trovato il colpevole. Era quello che si muoveva veloce, quello che correva, quello che si è fatto notare nella massa degli immobili, nella massa delle statue, nella massa incolore, nella massa senza suono, silenziosa. La società, quella che non ha protezione perché a lei protezione non serve, non serve perché siamo noi con il nostro comportamento a dare loro, quelli che compongono la buona e brava società, siamo noi stessi a proteggerli; quella società ha trovato il diverso, il colpevole e l'ha punito. Ora è lì, nella piazza. L'hanno dipinto con i colori dell'arcobaleno, lo hanno vestito con la bandiera dell'arcobaleno, gli hanno messo attorno altoparlanti a forma di bocche aperte, urlanti, con lingue mozzate. Da quelle bocche altoparlanti non escono note, né alte né basse, e non sono neppure parlanti. Sono bocche altoparlanti mute. Solo i colori della statua trasmettono la trasgressione, la differenza, e ammoniscono che non si deve uscire dal grigio e dalla tranquillità che il grigio trasmette. Del resto, il grigio va su tutto, va sempre bene. E hanno ragione. Il grigio è un misto di bianco e nero, non è né nero, che è

l'assenza di tutti i colori, né bianco, che è l'insieme di tutti i colori. Vedete! Avevano ragione. Bisogna vivere in grigio se non si vuole fare una brutta fine.
Ma un raggio di luce è riuscito a penetrare il grigio delle nubi. Luce di una stella, della luna, del sole, non importa che luce sia, chi o cosa la produce. Ciò che importa è che è una luce libera. Un raggio che fende e rende liberi. La statua al centro della piazza ha un dolore, un dolore forte. Inizia a pensare e i suoi pensieri si spogliano del grigio, il grigio si stacca faticosamente dalla sua mente, si svegliano i suoi sogni, crescono e si ingigantiscono le sue emozioni. La statua colorata in mezzo alla piazza inizia a prendere vita, incomincia a ballare e i colori si muovono con lei. La bandiera colorata le cade, rimane nuda. Le bocche degli altoparlanti urlano. Urlano perché la vedono scappare, andarsene nuda abbandonando il grigio, liberata dalla luce e seguire, libera, la luce. Sono urla forti, potenti, urla di libertà, di felicità, di gioia. Urla che accompagnano la sua liberazione e la sua libertà. Urlano quelle bocche e col loro urlo soverchiano il grigio, liberano i colori, sciolgono le catene che trattenevano i colori. La libertà ha fatto dissolvere, scomparire il grigio.

Ti regolo io, so' Atilio

"È chiaro che tu non conosci le regole" disse Atilio Regolo alla moglie Marcia.
"Anzi, è lampante. Mò ti regolo io, in nome di *omen nomen* o *nomen omen*. Non importa qual prima venga. Tu, Marcia, marcirai, ma non come tutti intendono, marcirai da Roma a Cartagine per difendere, e fendere e mai più non fondere, il nome della *familia*. E se non riuscirai, marcerai da Cartagine a Roma." Ormai Atilio, avendo chiare le regole ed essendo esse stesse lampanti, il lampante lampeggiò e lo abbagliò. Così confuse e mischiò assonanti sorde seppur chiare consonanti con assordanti vocalizzi vocalizzanti. Quindi, se fin d'ora il lessico vi fu compreso, seppur per concisione conciso l'ebbi compresso, un misto coro egizio e italiota all'improvviso si levò dalle Piramidi al Colosseo, dal Campidoglio, oh quanto dolgo, alla romanità della Cestia Piramide. Un pentito di pentimento coro cinse la testa dell'allor Cestio tribuno. Grazie a quel coro, sull'Aventino avvenne la pace.
Quindi, ancor oggi orsù cantiam,
tienti pur l'Egitto che noi felici siam.
E questo per dirvi che se nella storia indietro torniamo
e con le guerre li territori conquistar vogliamo,
meglio è d'esser liberi e de poter dire:
"E mò, dove liberamente voliamo?"
con le ultime tre lettere che ti dicono:
"A essere umano, ma quanto ti amo, se
umano sai essere!"

Sonetti

Hello Halloween

Per ben la festa prepar ho telefonato all'aldilà.
'Na voce cavernosa fece eco: "So' io, eccomi qua."
"E di grazia, chi tu sei co' codesta voce sì profonda?
Nun me dire ch'è perché è la linea che rimbomba!"
"O grullo d'un umano che in zucca di sale nun c'hai neppure un grano,
tu m'hai evocato con lo squillo che dal mio eterno sonno m'ha destato
e or ti spaventi della mia stentorea voce,
ma non ti preoccupare, sono un tipo che non nuoce."
E alla mia vista l'essere infernale si palesò all'improvviso.
Nun era tanto brutto, avea un bel viso e pure un sogghigno che parea più un sorriso.
Mi rincuorai e tra me e lo dimonio spirito più tempo non frapposi
sicché gli chiesi con coraggio, faccia tosta sebben con occhi timorosi.
"Santi numi, or che ti vedo una prece a te rivolgo, caro dimonio e ormai amico
dammi l'abbigliamento giusto pe' sembra' della festa lo più bello, invero lo più fico."
Lo dimonio, che da lungo tempo dormiva, lo linguaggio novo gli era estraneo, proprio nun lo capiva
e me trasformò, come da mia gentil e timorosa richiesta
nello più guardato, strano e goffo omo della festa.
Fu così che passai di Halloween la serata, davvero alquanto tutto imbarazzato:
lo dimonio e scherzoso spirito in un vero, rugoso e secco fico m'avea trasformato.

Buon Natale

In codesta frenetica e santa settimana
impazza ovunque ne lo paese la buriana.
Me sento strano, troppo bono d'animo e de core,
saran li santi tutti che vengon a visitamme a tutte l'ore
che m'han reso molle de cervello e 'a mente addolcita
sì da salutar tutta 'a gente con parola finta e pur riverita,
sebben lo sguardo torvo e 'a faccia ingrugnita
rivelan de l'animo la di sua sincera dipartita
per annasse dove 'a pace e lo silenzio regnano
e resta' co' li di miei pensieri che la vita segnano.
Li finti balocchi, le moine e li auguri un po' farlocchi
li lascio a chi ce crede, a li sciocchi, a coloro che non c'hanno l'occhi
pe' vede' che in tondo gira ancor lo mondo
e la vita, tra screzi e burla, va vissuta fino in fondo.
A tutti auguro un festoso e giocoso Natale
e stamo allegri che l'allegria 'un fa mai male.

L'intelligenza artificiale (IA, IA, IA)

Nun se po' vive' de sole verità o de sole menzogne
artrimenti sia gli onesti sia li bugiardi te mettono alle gogne,
ognun de loro pe' le ragioni sue, ma lo fatto è che te crean delle rogne.
È per codesto intrigo che me so' affidato all'intelligenza artificiale,
anche perché la mia d'intelligenza nun c'ha nulla de normale.
Eh sì, me so' accorto che la vita che me score tra le dita
come me fermo pe' guarda' 'n attimino indietro in un baleno è già finita.
Invece sai, co' l'intelligenza artificiale riesco a vivere due, tre, quattro vite parallele:
in una l'IA me fa sembra' 'n omo dolce più del miele,
in de la seconda me fa brilla' come le stelle,
ne la terza vita me trasforma in un essere erudito
e nella quarta appaio a tutti come l'omo raffinito.
Ma me sa che ogni tanto se sbajia de grammatica pure l'intelligenza artificiale
e da raffinato che apparir volevo me fa esser raffinito e rivela 'la mi' vera indole de becero animale.
Or che fuori son balzato dalla mi' tana di natural e vasta ignoranza,
or che me se vede come sto al natural cospetto senza la di mia solita baldanza
ve prego, di me abbiate amorevole pietà e misericordia tanta
poiché so' pregno di spessi e coriacei strati d'incultura e di crassa insipienza,
quinni, pe' sembra' meno cavernicolo e quasi più umano, m'affidai all'artificiosa scienza.
O voi, che un cervello ancor avete e ragionar indipendentemente orben potete

nun fatevi acchiappar dal miraggio di ciò che artificialmente intelligente appare
soprattutto se diam a quella fasulla e accattivante intelligenza il poter al fin di governare.
Forse so' grullo, stolto, stolido e la mi capa de fero e de marmo è fatta
e nun me va de tormenta' la grigiastra materia de dentro 'a testa che già di suo l'è un pochino matta.
Or dunque, ma 'un è che pure chi c'ha l'autorità d'amministrarci, de guida' le istituzioni
c'avesse, come l'IA, preso tutti pe' li fondelli, per non di' per li cojioni?
Nun è p'esse' triviale o grezzo o ancor più rozzo e crudo,
il fatto è che lo popolo nun c'ha più un soldo e va in giro nudo.
Però so' contento, c'ho lo *smart phone*, c'ho San Remo, c'ho pure gl'*influencers*, la TV digitale e la pubblicità che mi fanno compagnia,
ma nun m'è rimasto nemmeno un'idea mia né un po' d'ironia.
L'intelligenza artificiale s'è tutto portato via.
IA IA IA

La felicità è!

C'è chi ama essere.
C'è chi ama avere.
C'è chi ama avere per essere.
C'è chi ama essere per non aver bisogno d'avere.
C'è chi ama avere per affermare d'essere.
C'è chi ama né essere né avere.
C'è chi è, ma non lo sa.
C'è chi ha ed è tutto quello che ha.
C'è chi non ha e lo sa ed è tutto quello che ha.
C'è chi non è, non ha, non sa e vive felice.
La felicità si risolve in un "non".
Ma anche colui che non sa, non sa se vive felice.
La felicità è inconsapevolezza.
La felicità è l'inconsapevolezza di essere, di non essere, di avere
e di non avere.
La felicità è!
È per chi la capisce.

Aldo, ossia litania d'una persona pia

Fa caldo e non mi lamento
in quanto son di movimento lento.
E non sol del movimento la celerità mi fa difetto
ma pur la flemmatica cognizion del mio intelletto.
E con codesta, gioiosa e d'energie risparmiosa lentezza
m'appresto a vivere n'artra giornata di caldo ma con gaiezza.
E lamentose e noiose parole non profferisco
per non sembrar un vecchio e rotto disco.
Mò ve spiego il busillis del perché il lamento non riferisco
e rifugiarmi nella prece di pia persona preferisco.
M'han dato li di miei giovin e italofoni creatori,
che poi sarebbero li di miei amati genitori,
il nome Aldo, di dotta e antica germanica derivazione
che in quell'aspra d'oltralpe lingua richiama saggezza e nobiltà di estrazione.
Ma noi, che italioti e pur anco un pochino idioti semo,
co' 'sti nomi poco da spartir c'avemo.
Se poi, come ora s'usa, tutti vojiono parla' la lingua d'Albione,
proprio tutti, anche l'ignorante per non passa' pe' 'no zoticone,
voi capite, cari amici, che per forza so' diventato pio,
paziente, caritatevole, proprio un bravo fijo.
Con 'sto nome benedetto, quanno arriva l'estate,
tutti a menzionar me stanno.
Ma me sa che molti, con la scusa de parla' l'inglese,
se fanno un sacco de risate a le di mie spese.
Infatti nelle piazze, nelle vie, in spiaggia e in ogni luogo ormai
sento 'sta litania
"fuck Aldo" e allor nun t'appropinqua', vattene via!
Quinni, in casa mi rintano pe' sta' da le genti il più possibile lontano,

che con il lor in continuazione lamentoso dire dell'insopportabile calor
pure la mi' anima d'omo pio potrebbe dar di matto e far furor.
Ecco perché d'estate Aldo se ne sta bono bono nella magione,
pe' nun sentisse preso da tutti pe'
quello che passa sempre pe' coijone.

Non agitarsi, fa caldo

Che lo dì di mezzo di codesta infocata settimana
ce porti lo pensier di fresco conio sí da calmar la caldana.
Fortunata sia la persona che immergersi può in de le sue rinfrescanti cogitazioni
senza che a l'artre genti conto debba render de le proprie rugiadose meditazioni.
E quinni lascio libero d'andar e di vagar dove più gli aggrada lo di mio spirito rivestito di parvenza d'intelletto
e tosto smonto da lo divano che m'accolse stanco per rifugiar lo mi' corpo e la ragion ne lo dolce letto.
Lo sogno m'avvolge e lontano mi trascina e mi conduce
laggiù dove tremula brilla della psiche l'illuminante luce.
La vision in fin del viaggio del pensier e della mente m'appare
e scorgo lo messaggio che la vita me manda a lettere sin troppo chiare:
"Nun te devi troppo agita' pe' li torti e le contraddizioni che te stanno addosso
ch'altrimenti de novo inizi a suda' e 'un j'ià fai a uscì da lo nero fosso
che di tutto si pasce, inghiotte e digerisce
e de la di tua mente proprio nulla capisce."
Compreso l'arcano di quella luce folgorante,
immobile rimasi in su lo letto godendomi lo ristoro de lo corpo rinfrescante e pur de la mente or non più pensante.

Buon weekend

Oggi è il desiderato weekend
e se me mannano a quel paese nun m'offend,
anzi fossi pure bono bono e di gentil movenza
regalo a li gretti e a li zotici che di sorrisi so' senza
grandi, ironici e pur rispettosi inchini
sicché in cuor loro nasca la ragion d'esse' non solo cretini
ma anche omini tanto piccini.
Quinni sorridiamo alla maleducazione becera e ignorante
e godiamoci lo fine settimana con mente sognante.

Un'allegra riverenza

Da codesta posizione, vigile e assai desta
vojo di' a tutti noi, pe' innizia' ben la festa
de l'agognato, sognato e desiderato weekend,
de lascia' anna', de non s'arrabbiasse per nient.
E pur se l'artri ce responnono in malo modo
io la vita, alla faccia lor, me la godo.
Già li vedo storcer a smorfia la grande boccaccia
ch'ancor più brutta gli vien di lor la faccia.
Ma fatevi un sano, bello, grande, sereno e sincero sorriso
che ve s'illumina e ve rende gioioso e giocoso lo di vostro ingrugnito viso.
In 'sto modo, per voi, persone tristi e arrabbiate,
la vita incomincerà a esser musica e a farve le serenate.
E in codesta maniera strana capirete che l'amor e 'na carezza
posson portar con lor, nella vostra incattivita e incupita vita, la dolcezza.
Sentirete allor entrar in corpo vostro un friccicore di freschezza
che ve dà tutt'a un tratto l'energia, lo dinamismo e l'ebrezza
de capi' che per vivere la vita, seppur pesante e onerosa, ce vò la necessaria leggerezza
che aiuta a tutti noi a non l'artri giudicar,
ma piuttosto a saper ogni persona la vita rispettar.
E con dovuto rispetto e gentil deferenza,
auguro a tutti noi un buon fine settimana
con una svolazzante e allegra riverenza.

Odorosa scia

Vi son person che seguon l'istinto
Altre lo scuro, spagnoleggiante tinto.
Ma seppur di rubino e rosso cremisi vestito
Non mi feci ingannar e prosegui diritto.
Dritto, alzato, col mento squadrato e pronunciato
Sì da sembrar lo turpe Torquemada da tutti temuto ed evitato
(sebben per taluni fu meglio mostrarsi evirato)
mi feci largo a suon di danzanti passi in quello stretto budello,
un passo dopo l'altro, un dolce proseguir a ritmo di balzello.
Preceduto fui, come da iatrogena prosa consolidata
da scoppi e rumor, sebben non da molti 'sta prassi sia apprezzata.
Arie e odor nell'aere vò a spander le di mie molecole,
Orsù, ragazzi! Non formalizzatevi, so' bazzecole.
Aprite dunque le finestre, le menti e le nari
che a lo mondo c'è di peggio e so' 'azzi amari.
Famo dunque tutti insieme e in un coro tutto
'na sorpresa a la gente in modo che nun sembri troppo brutto.
"Viva la voce che vien da lo genuino, interno e buio istinto
sebben vivacizzata e liberata da lo troppo vino tinto."
Or qui io la parola dolce, odorosa e vaporosa prendo
uscendo fora da quel oscuro budello che adagio adagio con cautela scendo.
Feci? No! Feci non furon l'avvisaglie mie malgrado lo baccan dalle vostre auricole sentito
Che in voi maligni sorger fece un sorriso stirato, falso seppur di nascosto divertito.
Quindi, per non deluder voi tutti, brutal e iniqua gente
vi lascio al vostro pensar, che nun c'ha sapor de niente.
E io libera me ne vò, sugli ascensori, bus e metrò

a far e donar spazio a chi de sotto lo naso puzza non ha
perché de perder tempo proprio nun può fa'.
Ed è così che mi diverto, facendo storcer 'a bocca de le genti belle
che s'atteggiano e che poi so' quelle che ce fanno rider a crepapelle
co' 'e loro manie d'esse' sempre a posto, eleganti e intelligenti pure apparir
ma nun se rendon manco conto che per loro è mejo la bocca proprio non aprir.
Mò davvero me ne vado. Ciao amici, seguite l'odorosa scia
se de 'sto dedalo de profumi uscir volete trovar la via.

Li giorni tutti uguali

Me sa che li giorni tutti, tutti quelli lì
che c'han l'accento sulla i, ossia ì,
nun so' giorni de facce un pensiero
soprattutto se voji vivere leggero.
Ma te rendi conto, è l'accento che te fa lavora',
da lunedì a venerdì a tutti ce tocca de fatica'.
Mai te sogneresti de pronuncia' domenicà o sabatò
se non in faccia a quarche grullo de politico come sfottò.
Tanto quelli li, li politici, e quanno lavoreno? Mai!
Che forse è mejio così, che quelli più lavoreno più pe' noi so' guai.
E pe' torna' in de su l'accento maledetto de li giorni feriali,
che pe' noi che lavoriam so' giorni tutti uguali,
'sto suffisso "dì" mica l'ho capito che vorrà mai di'.
O ingenuo, becero e pur ignorante volgo
"dì" sta per lo duro e faticante giorno.
Infatti li belli, riposanti dì de l'atteso fine settimana
nun so' agghindati con accenti, nun c'hanno 'na pronuncia strana.
So' giorni genuini, so' come noi, gajiardi e ridanciani, senza troppe pretese
che malgrado l'inflazione e le bollette con le smisurate e gonfiate spes
pronti stamo a dacce tutti quanti 'na benedetta mano
pe' usci' da 'sto lercio e puzzolente pantano
della vita e del trascorrer del su' tempo quotidiano
pe' trovasse finarmente lo sabato e la domenica pe' anna' a fa' baldoria
e poi inizia' il lunedì appresso co' 'a stessa, medesima storia.
Pe' questo, perché me so' stancato de 'sta noia,
ho deciso de regalamme armeno 'na meritata gioia.

Quinni ora, a più non posso, in faccia a tutti rido come un pazzo.
Vedi mai fosse 'a vorta bona che me se apron 'e porte der palazzo?

Aforistico aroma

Sono un aforisma e ne profumo l'aere. Aromi aforistici spandono attorno a me. Affatico a comprenderne la fine e affine finezza, ma, da comprensivo ciuco, non me ne cruccio della fine dell'esistenza della frase. A 'sto punto, codesta frase finisce col punto. Un'interpretativa sinalefe: punto e la frase finisce. Ma non finisce il suo significato extra-polato dal con-testo. Infatti contestato è il significato del testo della frase fraseggiato. Qui s'impone, a dir poco, la ragione per dipanar l'arcano di codesto scritto piuttosto strano.
Molte so' le genti tutte che gli aforismi presi usan
e se li son presi pe' sembrar d'intelleto e d'animo più cortesi
quanno vojonno sentenziar con erudite e di poche gentil parole
la morale che a lor più aggrada e che
nissuna replica, seppur garbata, vuole.
M'inchino a quest'uso fascinoso e alquanto finto di parole sopraffine
dell'uman intelletto, sebben mi sfugga lo segreto e ultimo fine.
Mi sa che so' un poco tordo, tardo e pure tonto
tant'è che lo significato dell'aforisma tuttora me gira attorno.
Aforistico aroma africano affronto affranto affresco
da 'sta mania de sputa' sentenze m'affranco ed esco.
Ma ve vojo lascia' co' 'na frase che sembra n'aforisma
ma è solo un prestito de la storia ché de lei nun se pò sta senza:
"Ai posters l'ardua sentenza!"
Che sian dunque li posteri o li moderni posters a dicce che dobbiamo far?
Ma se so' posteri so' messi dietro.
Che me devo fidar di ciò che me dice lo didietro?
E l'eco della di sua risposta va lontano,
suadentemente dicendo a tutti "anooo anoo ano."

L'aforisma qui si conclude, con un'eco, un canto, un suon che all'udito appar profano,
ma invero sprona le genti a capir de l'aforisma
lo nascosto e strano arcano:
ossia, farne buon uso sia per impressionar sia per impreziosir le menti.
E ora un po' di posto e post lascio a ‘sto post per agli eccelsi che verran commenti.

Weekend

A chi ci vuole male noi un gran bene vogliamo.
A chi ci fa li dispetti sopra le lor misere menti voliamo.
A li invidiosi e li meschini li blandiamo e confondiamo con salamelecchi ed inchini
che tanto piaccion a quegli esseri sì piccini.
A li irosi, fegatosi, astiosi e malmostosi
tendiam le mani e con gesti gentili e armoniosi
gli facciam capire ch'è mejo d'esser in pace con lo mondo intero
perché la vita è una sola e breve. Che la vuoi passa' d'arrabbiato davvero?
Quindi a tutti loro si augura di passare un tranquillo e sereno fine settimana
e de ricordasse che da lunedì ricomincia la mattana.
E a noi tutti, giovin e meno giovin e pure a quelli che d'annetti ce n'han di tanti e tanto belli,
auguriam di cuore e con grande e sincera felicità
due giorni e ancor più di sprizzante e sorridente giocondità.

Benvenuto agosto

Semo oggi entrati ne l'estivale mese d'agosto
che quest'anno s'è annunciato come girarrosto
co' li polli sullo spiedo che tutti noi or paiamo
sulle spiagge a rigirarci ché bronzei di color diventar col sol vogliamo.
Ambrato, poi marrone, scuro di pelle ormai son diventato
e d'idee pure lo di mio cervello s'è svuotato.
Ma che m'importa se lo lavorio di mente m'ha abbandonato
mò 'so bello, unto, lucido, abbronzato seppur mentemancato.
Passeggio con gajardo passo su la battigia
co' 'a catena d'oro che pendente su lo petto oscilla.
Con sinecura getto 'no sguardo curioso tutt'attorno
pe' vede' se 'na pollastra c'è su 'sta spiaggia che pare un forno.
Vedo 'a gente che me guarda e me sorride contenta.
Aò, so' felice, ho fatto colpo. E chi se lamenta!
Be' certo, c'ho li muscoli fatti 'st'inverno co' a anabolizzanti.
Aò, so' belli grossi grossi e so' pure tanti tanti,
persino quarcheduno in più de li normali astanti.
Me sa che in palestra ho un pochino esagerato,
ma che me frega se sembro un alieno decerebrato.
Però, odo or ora levarsi dalla spiaggia un coro
e all'unisono indirizzarmi le genti con voce d'oro
e pur con lo sorriso de quelli che se divertono a vede' 'sto giullare buffo e strano,
me grideno lo famoso verso de la novella de quel genio de Flaiano:
"A marzià, facce ride."
Ma che! Me pijano per il naso, me pijano in giro!
Me sgonfio tutto, sbianco in faccia e moscio me ne vò.
Penzo che pe' tutto agosto a casa me ne sto.

Mò me par d'aver capito che coltivar la mente devo e fino diventa'
me deve anche lo cervello
se nun vojo divenir de tutti pe' 'a vita lo zimbello.

Minimalia dictu

***

Halloween

Non più zucca fu più bella, non più musica così melodiosa lasciò dietro al suo passaggio, non più elegante persona cavalcò il tempo e il tempo, stupito, la lasciò passare senza disturbare il suo cammino, il tempo stesso incantato dal suo fascino, dalla sua bellezza. Non più natura si fece così mansueta e tranquilla vegliando sulla magnificenza che aveva creato e sulla meraviglia di chi la meraviglia riusciva a vedere, sentire e godere del suo incanto profumato. Non più mistero si fece così seduttivo come il non sapere cosa ci fosse dentro la zucca, ma immaginarlo. Non più forte seduzione stimolò e allargò la mia fantasia così come l'osservare il tempo che si perdeva tra le nubi, veniva velato dalle nebbie e non alterava l'euritmìa dei miei sensi concedendomi una pausa di pace che da tempo desideravo.

Festeggerò così il mio *halloween* scacciando fantasmi, streghe e maghi tristi e crudeli e suonerò a volume altissimo la Danza macabra di *Saint-Saëns*, e mi farò beffe e ballerò e scherzerò con gli scheletri grotteschi, parossistici e parodistici imposti dalla società. Tra gli scheletri siamo noi i più forti.

***

Buon anno nuovo

Ho percorso tutto il vecchio anno, un cammino durato 365 giorni, cammino pieno di insidie, di lotte, di battaglie, di meraviglie, di sorprese, di indovinelli da risolvere. Sto lasciando il lungo sentiero dell'anno che sta passando e alla fine del cammino cosa mi ritrovo? Cosa vedo? Un turbinio di punti interrogativi, di indovinelli, di tornadi, tempeste, uragani che muovono vorticosamente la vita, la mente, i pensieri e che mi fanno appartenere a questa vita, mi procurano gli stimoli per continuare il cammino in questa meravigliosa, turbinante, esistenza e lottare per dipanare gli intrecci della mente

e conoscere il nuovo che esiste oltre il grande punto interrogativo, e continuare a esplorare l'oltre che ancora non conosco.
Il conosciuto insieme a ciò che esiste oltre la mia conoscenza mi danno il coraggio, quasi un ardire, lo stimolo, la voglia, il desiderio, il sogno e il sorriso di partire, partire ancora e ancora viaggiare verso il nuovo, addentrarmi nella nuova conoscenza e nelle meraviglie che ogni giorno il nuovo anno vorrà offrirmi.

***

Cum-finis cum-dividere
L'uomo è un essere sociale, aggregante, portato a vivere in società. Il paradosso è che è la proprietà privata che lo rende felice, il possesso e il possedere che ne aumentano l'autostima e l'orgoglio di essere superiore agli altri. Ma così facendo, elevandosi sempre più sopra gli altri, arriva a quell'altezza che implica la rarefazione dei contatti umani, giunge alla solitudine. Sarà isolato e diventerà solitario e socialmente inutile, se non addirittura dannoso. Quel cattivo sentimento d'invidia che voleva suscitare col manifestare il possesso si è ritorto contro di lui e ora possiede solo l'inutile. Pure l'egotismo, che ha guidato e governato il sentimento d'invidia, e il suo egoismo gli si ritorceranno contro. Il solitario isolato egoista su chi eserciterà il suo egoismo? Se coerente, su se stesso. Ecco perché l'invidioso pur tutto possedendo, anche di molto del superfluo, e l'egotista egoista non potranno mai essere felici fino in fondo né avere una visione felice dell'esistenza. La condivisione è l'armonia e la felicità del vivere sociale, è lo scopo, il fine del vivere socialmente insieme. E qui finisco *cum-finis*.

***

Armonia
Per il nuovo anno, voglio regalare una parola a tutti, tutti noi, tutti gli altri, proprio a tutti, conosciuti e sconosciuti.
ARMONIA
Che nasca dentro ognuno di noi, dentro ogni persona.
Che nasca spontanea.
Che nasca dai nostri pensieri.
Che nasca dalle nostre azioni.
Che nasca dalle nostre parole.
Che nasca quando parliamo con gli altri.
Che nasca quando incontriamo chi non conosciamo.
Che nasca dall'incontro con lo straniero, con chi è diverso da noi.
Che nasca dal cuore, da ogni battito del nostro cuore e faccia battere altri cuori, li faccia vivere.
Che nasca dentro ognuno di noi e che esca ad ogni nostro respiro.
Che tutti possano respirare l'armonia e sentirne il profumo.
Che tutti possano comprendere il significato che reca l'armonia.
Che tutti possano capire la bellezza dell'armonia.
Che tutti possano sentire l'etica melodica dell'armonia.
Che l'armonia colori le nostre menti e smussi le asprezze de nostri pensieri e gesti.
Che l'armonia accompagni la nostra vita.

***

Solo per intenditori
Vendo al miglior offerente bottiglia *vintage* di acqua minerale con tappo in plastica che non rimane attaccato all'imboccatura.

***

La realtà, quella che viviamo più intensamente, è fatta per il cinquanta percento da illusione e per il restante cinquanta per cento da fantasia.

***

Fragranze addormentano la mia mente. Mi avvolgono caldi effluvi notturni africani per poi sbocciare in mille petali di orizzonti di vaste savane tropicali.

***

Un nuovo regalo
Ho regalato la fantasia a chi non sapeva sognare.
Ho regalato le emozioni agli algidi.
Ho sorriso ai tristi.
Ho offerto e stretto la mano a chi teneva le mani chiuse a pugno.
Ho ascoltato chi urlava e ho udito chi sussurrava.
Ho guardato chi vedeva e ho visto chi viveva nel buio.
Ho parlato con chi parlare non sapeva, quelle persone mi capivano, io comprendevo il loro silenzio.
Ho!
Messo lì così sembra un ideogramma, qualche cosa di orientale, quasi zen. Un tatuaggio tribale, di una tribù che tutto vuole o che tutto ha. Il mistero dall'avere.
Ha!
Hai! Un dolore acuto. Mai che sia un dolore ottuso, magari anche più preciso, un dolore che ci faccia capire e ci metta sulla giusta strada. Un dolore retto. E io lo reggo tutto, questo dolore. Anche se insopportabile, come certe persone, lo reggo e reggendo regno. Il regno della fantasia, del fantasticare, dell'immaginare, dell'immaginario e dell'immaginazione, l'azione delle immagini, le immagini che entrano in azione, un carosello di vertigini e di colori che confondono, che si sovrappongono, si scindono e si riuniscono, danzano. Un vuoto che scorre e che noi riempiamo con la nostra fantasia, con i nostri sogni, con le nostre emozioni, con la ricerca del nuovo e che il nuovo riempie e ci regala perché il nuovo è sempre generoso con chi lo desidera.

***

Leggendo la realtà si trasforma in sogno e leggendo ancora il sogno diventa realtà.

***

Il meglio deve ancora venire e non lo sa, così come il peggio e neppure lui ne è a conoscenza. Chi non deve nulla è il presente in quanto dono. Futuriamoci nel presente per viverlo appieno, comprendendo che ogni istante presente è un dono. Questo dono che la vita ci fa merita un regale regalo. Il regalo più bello che possiamo farle è rispettarla in noi e negli altri.

***

La perfezione esiste, ma solo l'imperfezione ci permette di apprezzarla.

***

Non darmi del pazzo se non conosci la mia pazzia.

***

La senape è la salsa che più mi piace, anche perché è un po' come me: irritante.

***

Nella vita la cosa più bella che possa capitare a ciascuno di noi è poter incontrare se stessi e andarci d'accordo.

***

L'infelicità disturba la felicità; per contro, la felicità rende ancora più profonda, triste e consapevole l'infelicità.

***

Non offendermi con la tua intelligenza. Sono stupido, fragile e ignorante. Tu che sei intelligente aiutami, sostienimi, istruiscimi. In questo modo io ti capirò; aiutandomi tu mi capirai, capirai ciò di cui necessito. È cosi che potremo migliorare entrambi.

***

Era un salutista, persona sana, tutti gli esami clinici di laboratorio più che normali, normopsichico e stabile di umore, QI nella media. Un giorno si ammalò. Malgrado le terapie dispensate morì in poco tempo. Era sano, molto sano, forse troppo sano e anche troppo normale. Non vi sono rimedi per chi è considerato sano e normale. Quindi, se siete sani e normali fate molta attenzione a non ammalarvi. Non esistono cure per la sanità e la normalità.

***

La morte si nutre di stupidità, l'eternità di intelligenza, l'infinito di saggezza.

***

Le persone invidiose dispensano spesso subdoli consigli in quanto vorrebbero che gli altri assomigliassero a loro così da sentirsi meno sole.

***

Mentire è l'abilità di dire la verità mascherandola da menzogna.

***

Il mestiere del vivere è un mestiere di fantasia; la fantasia ti permette non solo di vivere, ma di vivere più a lungo e più intensamente, e di comprendere meglio la realtà e le sue sfumature.

***

Quante idee mi spuntano in testa, ma sono così vecchie e stantie che alcune di loro si annoiano talmente tanto che basta un soffio di novità per farle volar via.

***

Quel popolo e quelle persone che non capiscono e non accolgono le diversità non saranno mai veramente felici e andranno incontro a una triste e inesorabile involuzione sia genetica sia intellettiva.

***

E c'è ancora chi pensa che l'otorinolaringoiatra sia un animale simile all'ornitorinco.

***

Facebook è stato superato da *Fakebook*.

***

Pecco, pecco tantissimo, ma nessun mio peccato è né veniale né mortale; essendo un tipo strano, insolito, bizzarro, bislacco, il mio peccato è davvero inusuale: il peccato originale.

***

Ti potrei dare una carezza, ma non voglio farti del male. Ti potrei abbracciare, ma non ho la cattiveria di offenderti. Ti potrei dare un bacio, ma non ho l'insolenza di molestarti.
Però ti regalo un sorriso e se questo sorriso accetterai imparerai ad accarezzare, ad abbracciare e a baciare e a ricevere carezze, abbracci e baci.

***

La cosa che mi rassicura e conforta è che conosco i miei limiti; la cosa che mi rattrista è che non conosco cosa ci sia entro i miei limiti. La cosa che mi fa felice e mi stimola è l'esplorazione oltre i miei limiti. La cosa che mi appaga è non avere limiti alla ricerca, alla conoscenza e allo sperimentare entro e fuori i miei limiti.

***

"Mi dia retta" disse Talete a Pitagora.

***

La cosa più bella che una persona possa dirti è "Voglio ridere con te".

***

La sofferenza e l'inquietudine dell'uomo risiedono nella ricerca della felicità; la tristezza e la malinconia nell'averla trovata.

***

Voglio riordinare le idee, ma continuano a scapparmi in tutte le direzioni. Ho delle idee indipendenti, ribelli. Le ammiro e le inseguo per acchiapparle. Così facendo mi sento libero.

***

Sono le note che danno ritmo alla vita:
dò, re, mi, fà, sol, là, sì,
ma pure gli accenti contribuiscono a divertirci.

***

Conosco i miei limiti. Nella loro barriera, nel loro muro, nel loro confine ho trovato un pertugio. È da lì che sono scappato.

***

La politica è diventata un gioco per bambini viziati che non sanno perdere, e le regole del gioco le scrive chi già sa di vincere.

***

Ascolta chi ha la lingua lunga: ti racconta i segreti e ti dice la verità. Spesso la verità è più divertente delle menzogne e ti sorprenderà sempre. Anche se molte volte la verità è solo ciò a cui vogliamo credere, è solo un'illusione.

***

Sono indeciso: meglio essere se stessi o meglio essere se andassi.

***

Il cerchio si stringe
Più sono geni più sono incompresi. Più sono idioti più non capiscono. L'incomprensione appartiene ai geni e agli idioti. Questa cosa non la capisco, ma la trovo geniale.

***

Il massimo dell'autostima è voler comperare una macchina pur non avendo la patente.

***

Il problema non è quando sei vecchio e rincoglionito. Il problema non è quando sei giovane e già rincoglionito. Il vero problema, ai giorni nostri, è quando sei rincoglionito senza una scusa.

***

Le mie sensazioni, le mie emozioni e tutto quello che vivo nel mio intimo danno forma alle varie realtà che mi circondano e mi permettono di sopportarmi.

***

Nella vita ogni passo, ogni gesto, ogni pensiero produce suoni che riempiono la nostra esistenza, che danno musicalità e ritmo ai nostri giorni. E questo sia quando saliamo verso la felicità sia quando lo sconforto ci fa scendere verso la tristezza, la malinconia. L'armonia che produciamo nel salire e nello scendere è la musica che riempie la nostra vita e ci offre la possibilità di produrre accordi e melodie rassicuranti.

***

Le persone intelligenti hanno dubbi, gli idioti solo certezze. Io, nel mio piccolo, ho un certo dubbio.

***

Anche quando ci sentiamo soli, anche quando sembra di essere abbandonati, anche quando ci prende quel senso malinconico di isolamento, di lontananza, quando tutto sembra allontanarsi, quando tutto sembra respingerci, guardiamo bene attorno a noi e vedremo, scopriremo l'inaspettata sorpresa che la natura ci ha donato e dotati per tenerci compagnia: la fantasia, l'immaginazione, l'inventiva che scaturisce dalla mente, dal pensiero. Rimarremo sorpresi noi stessi proprio da noi stessi e dalle capacità meravigliose della nostra mente.

***

La vita è così breve che tutto avviene in contemporanea.

***

Le perle nascono dall'imperfezione della perfezione.

***

Ruberei tutti i libri del mondo scritti in tutte le lingue del mondo per darli a tutti quelli che stavano costruendo la torre di Babele.

***

Homo sapientissimus
Il bisogno o la necessità di inventare, creare l'intelligenza artificiale deriva dal fatto che quella naturale è in via di estinzione. Ciò che ne è rimasta sarà presto dichiarata specie protetta e patrimonio dell'umanità. Eventualmente sarà clonata artificialmente grazie alla tecnica generata dell'intelligenza artificiale.
I prossimi premi Nobel per la Medicina, la Fisica, la Chimica, e pure la Letteratura e l'Ecomomia saranno assegnati ai *microchips*.
Confido comunque nelle capacità di duttilità, d'elasticità, di resilienza, di creatività, di spirito di conservazione, di spinta evolutiva dell'umanità affinché unisca le forze, cerchi e trovi i resti del leggendario *Homo sapientissimus* (o savio) e riesca a clonarne non solo l'intelligenza ma anche e soprattutto la saggezza.
Un'ultima considerazione: il leggendario *Homo sapientissimus* (savio) non è leggenda, esiste e si nasconde in ognuno di noi. Il segreto per stanarlo dal suo nascondiglio? Equità!

***

Leggere e leggendo tra le righe, ascoltare e ascoltando attentamente potremo capire e distinguere tra vero e falso. Ma non è sempre così facile, in quanto vero e falso sono intrinsecamente e intimamente legati tra loro e si proteggono e si fanno scudo a vicenda.

***

Reggere, ma più non reggo
Perché, o voi che reggete, dovete togliermi la libertà di pensare.
Reggete senni senza 'n' che quindi non sanno più pensare, penne senza 'n' che non sanno più scrivere; reggete reami senza 'a' e non sapendo remare andate alla deriva, reggete *polis* senza 's' che da città stato sono diventate invivibili, città senza stato e stato senza città; reggete la *res publica* senza 's' che volete far diventare una nota regale, ma è stonata e non ha la regalità della nobiltà e del rispetto che confà alla "cosa pubblica"; reggete un reggicalze sperando che la calza possa essere riempita di carbone visto la crisi energetica anche delle vostre energie governanti voi stessi e i vostri pensieri; reggete un pensiero che per essere retto ha bisogno di pensare all'indietro, a ritroso per trovare il supporto necessario e giustificativo, reggete una dottrina poco dotta che vuole e ha la pretesa di indottrinare, ma non essendo né dotta né dotata poco indottrina; reggete covoni e fasci di erbe nel qual bel mezzo s'ergono i bastoni attorno ai quali i solidali e sodali fasci sono solidamente fasciati.
Reggo ancora, ma fino a quando?
Ogni riferimento a fatti o persone è puramente casuale, fittizio, Caio e Sempronio e frutto della fantasia. Alice nel paese delle meraviglie.

***

Nel mondo dei mass media la falsità e le *fake news* serpeggiano. Lo fanno per evitare di incontrare la verità.

***

Ho deciso di non comunicare più con gli amici, ma solo con i nemici. Sono più sinceri.

***

Perché aver torto quando con qualche bugia in più si può aver ragione.

***

Meno male che ci sono le eccezioni. Mi aiutano a sopportare la regola.

***

Baso la mia conoscenza sulla stupidità. Essendo più vasta della cultura, offre più possibilità di imparare. E la capisco meglio.

***

La menzogna deve essere capita, altrimenti sarebbe verità, e se fosse verità non sarebbe più menzogna.

***

Quanti sentimenti racchiusi nei libri. Quante verità svelate nei libri. Quanta vita narrata nei libri. Quanti libri racchiudono la nostra vita. Apriamo la nostra vita ai sentimenti, alla verità, al racconto degli anni e conserviamone, custodiamone con amore la narrazione che abbiamo scritto nel libro della nostra esistenza. Sfogliandone le pagine non ci sentiremo mai soli e mai soli saremo né mai soli resteremo. I ricordi narrati in quelle pagine ci copriranno di affetto.

***

Pregi, virtù, qualità sono le parole che meglio definiscono i miei difetti.

***

Parlare è generalmente una manifestazione esterna, sentire è più interiore, intimo.
Scrivere abbraccia il bisogno di parlare e la capacità di sentire.

***

Regaliamo sentimenti a chi sentimenti non ha perché non ha potuto sentire. Non ha potuto sentire perché c'era troppo rumore.

***

Proteggiamo i nostri fantasmi.
Se prendono la pioggia, se si bagnano si arricciano e si restringono fino a scomparire. Smetteranno di esistere. Con loro svanirà una buona fetta di fantasia e di immaginazione che ci ha accompagnato e fatto sognare lungo tutta la nostra vita.

***

Vi sono persone che mi dicono che sono acido. Quelli lì, li ho corrosi tutti.

***

La pittura e la scultura sono l'arte di decorare lo spazio.
La musica è l'arte di decorare il tempo.
La scrittura e la letteratura sono l'arte di decorare la mente.

***

Alziamoci, andiamo incontro al giorno e quando lo incontriamo stringiamogli la mano e sorridiamogli. Sarà contento, lo faremo felice e lui ci ricambierà per la gentilezza e il rispetto che gli abbiamo riservato, ci ricambierà con ancor più cortesia e riguardo verso la nostra vita.

***

Se "la funzione sviluppa l'organo" (secondo la teoria evoluzionistica) con l'avvento dell'Intelligenza Artificiale, la nostra, quella naturale che appunto la natura ha fatto così tanta fatica a darci, a svilupparla e a raffinarla, la useremo sempre meno e da girencefali quali siamo diventeremo lissencefali. In pratica il nostro cervello assomiglierà all'ombrello di una medusa, pure urticante.

***

Il senso, la vita
Quelli senza voce mi hanno sussurrato col suono delle labbra parole d'amore. Quelli senza vista mi hanno disegnato le immagini della luce che vedeva la loro mente. Quelli senza udito mi hanno cantato più forte che potevano canzoni di gioia. Quelli senza olfatto mi hanno fatto annusare il dolce profumo dei fiori che coltivavano. Quelli senza il gusto mi hanno cucinato cibi dai sapori sconosciuti che facevano sognare e saziavano la coscienza. Quelli senza la percezione del tocco mi hanno accarezzato fino ad ammorbidire e arrotondare le mie asperità.
Tutti loro, tutti loro, tutti quelli che non potevano parlare, quelli che non vedevano, quelli che non udivano, quelli che non potevano annusare, quelli che non potevano assaporare e quelli che non potevano percepire mi hanno insegnato ad amare e gustare la vita con tutti i sensi e in tutti i sensi, in ogni momento, sia nelle avversità sia nella fortuna, sia nelle difficoltà sia nella buona sorte. Una vita di sensazionali sensi che hanno la capacità di darmi sensazionali sensazioni!

***

La vita è un racconto e come in ogni racconto ve ne sono almeno quattro: quello che noi scriviamo; quello che avremmo voluto scrivere; quello che gli altri leggono; quello che gli altri capiscono.

***

Se non siamo chiari nello scrivere la nostra vita e a spiegarla, *in primis*, a noi stessi abbandoniamo la presunzione che le altre persone ci capiscano.

***

Quando smetti di credere di poter fare l'impossibile non riuscirai a fare neppure ciò che è possibile.

***

Accarezzare corpo e mente
I nostri corpi e le nostre menti sono strumenti dai quali possono generarsi melodie paradisiache come stridii infernali. Il miglior modo per non stonare, ma per creare le armonie che ci incantano, che ci affascinano, che ci fanno volare e ci portano sopra le nubi della tempesta e ci appare di nuovo un illuminante, riscaldante, gioioso sole è accarezzare il nostro corpo e la nostra mente con il rispetto che viene dedicato a strumenti armoniosi, unici, irripetibili affinché diventino loro stessi opere d'arte. Da quelle opere d'arte si sprigioneranno capolavori che daranno virtù e pregio alla nostra vita; la nostra vita, come tutte le vite, acquisterà quel valore inestimabile che nessuno ha il diritto di distruggere.

***

Vorrei stare talmente bene che lo stare bene mi diventi indifferente.

***

Al mondo d'oggi tutto è veloce, tutto cambia molto in fretta, tutto dura un battito di ciglia. L'altro giorno ho sentito un ventenne dire: "Ai miei tempi..."

***

Voglio sconfinare nell'assurdo per divertirmi con la logica.

***

FANTASMAGORICA MENTE: ossia pensare a colori.
Coloro coloro che colorano che colorano coloro.

***

Mi piacerebbe essere il tuo *Alter Ego*, ma sono solo *Alter*.

***

La cosa che più affascina gli idioti e dà loro soddisfazione nel ripetere lo stesso errore è la coerenza.

***

Ho dovuto trasformarmi in pietra per capirti. Ci volle tempo, ma quando compresi da dove veniva il tuo cuore di pietra ti baciai. Quel bacio rivelò l'azzurro del cielo, il profumo del prato e, infine, la vita e la sua bellezza che custodivamo dentro noi; noi avvolti da quella corazza di pietra che l'esistenza ci aveva dato per proteggerci dall'esistenza stessa.

***

Ci sono i bibliofili, quelli ai quali piace leggere, quelli appassionati di libri. Io leggo di tutto, tutto ciò che è scritto lo leggo, qualsiasi cosa scritta la leggo, come un pazzo; amo la lettura alla follia. Continuo a leggere, non riesco a fermarmi, bramosia, impulso incontrollabile; colleziono e custodisco gelosamente i miei libri. Sono affetto da bibliofollia libridinosa.

***

L'uomo è un animale abitudinario, vuole le abitudini, abitudini che diventano vizi: ci viziamo, ci coccoliamo per cercare di stare meglio e così, con i vizi e le abitudini viviamo. Le abitudini le desideriamo in modo d'avere una vita sicura e con certezze. E queste abitudini le cerchiamo costantemente, con affanno, con perseveranza, in continuazione; la nostra vita è una costante, affannosa ricerca di abitudini alle quali aggrapparsi per vivere serenamente. E per far questo siamo disposti, inconsciamente, a correre rischi enormi. Sono questi rischi, questo ficcarsi in situazioni aleatorie per tenacemente cercare di trovare le abitudini nelle quali pensiamo di star bene, sono questi rischi di ricerca che generano le emozioni e condiscono e danno sapore alla vita e alle abitudini delle quali abbiamo bisogno.

***

Si può perdonare l'ignoranza, ma non si può perdonare l'intelligenza.

***

Non dobbiamo vergognarci se non capiamo, se non comprendiamo; non dobbiamo vergognarci della nostra ignoranza, ma piuttosto di quella delle altre persone e della loro insensibilità tanto che non capiscono quanto siamo in difficoltà e non aiutano e non fanno nessuno sforzo per farsi comprendere.

***

Per scrivere ci vuole pazienza, bisogna pensare lentamente, quasi in modo ripetitivo, balbuzientemente, in modo che la mano riesca a muoversi sul foglio alla stessa velocità del pensiero. Inoltre, il pensare lentamente e in modo ripetitivo aiuta a comprendere meglio il pensiero, a trasmettere più chiaramente il suo significato e a vivere con più libertà e ampiezza di mente.

***

Il significato delle parole e delle frasi è migratorio e non bisogna mai prenderlo alla lettera. Ad esempio "rivoluzione" si può riferirlo all'astronomia, a un pianeta, ma molti lo intendono in altro modo. Così come rifare sei volte la quinta elementare non è proprio mettere in pratica il motto latino "*repetita iuvant*".

***

L'arte, qualsiasi arte, esprime il lato intelligente ed estetico della follia.

***

Nobile realtà
Siamo veri, esistiamo, siamo realtà, quindi siamo reali. Siamo nobili?
Siamo buoni, retti, onesti, quindi siamo virtuosi. Siamo virtuali?
Il reale e la realtà, la virtù e la virtualità sono sempre da interpretare. E interpretando con virtù e virtuosamente la vita siamo e diventiamo gli attori principali della nostra nobile e reale realtà.

***

Lo

Al crepuscolo un corpuscolo (che fosse un frustolo?) nell'occhiolo mi entrò. Più nitidolo non vedevolo e l'orologiolo non vedendolo tardilo all'appuntamentolo giunsilo. Gridandomilo a squarcialo gola per lo troppolo tempolo che mi attendevolo, l'amicolo mi mandolò a quel paesolo. Anzi, come disse lo mulo allo pechinese "mi hai mandato a quel paese"; risposelo lo pechinese al mulo "veramente sono stato più precisolo."

Qui finiscolo lo corto novello dello corpuscolo (che fosse un frustolo?) nell'occhiolo allo crepuscolo.

Se giuntolo a leggerlo fin qui lo hai resistito, orale e dillo con lo tuo lemma, ma con flemma, e con lo tuo stilema, ma che non porti pena, che la verga che vergò codesto brano, alquanto strano, non si vergognò e allo terga lo voltolo non voltò.

Or me lo faccio lo giustolo e meritatolo pisolo e alla prossima con un sorrisolo.

***

Sinestesia: *evolution mentis*

Per apprezzare a fondo, appieno la realtà bisogna essere dotati di illimitata immaginazione e sfrenata fantasia. Tutti i sensi devono essere collegati e mischiarsi tra loro in modo da acuire la sinestesia, cosicché le parole possano dotarsi di colore, di sapore, di emozione in una specie di *confusio linguarum omnisinestetica.*

***

Pensiero acuminato

Non nascondiamo il nostro pensiero. Esterniamolo! Non tutti lo capiranno; sarà comprensibile unicamente a quelle persone curiose, coloro che si avvicineranno a noi, così vicine da toccarci, accarezzarci e comprenderci malgrado o proprio grazie alle nostre asperità.

***

Previsioni meteo in tempo reale
(Già "previsioni" con "in tempo reale" qualche sospetto lo desta).
Oggi si potranno osservare, forse, in tarda mattinata ma anche con qualche strascico nel primo pomeriggio, se tutto va bene, splenderà o magari tornerà a splendere e cadrà frammista a un po' di qualche goccia con vento da sud-ovest che porterà con sé, se non dovessero esserci ulteriori evoluzioni, cirri, cumuli, nembostrati, *nembokid*, super eroi, super nova, super oltre i due euro al litro, più che altro verso sera, quindi diminuiranno per poi risalire e sciogliersi come neve al sole con qualche stella cadente, desideri nascosti che si palesano all'orizzonte, tutto questo il mattino, poi mezzogiorno di fuoco, invece nel pomeriggio la situazione si normalizzerà e tornerà ai livelli usuali per il periodo senza punteggiatura che già non si capisce un belino di niente se poi ci levi pure la punteggiatura siamo in alto mare agitato non mescolato.
Comunque, state a casa, bevete tanto e mangiate frutta fresca.
Evitate di uscire durante le ore più calde della giornata.
Dati forniti dal Servizio Meteo *Peut-être*.

***

Il pensiero della condizione umana è ciò che più ci avvicina all'umanità del pensiero.

***

Giudicava le persone solo dal loro aspetto. E sta ancora aspettando (Godot).

***

La vita ti racconta verità e bugie. La serenità è ascoltare.

***

La felicità è quello stato d'animo che non sai perché sei felice. E questo ti rende infelice. Oppure Giovanni.

***

Ma che idea!
Idealizziamo tutto, tutto è un'idea, anche la realtà. Ciascuno di noi si fa la sua idea della propria realtà. Quelli che hanno più idee riescono a vivere meglio in quanto hanno più realtà da vivere o perlomeno ne hanno la possibilità. Le persone con poche idee sono le più misere, povere d'idee e non solo, e anche le più meschine e pericolose: intrappolate come in una gabbia senza via d'uscita. Ecco come appare loro la realtà. Non avendo idee non sanno che fare. O muoiono d'inedia o diventano violente per cercare di distruggere la gabbia che le imprigiona. E una volta uscite, ancora non sanno che fare. Perché non hanno idee e non hanno idea di cosa fare né di dove andare.
Con le idee si viaggia, si conosce, si comprende, si impara, si scopre, si inventa, si cerca, si trova, si ride, si dialoga, si parla. Con le idee si progredisce, si vive. Si mangia, si vive, si inventano nuove ricette, si esplora. Con le idee si desidera, si immagina, si riesce a stare con gli altri e si riesce a stare soli con se stessi. Con le idee non si è mai soli; le idee fanno compagnia e sono compagne di vita.

***

Note, parole, colori usati con arte generano armonie, costruiscono libri, avventure, dipingono quadri, abbelliscono la vita e danno nascita a capolavori scaturiti dall'emozione per regalare emozioni. Musica, scrittura, pittura: arti nate dalle emozioni per emozion-arti!

***

Leggere ti fa viaggiare per il mondo in prima classe spendendo meno che in economica.

***

Ho un diavolo per capello e li sto perdendo. Intendo i diavoli.

***

Evoluzione, aforismi e differenze (forse solo grammaticali):
- c'è gente che cita, c'è gente ch'è Cheeta
(attribuita a Tarzan).

***

Emergenza
Spero che nell'emergenza la politica faccia emergere il meglio di sé.
Altrimenti: sommergenza.

***

Non importa se sei felice, contento, allegro, gioioso, triste, malinconico, giù di morale, ciò che è importante è farsi la domanda giusta. Solo se la domanda è giusta, adeguata e compresa, la risposta darà un senso alla domanda e riuscirà a fornire la spiegazione.

***

L'invidia è la felicità degli arrabbiati e degli arroganti.

***

Grazie ai tacchi ho raggiunto l'altezza giusta per il mio peso forma.

***

Non prendere in giro o denigrare gli idioti; spera solo che la loro opinione sia diversa dalla tua.

***

La libertà è quel diritto per il quale si combatte, ma quando la si ha, spesso, non se ne fa buon uso.

***

Gli errori abbelliscono la vita.

***

Questo è un post ironico.
Lo si capisce dopo.

***

Bellezza

Dal profondo nasce la bellezza perché profonda è la bellezza. La bellezza è spesso nascosta e quando si palesa, come la verità e la verità è bellezza, la bellezza, così come la verità, fa paura, intimidisce, restiamo a bocca aperta di fronte alla bellezza; un vulcano che esplode e rimaniamo meravigliati a guardare quell'espressione di forza, di potenza, quell'esplosione di bellezza che lascia senza parole.

Vorrei saper parlare e scrivere in tutte le lingue del mondo per poter narrare e descrivere in mille e poi mille e ancor mille pagine con parole le più appropriate e precise possibili la magnificenza, la maestosità e l'armonia della bellezza in tutte le sue forme, colori, suoni ed emozioni che ci invadono guardandola, osservandola, pensandola.

***

Suono la mia vita e mi disperdo e perdo nella fantastica armonia dell'universo dei pensieri e delle immagini che la mente sa creare.

Essere

Vorrei essere un gerundio come un gerundivo, un passivo come un accidioso, un attivo come un attivista, un arrivo come un arrivista, un partente come un parente che finalmente se ne va, un mago per apparire e non essere, un geco per arrampicarmi sugli specchi, uno spreco per non rammaricarmi del tempo, un temporeggiatore pur non arrivando né Quinto né aver la pretesa d'essere il favoloso o *fabulus* Fabius Maximo.

Vorrei essere una virgola per dare pause alla vita, un punto per fermare il tempo, tre punti per tenere il tempo sospeso e ognuno aggiunge ciò che più gli aggrada, un punto interrogativo per avere la forza di domandare e un nulla per poter rispondere con molte

parole pescate nel vuoto, un punto esclamativo per poter enfatizzare, un apostrofo per poter apostrofare che lo zio non è il padre dei vizi.
Vorrei avere la forza, la volontà, l'intelligenza, la perseveranza, vorrei avere la possibilità di essere. Questo è ciò che alla maggioranza di noi, oggi, al giorno d'oggi, ai nostri giorni, oggigiorno non è permesso, non è ammesso.
NON È CONCESSO ESSERE!

***

Abbiamo costruito una società dove si studia a pagamento per lavorare gratis.

Ringraziamenti

Un grazie molto speciale a Cosima che ha inventato, elaborato e creato con arguta e meravigliosa fantasia la copertina di questo libro vestendolo di colorati mimetismi e idee cangianti dove ognuno di noi può scegliere il camaleonte che più gli piace.

Un calice di cincinnanti, brindanti ringraziamenti a tutte quelle anonime, sconosciute persone che hanno contribuito a sollecitare la mia fantasia nel corso delle mie quotidiane passeggiate osservanti e pensanti.

Una coppa di risuonanti, tintinnanti ringraziamenti ai momenti di riflessione, e alle letture e a quei libri che aiutano a rendere utile il tempo e a pensare che anche questo giorno è stato vissuto apprendendo del nuovo, scoprendo del nuovo e sorprendendosi della bellezza di imparare a comporre il tessuto vitale e renderlo morbido, soffice, avvolgente, protettivo.

Un altro calice di ringraziamenti a Grafichéditore per dar voce a chi scrive e, spero, a momenti di spensieratezza, divertimento e di emozioni a chi legge.

Indice

Prefazione - Italo Leone 9

Introduzione - Raffaele Mattioli 13

LAC
LAC - Lettere Alla Coscienza 17
Nascita di un racconto 20
Svelare, ossia scrivere 25
Camaleonti in una foresta di cristallo 28
L'uomo con due occhi 31
Il libro caduto 35
Gaudente 39
Non toglietemi le parole 42
Make up multifunzionale 44
Che fortuna! Aveva il ritmo nel sangue 47
Una storia vera o una vera storia? 50
Passatempo (tra estetica e etica) 53
Il puzzle della vita 57
Tu non sei come gli altri 61
Sono un neo 65
Yeah yeah yeah! 68
Il guscio della libertà 73
Mi sono lasciato crescere i colori 77
La mia poltroncina 80
Il gorgo, la diga e il rospo 82
Il linguaggio del tempo 85
Bellezza e ricchezza 88
L'abbraccio dell'immaginazione 91
Il gorgo 93
Volare alto 95
Il nocchiero dell'arpa ritrovata 97
I miei sensi 101
Azzurrità 102
Il camaleonte allo specchio 104
Cambio *location* 107
Titolo:? 109
Bocca e orecchio: nemici e amici 111
Sarà 115
Ho una faccia interlocutoria 118
Mi dipingo 121

Un secondo di felicità	123
Costruzione nel tempo	125
...unque	129
Il viaggio	131
Attraenti spigolosi angoli	133
Il salto	135
Spazi e silenzi	138
La storia che non esiste	140
Non voglio stare in alto	143
Lasciami cadere	145
Il mio mondo	147
La forma	150
Vita libera	154
Lacrime egoistiche	157
Un caro pensiero al mio pensiero	159
Grazie in ànticipo	161
Fra sé e se, tra me e ma	165
Peccato	167
Il viaggio continuo	170
Concinnitas	173
Nella vita ce l'ho fatta!	176
Invisibilità	178
Colori? Sì, coloro	180
Slancio vitale	183
La libertà è assenza	185
Camminare col tempo	187
Fantastico caos	190
Che bel viso!	193
Prosaico flusso prosodiaco	195
Che spettacolo il teatro	200
Non più bianco, non più nero	204
Il viaggio dei sensi	206
Il buco e il vuoto	208
Dammi le tue mani	211
I rumori	214
Le mie parole	216
Prestarsi e darsi	218
Lo specchio assurdo	220
L'albero che uscì dal vaso	222
Sparire, sperare	225
Il tempo uguale trasformato	226
Salgo	229

Sono stato in giro per il mondo 231
Albergo 234
Il bisogno e la necessità di libertà 236
Non solo nomi 238
Dosis sola facit venenum 241
L'albero della vita 243
Riuscire 245
Eco, verità, illusione 248
Integrare 250
L'imbecillità sfida l'intelligenza 252
La bellezza e il sorriso (intelligentemente) 254
Forma e tessuto 256
Concentrazione 258
Una serata romanticamente elegante 260
La vera storia della secchia rapita 261
La protezione del nulla 263
I clown clonati 265
Le parole buttate addosso 267
Le parole che volano 270
Il grigio che scompare! 272
Ti regolo io, so' Atilio 275

Sonetti
Hello Halloween 279
Buon Natale 280
L'intelligenza artificiale (IA, IA, IA) 281
La felicità è! 283
Aldo, ossia litania d'una persona pia 284
Non agitarsi, fa caldo 286
Buon weekend 287
Un'allegra riverenza 288
Odorosa scia 289
Li giorni tutti uguali 291
Aforistico aroma 293
Weekend 295
Benvenuto agosto 296

Minimalia dictu
Minimalia dictu 301

Ringraziamenti 324

Calliope
Raccolta di scritti
Direttore: Italo Leone

80*	Cuntu ca mi passa	di Tommasina Iera
81	GIF Guardami In Faccia-Ritratto surreale e scherzoso	di Raffaele Mattioli
82	ha STATO la MAFIA	di Pietro Mazzuca
83	La mia giovane vita, un'Odissea senza ritorno	di Giovanni Răzvan
84	Dal Savuto alle Serre - La letteratura dialettale	di Italo Leone
85	Nel mio piccolo mondo	di Carmela De Marco
86	Degli attimi, dei giorni, di me	di Francesca Ferragine
87	Le orme del mio cuore	di Angela Mendicino
88	'U suli a chini vidi scarfa	di Francesco Guadagnuolo
89	Racconti in volo - Istituto Ardito - Don Bosco -	AA.VV.
90	Avevo la poesia nascosta dentro a cura	di M. Gimigliano AAVV
91	Sarà l'aurora - La mia lotta contro il cancro	di Igor Colombo
92	Magialiena3 - Souvenir spaziale	di Gaetano Felicetto
93	La mie memorie	di Antonio Nardo
94	La rosa nel bicchiere raccontata ed illustrata ..i	di AA.VV.
95	I misteri di Santa Varvara (Storie di Calabria)	di Alfonso D'Agostino
96	Tra le braccia di Morfeo - La storia di un mistero	di Natale Amato
97	Pensieri & Parole	di Roberto Fittante
98	La casa del Paese	di Raffaele Molinaro
99	Le mie quattro stagioni	di Antonio Griffo
100	Raccontarsi	di Maria Critelli
101	Il Tifone	di G. Zangari & A. Scalise
102	A vicchjizza è 'nnà Ricchizza	di Ciccio Scalise
103	Omaggio al poeta Salvatore Borelli a cura	di Giovannino Borellli
104	Càntu ppi' T'tìa Vèrgini Marìa!	di Cesare Teodoro Mercuri
105	Mosaico Fiamma 39	di Gaetano Rocco Faga
106	Musica Concentrazionaria	di Pasquale Scaramuzzino
107	Origini e percorso della Neurologia - Ospedale di Lamezia Terme Dal martelletto agli organoidi cerebrali	di Giovanni Caruso
108	Io Franco	di Francesco Nisticò
109	Stella al tramonto	di Pietro Mazzuca
110	Ulisse: nuovi sentieri	di Caio Fiore Melacrinis
111	il seme di Jaia	di Igor Colombo
112	Pensieri d'amore	di Rocco Notaro
113	L.A.C. Lettere Alla Coscienza	di Raffaele Mattioli

* I libri pubblicati dall'1 al 79 sono consultabili on-line sul sito della #grafichéditore

finito di stampare nel mese di presso
tipografia grafiché di antonio perri - lamezia terme
mail: perri16@gmail.com - tel. 333 5300414